Vonne van der Meer

Abschied von der Insel

Roman

Aus dem Niederländischen
von Marianne Holberg

aufbau taschenbuch
AUFBAU VERLAGSGRUPPE

Titel der Originalausgabe
Het laatste seizoen

ISBN 978-3-7466-2130-2

Aufbau Taschenbuch ist eine Marke
der Aufbau-Verlagsgruppe GmbH

2. Auflage 2007

Umschlaggestaltung gold, Fesel/Dieterich
unter Verwendung eines Fotos von Sabine Wenzel
Druck und Binden GGP Media GmbH, Pößneck
Printed in Germany

www.aufbau-taschenbuch.de

I

Es sollte so lange wie möglich eine Überraschung bleiben. Bis jetzt war das auch ganz gut gelungen – erst in der Nähe von Alkmaar hatte er erraten, daß sie zum Abschlußdeich fuhren. In Friesland konnte sie noch so tun, als würden sie zu einem der Seen fahren oder zu dieser Ortschaft mitten in den Wiesen mit dem asiatisch klingenden Namen Pingjum. Aber bei der Ausfahrt nach Harlingen dämmerte es ihm allmählich: »Terschelling oder Vlieland?« Er hörte überhaupt nicht auf zu quengeln, so machte das Ganze keinen Spaß; sie fand, er sei ein Spielverderber. Er wollte unbedingt wissen, wohin sie fuhren, aber sie war nicht zu erweichen und ließ ihn bis zum Fahrkartenschalter in Harlingen im ungewissen.

»Zwei Rückfahrkarten nach Vlieland bitte.«

Nachdem sie ihr Gepäck in einer Ecke des Bordrestaurants abgestellt hatten, ging sie sofort nach oben. Hans wollte lieber die Morgenzeitung zu Ende lesen, aber auf einem Schiff müsse man draußen sitzen, fand Manou, »erst dann läßt man wirklich alles hinter sich, nun komm schon«. Sie lehnten sich über die Reling und sahen zu, wie die Fähre vom Kai ablegte. Sie waren die einzigen, die sich an Deck gewagt hatten; auch am Kai stand nur ein einzelner Mann, er winkte jemandem zu, der unten am Fenster saß. Um die Kälte zu vertreiben, trippelte er auf und ab. Sie machte das nie – jemandem lange nachwinken. Nicht, wenn sie Freunde zum Zug brachte, nicht am Flughafen Schiphol, nicht einmal, wenn sie einen Gast hinausbegleitete, besaß sie genügend

Geduld, in der Tür zu warten, bis der Wagen oder das Fahrrad um die Ecke gebogen war.

Sie zog den Reißverschluß ihrer Skijacke bis oben hin zu und schob sich das wollene Stirnband über die Ohren. Es schien, als verstecke sich der Schnee, der diesen Winter wieder nicht gefallen war, hinter dem Frühjahrssturm. Solch kräftige Windböen bekam man in Amsterdam nur selten zu spüren, außer wenn man hinter dem Hauptbahnhof entlangradelte oder die Fähre über das IJ nahm. Sie atmete langsam und so tief wie möglich ein. Sie wollte sich alles genau einprägen: die Überfahrt, die Insel, das Haus, ihre Wanderungen durch die Dünen, um später davon erzählen zu können. Ihr Kind wollte bestimmt genau wissen, wo und wann es gezeugt worden war.

Sie zeigte Hans die Möwen, die um das Ruderhaus flogen und sich immer wieder in das aufgewühlte Kielwasser stürzten. Sie schauderte bei dem Gedanken an die Eiseskälte des Meerwassers. Er legte einen Arm um ihre Schultern und zog sie eng an sich. »Können wir gleich ein Bad nehmen? Haben wir eine Sauna oder ein überdachtes Schwimmbad?«

Sie lächelte.

»Wir sind nun fast da«, drängte er, »du kannst es jetzt wohl verraten, oder?«

Schweigend schüttelte sie den Kopf. »Entführung« nannten sie das: Alle drei, vier Monate war einer von ihnen an der Reihe, den anderen für ein langes Wochenende oder eine halbe Woche an einen unbekannten Ort zu entführen. So entstand eine geheimnisvolle, freudig gespannte Stimmung, so, als sei mehrmals im Jahr Weihnachten. Zu diesem Spiel gehörte auch, daß der Entführte – einmal am Bestimmungsort angekommen – keinerlei Kritik äußerte. Nichts aus der Reihe »Eigentlich wäre ich jetzt doch lieber in Ibiza«.

»Und was wird es – ein Haus, eine Pension, ein Hotel?«

Er lachte, während er sie fragend ansah, aber die Haut um seinen Mund war straff gespannt, als läge eine hauchdünne Eisschicht darüber.

Er gab Manou die Streifenkarte und ließ sie als erste einsteigen. Das war nicht nur aus Höflichkeit; rasch warf er einen Blick auf die Liste der Haltestellen, die der Bus anfahren würde. Diese Bushaltestelle hieß Veerdam, danach folgten Stortemelk, Bosrand, Strandhotel, Ankerplaats, Groene Kruis, Lange Paal, Nieuwe Kooi und Posthuis. Von seinem letzten Aufenthalt auf der Insel – einem Besuch, der keinen halben Tag gedauert hatte – kam ihm nur »Posthuis« bekannt vor, ein Gehöft auf der anderen Seite der Insel, wo sie einen Strammen Max gegessen hatten. Aber wie das Haus hieß, in dem er ein paar Stunden verbracht hatte, oder das Dünengebiet, in dem es lag, daran erinnerte er sich nicht mehr.

Als er hinter ihr mit dem Gepäck einstieg, wurde ihm klar, daß er nicht zugehört hatte, was sie zu dem Busfahrer gesagt hatte, nun wußte er noch immer nicht, wohin sie fuhren. Er biß sich auf die Unterlippe. Ein Geheimnis, die Vereinbarung soundso, die Regel soundso – du lieber Himmel, war das alles nicht ziemlich kindisch? Weitere Fahrgäste stiegen ein, ältere Ehepaare, ein junges Paar mit einem Säugling, Menschen, die genau wie sie nicht an die Schulferien gebunden waren. Kurze Zeit später setzte ein leises Dröhnen ein, und der Bus schwenkte auf die Straße. Hans richtete sich auf, um zu sehen, in welche Richtung sie führen. Wunderbar, der Fahrer fuhr einfach geradeaus, immer auf der Asphaltstraße parallel zum Watt in Richtung Jachthafen. Schon von weitem konnte man den Mastenwald mit den flatternden Wimpeln sehen.

Er warf einen Blick über die Schulter: Dort, an der weißen Mauer auf der anderen Straßenseite, hatte das Fahrrad gestanden, das Martines Mutter für ihn zurückgelassen hatte, für die Radtouren, die Martine mit ihm hatte machen wollen.

»Irgendwas vergessen?« fragte Manou. Ihr entging aber auch nichts.

»Ich versuche, mich zu orientieren.«

Letztes Jahr war er dieselbe lange Straße mit dem Rad gefahren, aber in umgekehrter Richtung. Er brauchte sich keine Sorgen zu machen – die Insel war doch wohl groß genug, daß er der Erinnerung entkommen konnte? Er lehnte sich zurück und versuchte, sich zu entspannen, legte seine Hand auf Manous Hand, die schon seit Beginn der Busfahrt auf seinem Knie lag. Eigentlich sollte er es genießen. Eine ganze Woche frei, keine stundenlangen Flugreisen ans andere Ende der Welt, wodurch man noch tagelang aus dem Tritt war. Als sie das erste Mal an der Reihe war, ihn zu entführen, hatte sie ihn nach New York geschleppt.

»Gute Idee, oder? Ich wollte schon so lange mal auf eine Wattinsel.«

Er rieb sich die Augen; Anspannung ließ ihn immer schläfrig werden.

»Ja, mach du ruhig die Augen zu, dann ist es wie bei einer echten Entführung. Eigentlich müßte ich dir ja die Augen verbinden, damit du bis zur letzten Sekunde keine Ahnung hast, wohin ich dich bringe.«

Alles in Ordnung, alles, alles ... so bekämpfte er seine innere Unruhe. Die Tatsache, daß Martine voriges Jahr hier gewesen war und im Jahr davor, bedeutete noch nicht, daß sie auch jetzt hier sein würde. Als der Bus um eine scharfe Kurve bog, öffnete er die Augen. Er warf einen Blick auf das Schild am Straßenrand: kein Straßenname, nur der Hinweis »Ferienhausanlage« und darunter »Schwimmbad/Sportplatz«. Das Haus, das Martine letztes Jahr gemietet hatte, stand ganz oben auf einer Düne, vollkommen allein, nicht auf so einem Gelände mit einem Zaun drumherum, das wußte er sicher.

Sie fuhren an einem Hallenbad vorbei; aus der Wand ragte eine schwarzgelbe Röhre, die nach ein paar Krümmungen und Windungen wieder im Gebäude verschwand.

Vor gar nicht langer Zeit war er mit einem seiner Neffen durch solch einen Wassertunnel gerutscht. Ein harter Wasserstrahl schleuderte einen über die harte Kunststoffbahn, und in jeder Kurve knallte man gegen den Rand. Schwindelig und grün und blau, wurde man gleich darauf ins tosende Wasser katapultiert, wo einem von dem ganzen Gekreisch Hören und Sehen verging. Einmal und nie wieder, dachte er damals, als sie wieder am Beckenrand standen.

Aber wenn er eines Tages selbst Vater wäre, würde er hin und wieder dran glauben müssen. Nicht nur Wildwasserrutschen, sondern auch Autoskooter und Vergnügungsparkattraktionen, wo man eine Viertelstunde lang mit dem Kopf nach unten hing oder hundert Umdrehungen in der Minute machte wie ein Geschirrtuch in der Waschmaschine. Aber das würde er gern auf sich nehmen. Er würde all den jungen Vätern auf dem Spielplatz in nichts nachstehen.

Vor einem Jahr hatte er sie gefragt, in »ihrem« Restaurant, einem Italiener auf der Weteringschans, in dem einer der Kellner jeden Abend gegen zehn »O sole mio« anstimmte: »Willst du Kinder?« Es war das erste Mal, daß er diese Frage gestellt hatte; zwar hatte es zuvor schon ein paar Freundinnen gegeben, die das Thema angeschnitten hatten, aber er hatte nie gewollt, mit keiner von ihnen. Als die Frage aller Fragen einmal heraus war, erkannte er, daß sich sein Leben verändert hatte – wie auch immer die Antwort lauten würde. Wenn Manou ihn nun anschaute, würde sie sehen, wie glücklich ihn die Erinnerung an diesen Abend machte.

Er folgte ihrem Blick. Sie fuhren an einem Fußballplatz entlang, auf dem dunkle Pfützen standen, er erkannte die Gegend nicht. Mit Martine war er mit dem Rad durch eine ausgedehnte Dünenlandschaft gefahren, über einen mit Muscheln übersäten Weg, der kein Ende nahm. Er hatte genauso ausgesehen wie eine dieser langen, schmutzigweißen elastischen Binden, die er während der Sprechstunde vom Knie eines seiner Patienten abwickelte. Bergauf, bergab, und sie hatten damals auch noch Gegenwind gehabt. Aber jetzt fuhren sie durch einen Wald. Bis auf ein paar Radfahrer kam ihnen niemand entgegen, nicht ein einziges Mal wurde gehupt, und da die Reifen auf dem Asphalt kaum ein Geräusch verursachten, war es eine unwirkliche, stille Fahrt, als würden sie über eine Wolkendecke fahren.

Der Bus wurde langsamer, der Fahrer schaute in den Rückspiegel und erkundigte sich über Mikrofon, ob jemand an der Haltestelle aussteigen wolle. Stortemelk-Milchsturz, den Namen hätte ich bestimmt behalten, dachte Hans.

»Woran denkst du?«

»Ich hab an einen Patienten gedacht. Einen Mann«, fügte er rasch hinzu. »Einen dicken kleinen Mann mit schneeweißer Haut, der Karnemelk, Buttermilch, heißt.«

»Bigamist.«

Er spürte, wie er rot wurde.

»Du brauchst es gar nicht zu leugnen. Du bist nicht nur mit mir verheiratet, sondern auch mit deinen Patienten.«

Er führte ihre Hand an seine Lippen und drückte mehrere Küsse darauf. »Dann lenk mich doch ab, wenn du dich traust.«

»Nachher.«

»Und wann ist das?«

»Bald«, sagte sie und sah sich verlegen um. »Sobald wir da sind.«

Er grinste breit. Das Muttermal unter ihrem linken Nasenflügel verlieh ihr immer etwas Kesses, Herausforderndes, aber wenn er ihr in der Öffentlichkeit zu nahe kam, tat sie sehr schüchtern und sittsam. Er bedrängte sie erneut, ohne die Stimme zu senken. Um ihn zum Schweigen zu bringen, beugte sie sich hinunter zu der Tasche vor ihren Füßen und begann, darin herumzukramen. Die Straße wurde allmählich heller. Er sah hinaus: Der Wald war hier weniger dicht, und der hellblauen Luft nach zu urteilen, konnte das Meer nicht mehr weit sein. Er freute sich auf ihren nackten Körper in einem fremden Bett. In einer anderen Umgebung wurde die eigene Frau ganz von selbst anders, rätselhafter, genauso erregend wie beim ersten Mal. Sie breitete eine Karte auf ihren Knien aus und versuchte herauszufinden, wo sie nun entlangfuhren.

»De Molshoop«, rief der Fahrer, und der Bus hielt an. Zwei ältere Damen begaben sich mit ihrem Gepäck zum Ausgang; eine von ihnen trug eine modische Sonnenbrille. Er blickte ihr nach; so, wie sie da am Straßenrand stand, mit ihrem Koffer auf Rädern, erinnerte sie ihn an Martines Mutter. Nach einer flüchtigen Begegnung am Kai hatte er nie wieder an sie gedacht, aber jetzt spukte sie ständig in seinem Kopf herum.

Er räusperte sich. Auf der anderen Straßenseite lag ein Kiefernwald, und Martines Haus hatte auch in den Dünen gestanden, gegenüber einem Wald. Und wenn schon, auf der Karte hatte er gesehen, daß es mehrere Dünengebiete gab – die gesamte Nordseeküste der Insel war eine durchgehende Dünenlandschaft.

»Siehst du, hier am Hafen sind wir eingestiegen«, hörte er Manou sagen. Sie tippte mit dem Fingernagel auf die Karte. »Das ist der Weg am Watt entlang, dann nach links, durch den Wald, und meiner Meinung nach sind wir jetzt ungefähr hier, bei Duinkersoord.«

Sein Blick wanderte vom Fenster zu ihrem Finger. Schwarze Buchstaben auf einem hellgelben Untergrund, dünne Striche für die Dünengebiete. »Duinkers« – Dünenkirsche. Plötzlich fiel es ihm wieder ein.

»Und wo müssen wir hin?« Er fragte es so beiläufig wie möglich.

»Das wirst du schon noch sehen.«

»Ins Disneyland?«

Der höhnische Unterton war ihr nicht entgangen. »Da reiß ich mir fast ein Bein aus, um irgendwas Schönes zu organisieren, und dann bist du so … so unglaublich stur. Was ist denn heute mit dir los?« Sorgfältig faltete sie die Karte zusammen und steckte sie wieder in ihre Tasche. Als sie aufblickte, gab der Busfahrer ihr über den Rückspiegel ein Zeichen. »Nach der Kreuzung müssen Sie raus, Mevrouw.«

»Ist das der Strandweg?« fragte sie, während sie sich von ihrem Platz erhob. Noch bevor der Bus vollständig zum Halten gekommen war, stand sie bereits mit ihrem Gepäck am Ausgang. Er blieb sitzen, spürte, wie er innerlich erstarrte. Wie gelähmt blickte er auf seine Schuhe; der rechte Schnürsenkel hatte sich gelöst, aber er war nicht in der Lage, sich nach vorne zu beugen. Der Badweg führte zum Meer, und Martines Haus hatte auch an einem Weg gelegen, der geradewegs aufs Wasser zulief. Er erinnerte sich an das einschläfernde Rauschen der Brandung in den wenigen Sekunden zwischen Schlafen und Wachen, bevor er hochschreckte, in Panik nach seiner Armbanduhr griff und aus dem Bett sprang.

»Kommst du endlich?«

Mühsam wie ein alter Mann zog er sich an der Metallstange hoch; seine Hände waren schweißnaß. Manou grüßte den Busfahrer noch einmal und bedankte sich, daß er so freundlich war, sie »direkt vor der Tür« abzusetzen. Lieber Gott, laß es dann wenigstens ein anderes Haus sein, dachte er, während er hinter ihr aus dem Bus stieg. Das da, auf der anderen Straßenseite, mit den gelben Fensterläden, oder das Haus daneben, mit der schiffsförmigen Wetterfahne. Nervös summte er den Refrain eines Liedes über ein Schifferkind, und dann schossen ihm verschiedene Textzeilen durch den Kopf. *Fischer, Fischer, wie tief ist das Wasser … wieviel Sand in dem Meer … in dem Meere wieviel Müschlein, wieviel Tropfen in der See … wieviel Fischlein auch sich kühlen in der hellen Wasserflut?*

Manou wartete, bis der Bus abgefahren war und rief dann: »Jetzt schau doch mal!« Sie hatte ihren Ärger überwunden. Erwartungsvoll sah sie ihn an und zeigte schräg nach oben: Da stand es, herausfordernd, auf der höchsten Düne am Strandweg. Ein schwarz geteertes Haus mit weißem Dachgesims, ein Satteldach mit orangefarbenen Dachziegeln. Direkt über dem kleinsten Fenster, in dem Dreieck, das durch das Dachgesims entstand, prangte ein Schild mit schwarzen Buchstaben: »Dünenrose«. Keine Kirsche, sondern eine Rose, eine Rose aus Fleisch, ein Garten der Lüste, die rote Haarsträhne zwischen Martines nackten Schulterblättern, ihre langen Nägel in seiner Haut. Ein Schauder lief ihm den Rücken hinunter.

Noch bevor er den Namen lesen konnte, hatte er das Haus wiedererkannt. Er kam nicht drum herum. Es wäre einfacher gewesen, eine Wasserrutsche hinaufzukriechen, direkt gegen die mächtige Strömung, als diesem Schicksal zu entgehen. Nach ein paar irreführenden Windungen waren sie hier ausgespieen worden, am Anfang des Wegs, der schnurstracks zu dem Haus führte, in dem er mit Martine gewesen war.

»Man hat mir von verschiedenen Seiten empfohlen, unbedingt dieses Haus zu mieten.«

Sie stand schon an der Eingangstür und winkte mit dem Schlüssel. Man sah ihr nicht an, daß sie früh aufgestanden war, noch alles mögliche geregelt und eine Autofahrt und eine Schiffsreise hinter sich hatte. Sie sprühte vor Energie und Lebensfreude. Das Stirnband lag wie ein loser Kragen um ihren Hals, das kurze dunkle Haar stand in alle Richtungen ab. Manou war ständig mit so vielen Dingen gleichzeitig beschäftigt, daß ihre Kleidung immer krumm und schief saß. Als sie zum ersten Mal gemeinsam in die Oper gingen, trug sie ihren Seidenpullover verkehrt herum, und heute hatte sie ihr Jeanshemd falsch zugeknöpft. Sie brannte darauf, endlich hineinzugehen, die Taschen auszupacken, sich in »Dünenrose« häuslich einzurichten.

»Ist es nicht phantastisch?«

Zimmer- und Schranktüren wurden aufgerissen und nach einer kurzen Inspektion wieder zugeworfen. Rastlos lief Manou die Treppe hinauf und stand im Handumdrehen wieder unten: Da oben hatten sie nichts zu suchen, da gab es nur ein kleines Zimmer mit einem Einzelbett, und das andere Zimmer war abgeschlossen. PRIVAT. »Keine Badewanne, nur eine Dusche. Findest du das schlimm? Kein Toilettenpapier ... müssen wir unbedingt noch besorgen. Merk du dir das bitte! Ach, wie schön, ein zusätzliches Zimmer, falls du sehr laut schnarchst. Altmodische Küche, aber soweit in Ordnung. Teebeutel im Überfluß, Cranberrytee – wachsen hier eigentlich Heidelbeeren? Schön warm ist es hier, irgend jemand hat offenbar die Heizung schon mal eingeschaltet ... diese Vorhänge, wer denkt sich so was nur aus? Etwas Ähnliches hatte auch Oma Mirjam vor dem Fenster hängen. So ein Muster, bei dem ich mich schon als Kind gefragt hab, was das darstellen soll ... eine Schlingpflanze, eine Riesenschlange, einen Irrgarten? Schade, daß du sie nicht kennengelernt hast und sie dich nicht.«

Sie bückte sich und schaute durch die Durchreiche zwischen Wohnzimmer und Küche, wo er wie ein Sack Mehl an der Anrichte lehnte. »Ach ja, jetzt fällt es mir wieder ein. Das wollte ich dir schon seit Tagen erzählen: Vor kurzem hab ich geträumt, daß sie noch lebte und daß ich dich ihr vorstellte ...«

»Und, wie fand sie mich? War ich ihrer Enkelin würdig?«

»Sie hat mir strahlend zugenickt, als ob sie sagen wollte: Meinen Segen hast du. Ein schöner Traum, oder?« Noch bevor er antworten konnte, hatte sie sich bereits wieder umgedreht. »Setz du schon mal Wasser auf, dann mach ich die Betten.« Durch die Durchreiche sah er, wie Manou mit der Reisetasche in der Hand auf das Ehebett zusteuerte. Trotzdem fragte er beiläufig und mit schönster Unschuldsmiene: »Ach, gibt's hier unten denn noch ein Schlafzimmer?«

»Ja, ist zwar nicht besonders groß, aber mit einer netten Aussicht. Meinst du, du kannst dich hier ein bißchen wie zu Hause fühlen?«

Er erinnerte sich jetzt bis ins kleinste Detail: Ein Fenster ging zur Straße hinaus, das andere auf die Dünen rechts vom Haus. Vor den Fenstern hingen helle Vorhänge aus dem gleichen Stoff wie die Tagesdecke. In einer Ecke der Zimmerdecke prangte ein Wasserfleck – all das stand ihm so klar vor Augen, als wäre der Raum eine Zelle, in der er Jahre seines Lebens verbracht hatte.

Manou tauchte wieder im Wohnzimmer auf, einen Kissenbezug über dem Arm. Lächelnd schob sie den Kopf durch die Durchreiche und hauchte ihm einen Kuß zu; glücklicherweise mit geschlossenen Augen, so daß sie sein Zögern nicht bemerkte. Er legte einen Finger auf ihre Lippen.

»Tut mir leid, daß ich mich im Bus so blöd benommen hab«, sagte er.

»Macht nichts, hatte ich längst vergessen.«

Sie öffnete die Augen und sah ihn ernst an. »Es ist wieder soweit ...«

»Was?«

»Temperaturanstieg. Und das Ziehen im Rücken.«

Sie beschwerte sich nie über den Mittelschmerz, war ihrem Körper vielmehr dankbar, daß er ihr so deutlich zu verstehen gab, wann sie fruchtbar war. Vor drei Monaten hatte sie die Pille abgesetzt, und jedes Mal war sie wieder enttäuscht, daß es ihnen noch nicht gelungen war. Monat für Monat hoffte sie, daß es diesmal klappen würde.

»Heute wird es passieren – oder was meinst du? Aller guten Dinge sind drei.«

Er unterdrückte ein Seufzen.

»Hast du schon Wasser aufgesetzt?«

»Ich war gerade dabei.«

»Eine Tasse Tee geht doch wohl noch, oder haben wir es so eilig?«

Er brauchte ihrem Blick gar nicht auszuweichen, da sie bereits wieder ins Schlafzimmer unterwegs war, um die Betten zu machen.

Wenn das Bett mit Rosen bedeckt gewesen wäre und ihre gesamte Familie plus seiner eigenen Verwandtschaft vor dem Fenster gestanden hätte, um ihn mit Tamburinschlägen und mehrstimmigem Gesang beim Liebesakt anzufeuern, hätte er sich nicht gehemmter fühlen können. Er schloß die Durchreiche und lehnte sich gegen die Wand.

Das hatte er nie gewollt. Natürlich nicht. Er hatte Martine besucht, um einen Schlußstrich zu ziehen. Das war schon schwierig genug gewesen. Aber es ging nicht anders – er mußte den Knoten durchhauen, er hatte es Manou versprochen.

Als Hausarzt war er zwar häufiger der Überbringer schlechter Nachrichten, aber diese Erfahrung nutzte ihm nun gar nichts. Noch nie zuvor hatte er eine Frau grob von sich gestoßen; das hatte er immer zu vermeiden verstanden. Die meisten Liebesaffären waren von selbst eingeschlafen. Als er noch in Afrika arbeitete, bedeutete eine Versetzung meistens das Ende einer Beziehung. Doch nun war er zum ersten Mal in seinem Leben Bote und Krankheit in einer Person.

Nachdem er es ihr so sachlich wie möglich mitgeteilt hatte, auf dem Sofa im Wohnzimmer: daß er eine andere kennengelernt hatte – Manou, Krankenschwester in der Röntgenabteilung eines Krankenhauses, die Cousine seines Schulfreundes Dick –, waren sie doch noch im Bett gelandet. Eine Dummheit, das war ihm bereits klar, als er mit einer Hand sein Hemd aufknöpfte, während er mit der anderen ungeduldig den Gürtel seiner Hose löste.

Ich kann doch nicht einfach so aus ihrem Leben verschwinden, hielt er sich vor, das wäre wirklich zu herzlos. Aber gleichzeitig wußte er, daß er sich nicht aus Mitleid sein T-Shirt über den Kopf zerrte, so hastig, daß seine

Ohren nach vorne klappten. Er mußte gestehen, daß er Martine noch nicht über hatte; noch immer wurde ihm heiß, sobald er sie sah, genau wie beim ersten Mal, als sie bei dieser Hochzeit in Twente auf der Terrasse erschienen war. Er wußte noch genau, was sie damals getragen hatte: eine rote Bluse aus weichem Leder und einen engen Rock. Zwischen all den anderen Frauen in ihren braven Leinenkostümchen war sie ihm sofort aufgefallen. Im Handumdrehen hatte sie ihre hochhackigen Sandaletten von den Füßen geworfen und unter einem Baum abgestellt; barfuß ging sie über die Wiese zu der Reihe von Wartenden, die sich vor dem Brautpaar eingefunden hatten.

Rund sechs Monate hatte ihre Beziehung gedauert, aber er mußte dem Ganzen ein Ende setzen. Er hätte es schon eher machen sollen, aber er war erst dazu in der Lage, als er Manou kennenlernte. Sie war jünger als Martine, aber viel souveräner, hatte weniger Angst, verlassen zu werden. Bei ihr fühlte er sich wohl. Als Martine von einem Kind angefangen hatte, war er zugeschnappt, aber mit Manou schien es, als hätte er immer schon ein Kind gewollt und all die Jahre nur darauf gewartet, daß er ihr begegnete.

Er zündete ein Streichholz an und beugte sich über den Herd. Der war sauber, genau wie die Granitanrichte, das schwarzweiße Spülbecken, der Boden und die Fenster. Sie waren bestimmt die ersten Gäste der Saison. Einen kurzen Moment verharrte er mit dem abgebrannten Streichholz in der Luft, aber dann entdeckte er die Dose neben dem Herd. Mit einem zielsicheren Wurf beförderte er das Streichholz hinein. Verrückt, bei solch läppischen Tätigkeiten hielt er kurz inne, um dann mit großer Präzision das einzig Richtige zu tun, aber in entscheidenden Momenten stümperte er vor sich hin.

Wenn er damals gewußt hätte, was er jetzt wußte, dann wäre es bei einem Abschiedskuß geblieben, bei einem Arm um ihre Schulter, bei einem Gespräch, in ruhigem Arztton.

Dann hätte er sie auf Abstand gehalten. Stimmte das, hätte er auf dieses letzte Mal verzichten wollen? Nein, er hätte es nicht überspringen wollen, aber vergessen, in einem dichten Nebel verschwinden lassen, wie etwas, das ihm in betrunkenem Zustand widerfahren war.

Martine war nicht nur todunglücklich gewesen, sondern auch gieriger als je zuvor. Und wütend, auf ihn und auf sich selbst, wegen alldem, was sie trotz allem noch für ihn empfand. Durch diese Mischung aus Wut und unverhohlener Geilheit verwandelte sie sich vor seinen Augen in ein Wesen, das ihn anzog, zugleich aber auch ängstigte. Er mußte an den Hauptdarsteller in diesem Horrorfilm denken, der ständig seufzte »Das ist der Fick des Jahrhunderts«, ohne zu wissen, daß unter dem Bett ein Eispickel bereitlag, mit dem ihn die blonde, rittlings auf ihm hockende Frau gleich erstechen würde. Martine zog ihn an den Schultern zu sich heran, befahl ihm, sie anzusehen, direkt in die Augen: Ihr Blick war hart, ihr Mund ein messerscharfer Strich, aber als er vor Genuß aufstöhnte, begann sie zu weinen. Sie gestattete ihm nicht, sie zu trösten, er durfte sie nicht mehr berühren, nicht mal mit einem Finger, mit einem Ruck drehte sie sich von ihm weg, das Gesicht zur Mauer gewandt.

Er brachte kein Wort mehr heraus und starrte auf ihre Schulterblätter, die ihm plötzlich mitleiderregend mager erschienen, wie Stummel von ehemaligen Flügeln. Durch den Kontrast zu ihrem hennaroten Haar wirkte ihre Haut auch so weiß, fast totenbleich.

Wie versteinert blieb er liegen. Er wußte genau, daß sie nur so tat, als ob sie schliefe. Minutenlang hatte auch er sich schlafend gestellt, bis er zum Schluß tatsächlich kurz einnickte. Als sein Bein wegrutschte, schrak er hoch; leise hatte er seine Sachen zusammengesucht und sich aus dem Zimmer geschlichen.

Wieder zu Hause, hatte er Manou nicht angerufen, denn Martine steckte noch in seinem Körper, unter seiner Haut.

Es war eher ein Kampf gewesen als eine Umarmung, ein Kräftemessen, das länger in ihm nachbebte, als ihm lieb war. Erst am nächsten Tag, nachdem er Dutzende Patienten behandelt und sich selbst wieder im Griff hatte, wagte er es, Manou unter die Augen zu treten.

»Und, wie war's auf Ameland? Du siehst nicht sehr erleichtert aus. Du hast es ihr doch erzählt, oder? Das mit uns?«

»Natürlich.«

Er hatte es dabei belassen, die eine Insel oder die andere, was machte das schon aus? Sie wollte hören, daß es vorbei war, und er wollte nichts lieber als sie beruhigen. Also beließ er es bei der Mitteilung, daß er die nächste Fähre zurück aufs Festland genommen hatte.

Er hatte die Erinnerung an diesen Nachmittag aus seinem Gedächtnis verbannt, sich selbst verboten, daran zurückzudenken, denn sonst wurde daraus eine Phantasie, an der er sich aufgeilen würde. So eine Szene aus einem Pornofilm, die auch dann in seinem Kopf herumspukte, wenn er es nicht gebrauchen konnte. Er warf einen Blick durch die Durchreiche. Die Schlafzimmertür stand weit offen ... Wer hatte Manou empfohlen, nach Vlieland zu fahren und ausgerechnet dieses Haus zu mieten? Vielleicht die Bekannte einer Kollegin einer Freundin von Martine? Er war ihr in dem einem Jahr nur einmal begegnet, aber vielleicht war die Welt doch kleiner, als er angenommen hatte, war die ganze Stadt ein verfilztes Knäuel aus Männern und Frauen, die einander nette Restaurants empfahlen und überall lautstark verkündeten, welchen Film man sehen und welche Oper man besuchen müsse, auf welche Insel man zu fahren hatte und welches Ferienhaus es zu mieten galt ...

»Ich bin soweit«, rief Manou aus dem Schlafzimmer.

Sie lag nackt unter einem sauberen Laken, wartete auf ihn, voller Ungeduld.

Sie hob den Vorhang hoch und sah ihm nach. Er war auf dem Weg zum Hotel, das ein kurzes Stück weiter direkt am Meer lag. In ein paar Minuten würde alles geregelt sein, in einer Viertelstunde konnten sie hier weg. Ein Mann in einem eleganten Mantel, die Hände tief in die Taschen gesteckt. An seinem Rücken war nichts abzulesen, oder fast nichts. Er ging ein wenig gekrümmt, wie immer, wenn er sich Sorgen machte. Einmal hatte sie das erwähnt, und da hatte er sie erschrocken gefragt, ob sie ihn denn überhaupt attraktiv fände. Wollte sie vielleicht, daß er ins Fitneßstudio ginge? Nein, nein, bitte nicht ... Er war so eitel. Wenn sie ihm sagte, daß sie ihn so liebe, wie er war – ein bißchen schwabbelig um die Taille und derart behaart, daß sie richtig suchen mußte, wenn sie seinen Bauchnabel sehen wollte, und tatsächlich ein wenig krumm –, dann hörte er nur ihre Bemerkung und nicht den Ton, in dem sie es sagte.

Vor nicht einmal einer halben Stunde war er hereingekommen. Ohne sie anzusehen, hatte er seine Hand auf die Decke gelegt, dorthin, wo sich ihr Fußknöchel abzeichnete. Er machte keinerlei Anstalten, sich auszuziehen. Als sie ihn fragte, was er denn habe, stand er wieder auf, ging aus dem Zimmer und sagte schroff: »Nicht hier.«

Rasch hatte sie einen Pullover übergestreift, direkt über den nackten Körper, dazu nur ihren Slip und einen Kniestrumpf, den linken konnte sie in der Eile nicht finden. Ein Katastrophenszenario nach dem anderen schoß ihr durch den Kopf: Er hat Probleme in der Praxis, eine falsch gestellte Diagnose mit fatalem Ausgang – vielleicht irgendwas im Zusammenhang mit diesem Meneer Karnemelk? Nein, er selbst ist krank und hat es gerade erst erfahren. Deshalb wagt er nicht, an Kinder zu denken. Deshalb war er so schweigsam, so mürrisch: Er weiß nicht, wie er es mir sagen soll.

In ihrer spärlichen Bekleidung – als wäre sie aus einem brennenden Haus geflohen – hatte sie sich ihm gegenübergesetzt. »Sag schon, was ist los?« Ein Altersunterschied von sechzehn Jahren war schließlich keine Kleinigkeit, und den allgemeinen Erwartungen entsprechend, würde sie ihn überleben. Eines Tages würde sie allein zurückbleiben, aber doch noch nicht jetzt? Ihr gemeinsames Leben hatte gerade erst begonnen, ein Großteil seiner Bücher war noch nicht einmal ausgepackt und stand in Kartons auf dem Speicher. Sie wollte noch so vieles, zu vieles, um es alles aufzuzählen: Viele Sonntagvormittage mit ihm zusammen auf der Dachterrasse frühstücken, sich einen langen, gewundenen Tropenfluß hinabtreiben lassen, ein paar Monate in Italien leben, in einem großen, mit Bougainvillea bewachsenen Haus, in das sie all ihre Freunde einladen konnten, eine Woche lang ein Festival besuchen, um möglichst viele Filme anzuschauen, zusammen ihr erstes Kind aufwachsen sehen, dann das zweite, das dritte ... alles Jungs, und sie hoffte, daß alle drei ihm ähnlich sehen würden. Auf dem Land wohnen vielleicht, oder am Stadtrand, in einem Haus mit Garten, Hühnern und einer Ziege – wie ging das Lied noch mal? *With two cats in the yard, life used to be so hard, now everything is easy 'cause of you.*

Sie rieb ihre Füße gegeneinander. Als er aus dem Zimmer gestürmt war, hatte sie sich sofort zähneklappernd unter die Bettdecke verkrochen und sich möglichst klein zusammengerollt. Aber jetzt schien die Sonne funkelnd durch die Fenster, und es war wohlig warm im Haus. Was tat sie noch im Bett – sie war doch nicht krank?

»Komm schon, nicht herumjammern. Steh auf, zieh die Betten einfach wieder ab.«

Zum x-ten Mal ermahnte sie sich, aber es schien, als würde irgend etwas sie zurückhalten. Stirnrunzelnd nahm sie einen Schluck Tee, der viel zu stark und widerlich süß war. Sie schauderte und spuckte ihn wieder in den Becher. Wußte er denn noch immer nicht, wie sie ihren Tee mochte, trank diese Martine, dieses blöde Weib, vielleicht schwarzen Tee mit haufenweise Zucker?

Während sie den Becher wieder auf den Boden stellte, fiel

ihr Blick auf das Sofa im Wohnzimmer. Dort, auf diesem braunen Sofa hatte er also gesessen und mit Martine geredet. Das Ding zählte zu der Sorte von Möbeln, die man nur noch auf Flohmärkten und in Trödelläden fand. Sie verstand natürlich, daß die Erinnerung an Martine in diesem Haus noch nachklang, aber er hätte es ihr einfach sofort sagen sollen. Sofort und nicht hinterher. »Ich wollte dir die Überraschung nicht verderben. Du hast dich so darauf gefreut.« Er hatte sie unterschätzt.

Oder lag es an ihr? War sie in diesen ersten Monaten zu fordernd gewesen? Jedesmal, wenn Martine zur Sprache kam, hatte sie rasch das Thema gewechselt, und schon bald war ihr Name nicht mehr gefallen. Obwohl sie genau wußte, daß es ebenso viele verschiedene Formen des Abschieds wie Menschen gibt. Der eine winkt seinen Gästen noch lange nach, der andere schlägt die Tür zu und blickte sich nicht mehr um.

Sie friemelte noch einen Keks aus der angebrochenen Rolle, die auf dem Boden neben dem Becher stand; wenn sie durcheinander war, mußte sie irgend etwas im Mund haben. Ihr Blick wanderte nach oben zur Decke. In einer Ecke prangte ein großer Wasserfleck. Ein Fleck auf einem Röntgenbild bedeutete selten etwas Gutes, und sie war stets die erste, die es sah. Manchmal begegnete sie in der Straßenbahn einem Patienten, dessen Röntgenbild sie am Morgen dem behandelnden Internisten gezeigt hatte und der selbst noch nicht wußte, wie schlecht es mit ihm stand.

Was ist nur mit mir los? Kann ich nicht ertragen, daß alles etwas anders läuft, als ich es mir vorgestellt hatte? Er ist doch schon dabei, das Problem zu lösen, gleich ziehen wir in ein Hotelzimmer mit Meeresblick um. Schade um die ganze Mühe, auch um das Geld, ich hab die Miete im voraus bezahlt, aber er will ja partout nicht hier …

Sie strampelte die Bettdecke von sich. »Nicht hier« – das war es, mit diesen Worten hatte er sich verraten. Er hatte das Schlafzimmer kaum betreten, als er auch schon zurückwich, als hätte die Berührung des Türknaufs ihm einen Schlag versetzt. Als sie ihn fragte, was los sei – ging es ihm vielleicht nicht gut? –, riß er sich zusammen. Kreidebleich war er, als er sich mit gesenktem Blick auf das Bett setzte, und plötzlich verstand sie auch, weshalb. Letztes Jahr hatte er gelogen und jetzt wieder. Er tat so, als würde er alles beichten, verschwieg aber, daß er hier, in diesem Zimmer, mit Martine geschlafen hatte. Sie sprang aus dem Bett und starrte auf den Abdruck ihres Körpers in der Matratze wie auf eine Schlangengrube.

Mit zwei Schritten war sie aus dem Zimmer und zog die Tür hinter sich zu. Oder bildete sie sich das nur ein, machte sie es schlimmer, als es war? Nein, denk nach ... Zwanzig, dreißig oder noch mehr Menschen waren nach Martine in diesem Haus gewesen. Ein ganzer Sommer und ein Winter lagen zwischen Martines Aufenthalt und ihrer gemeinsamen Ankunft, das Haus war von oben bis unten saubergemacht worden, und nicht nur das Haus, auch die Möbel und alle Gegenstände, jedes Glas, jede Tasse, aus denen Martine getrunken hatte. Dennoch konnte Hans sich nicht überwinden und wollte keine Minute länger als nötig hier bleiben. Da stimmte doch etwas nicht?

Sie wußte weder ein noch aus, ging rastlos im Wohnzimmer auf und ab, bis ihr Blick auf ein stattliches Buch fiel, das auf dem Tisch lag, direkt neben einem gläsernen Aschenbecher, der die Form eines Seesterns hatte. »Gästebuch« stand in schwarzer Tinte auf dem roten Einband. Hatte Hans vielleicht etwas hineingeschrieben? Sicher nicht, aber Martine vielleicht? Sie hockte sich in eine Ecke des Sofas und schlug das Buch auf: *Willkommen in diesem Haus. Ich hoffe sehr, daß Sie hier ein paar schöne Tage verbringen werden.* Darunter eine unleserliche Unterschrift – derjenige, der das geschrieben hatte, wollte offensichtlich anonym bleiben. Sie blätterte weiter, die meisten Gäste zogen sich mit ein paar

Sätzen aus der Affäre oder ließen ihr Kind ein Bild malen, nur wenige schrieben etwas ausführlicher.

In der Geschichte Vlielands grabend, stieß ich auf den Namen Willem de Vlamingh, 1640 auf dieser Insel geboren, Walfänger und Entdecker der Westküste Australiens! Betty hat mich gebeten, den Namen unseres Sohnes Evert nicht mehr im Gästebuch zu erwähnen. Aber kurios ist es schon, das die Geschichte dieser Insel so sehr mit der Australiens verwoben ist, wo wir vor fünfeinhalb Jahren unseren Sohn bei einem Unfall verloren haben. Oder bin ich es, der die Dinge allzu oft miteinander verbindet? Wenn ich eine Zeitung aufschlage, fällt mein Blick sofort auf das Wort Australien.

Warum durfte Evert nicht mehr erwähnt werden, und was hatte Herman Slaghek in der Vergangenheit noch über seinen Sohn geschrieben? Während sie zurückblätterte, fiel ihr Blick auf ein Datum, 6. Mai 1998, und fast gleichzeitig auf den Namen am unteren Blattrand.

Das Strandhotel war ausgebucht. Ein Bridgeturnier. Morgen würden wieder ein paar Zimmer frei werden. Er hatte schon vorsorglich eins reserviert, ein schönes, großes Zimmer mit Bad und Balkon. Mit dieser Nachricht kehrte er nach »Dünenrose« zurück, aber Manou zeigte nicht das geringste Interesse. Mit zusammengepreßten Lippen studierte sie einen Zettel mit Abfahrts- und Ankunftszeiten, aber die Nachmittagsfähre schien in der Vorsaison nicht zu fahren, jedenfalls nicht samstags. Sie knüllte das Papier zu einem Ball zusammen, der neben dem Papierkorb landete.

»Hast du mal eine Zigarette?« fragte sie mit angespannter Stimme.

»Wie kommst du darauf? Wir haben doch aufgehört, hast du das vergessen?«

»Wirklich nicht? Auch nicht irgendwo in einer Innentasche?«

Sie ging in den Flur, tastete die Taschen seines Mantels ab. Fand aber nicht die zerknitterte Schachtel mit dieser letzten, zerknickten Zigarette, sondern lediglich eine Kippah.

»Ach, da ist sie also. Ich hatte sie verloren, na ja, verloren – vergessen, wo ich sie hingelegt hatte.« Er war seit Monaten nicht in der Synagoge gewesen; an jedem freien Samstag gab es irgend etwas an dem neuen Haus zu tun, eine Wand zu streichen, einen Schrank zusammenzuschrauben, einen Speicherraum in ein Arbeitszimmer zu verwandeln. Nachdem er ein paar Wochen nacheinander nicht hingegangen war, fiel es ihm schwer, den Faden wiederaufzunehmen ... Nein, das war nicht der wirkliche Grund. Jetzt, da er mit einer jüdischen Frau verheiratet war, hatte der Drang, zur Synagoge zu gehen, seltsamerweise nachgelassen. Was er dort gesucht hatte, fand er nun bei Manou: Anerkennung, Rückhalt, Ruhe.

Genau in diesem Moment wurde Manou von blinder Wut über »diese scheinheilige Kappe« gepackt und schleuderte sie ihm weinend vor die Füße. Er bückte sich, um sie aufzuheben; es hing nur noch eine Haarklammer daran. Er sah sich um, ob er die andere irgendwo liegen sah. »Ich wäre auch lieber woanders. Ich hab wirklich mein Bestes getan, heute abend noch ein anderes Zimmer zu finden, wirklich.«

Einen kurzen Moment herrschte Stille, dann sprudelte es aus ihr hervor, ohne Unterbrechung, ein endlos langer Vorwurf. Gelassen hörte er sich ihre Anschuldigungen an. Wie war sie dahintergekommen, was hatte ihn verraten? Aber er konnte ihren Redeschwall nicht unterbrechen, versuchte es auch nicht. Es hatte keinen Zweck zu leugnen, denn mit ihren blauen Röntgenaugen schaute Manou mitten durch ihn hindurch.

Er senkte den Kopf. In einem breiten Spalt zwischen zwei Holzdielen klebte ein Stückchen Kaugummi. Am liebsten hätte er darauf gezeigt: Glaub mir, genau so fühle ich mich.

»Es tut mir leid. Ich weiß nicht, was ich sagen soll … Ich will es nicht beschönigen.«

Sein Mund füllte sich mit Speichel. War es die Scham, oder hatte er einfach nur Hunger? Seit dem Frühstück hatte er nichts mehr gegessen.

»Laß uns ins Dorf gehen, irgendwo was essen.«

»Ja, ja … unter Menschen kommen, damit wir über nichts mehr zu reden brauchen.«

»Wir können unterwegs reden.«

»Ich will aber gar nicht essen gehen.«

»Ich würde liebend gerne hier etwas für dich kochen, aber wir haben noch nicht mal ein Stück Brot im Haus.«

»Wenn du solchen Hunger hast, dann hol dir doch was. Im Dorf gibt es bestimmt einen Laden, der abends offen ist.«

Aber so einen Laden gab es nicht, auf der ganzen Insel nicht, und es gab auch keinen chinesischen Schnellimbiß und keine Sushi-Bar. In der Dämmerung gingen sie über den Strandweg zum Dorf. Er hörte kein anderes Geräusch als ihre Fußtritte auf dem Muschelweg und das Rauschen der hohen Kiefern zu beiden Seiten des Wegs. Drohend zeichneten sie sich vor dem dunkler werdenden Himmel ab. Er roch ihre Nadeln in der kalten Abendluft; der Duft kribbelte ihm in der Nase; dann und wann fiel ein Zapfen auf den Boden, mit einem leisen Plopp, was die Stille noch unterstrich. Ein Kaninchen schoß direkt vor ihnen über den Weg in den Wald. Als er Manou auf das weiße Stummelschwänzchen aufmerksam machte und meinte, daß es regelrecht zu leuchten schien, nickte sie nicht einmal. Was er auch sagte, um sie aufzuheitern – jedes Wort fiel dumpf zwischen ihnen zu Boden.

Je mehr er sich der tiefen Stille und des Waldesduftes bewußt wurde, desto düsterer war ihm zumute: So mußten Adam und Eva sich gefühlt haben, als sie aus dem Paradies vertrieben wurden. Wenn der Engel mit dem Flammenschwert sie nicht fortgeschickt hätte, wären sie von selbst davongeschlichen. Um sie herum war noch alles genauso paradiesisch wie zuvor – die Vögel, die Bäume, die Tiere –, nur sie selbst hatten sich verändert, zu Fremden.

Er versuchte, seinen Arm um Manous Taille zu legen, wollte sie an sich ziehen, aber sie wehrte ihn ab. Während sie weitergingen, achtete sie sorgfältig auf Abstand zwischen ihnen beiden. Er wollte sie bitten, ihm zu glauben: Seit dem letzten Mal mit Martine – ein großer Fehler, das würde er zugeben – sei sie die einzige. Er habe sie nie betrogen. Nie, nicht einmal in Gedanken. Vertrau mir doch, bitte, flehte er innerlich, aber er hielt sich zurück. Jetzt war noch nicht der richtige Augenblick. Er konnte sie nicht zwingen, ihm zu vertrauen, genausowenig wie man verlangen konnte, daß man geliebt wurde. Oder es verbieten konnte ...

Ein Gesprächsfetzen – er konnte die Erinnerung nicht zurückhalten. Er hatte versucht, Martine davon zu überzeugen, daß es bestimmt wieder einen anderen Mann in ihrem Leben geben würde: So eine außergewöhnliche Frau wie sie blieb nicht lange allein.

»Wenn ich wirklich so außergewöhnlich bin, warum verläßt du mich dann?« hatte sie gefragt, dort in dem Geisterhaus, das mit jedem Schritt weiter hinter ihm zurückblieb. Doch Zeit und Entfernung spielten keine Rolle; wie ein Bumerang kehrte die Erinnerung zurück. Um Martines Stimme nicht zu hören, ging er immer schneller in Richtung Dorf, wo zumindest Cafés und Restaurants waren, Menschen, Stimmengewirr, Ablenkung. Erst als er bemerkte, daß er mehrere Meter vor Manou herlief, zügelte er sein Tempo.

Sie kehrten im »Bruin« ein, einem altmodischen Familienhotel, ungefähr in der Mitte der Dorpsstraat. Die drapierten Vorhänge vor den Erkerfenstern waren blaßrosa, die betagten Gäste an den Tischen um sie herum sprachen mit gedämpfter Stimme. Aber die Gespräche der anderen schienen geradezu lebhaft im Vergleich zu ihrer Unterhaltung. Während der ersten Viertelstunde starrte Manou mit roten Augen in die Flamme der Kerze, die ein Kellner für sie angezündet hatte.

»Wir benehmen uns schon fast wie eines dieser Paare, über die wir uns sonst immer lustig machen«, flüsterte er ihr über den Tisch zu. »So ein betreten dreinblickendes Ehepaar, bei dem man sich immer fragt: Haben die sich denn wirklich nichts mehr zu erzählen?«

Meistens lachte sie gern, aber jetzt verzog sie keine Miene. Um die Stille zu durchbrechen, begann er damit, ihr die Speisekarte vorzulesen. Nach jedem Gericht blickte er sie fragend an. Mit größtem Taktgefühl und Zärtlichkeit verlas er die Vor-, Haupt- und Nachspeisen. Normalerweise fiel es ihr schwer, eine Entscheidung zu treffen – Manou hatte immer Appetit, Manou schmeckte fast alles –, und deshalb versuchte er ihr zu helfen: Wenn sie den norwegischen Lachs nähme, würde er den Seeteufel bestellen. Dann könnte sie ein Stückchen von seinem Gericht probieren und er ein Stück von ihrem, dann brauchte sie sich nicht zu entscheiden. Bei dem Wort »entscheiden« blickte sie ihn verächtlich an. Wer war denn hier derjenige, der zweifelte, der Schmarotzer, derjenige, der auf zwei Hochzeiten tanzte? Außerdem wolle sie überhaupt keinen Fisch, sie wolle Fleisch, meinte sie barsch.

Erst nachdem sie bestellt hatten und sie ein paarmal von ihrem Wein getrunken hatte, war sie endlich bereit, das Wort an ihn zu richten.

»Warum hast du es mir nicht gleich gesagt, damals, letztes Jahr?«

»Weil ... na ja, so gut kannten wir uns damals noch nicht. Gerade mal vier, fünf Wochen.«

»Sechs Wochen.«

»Erinnerst du dich noch, daß wir uns gleich beim ersten Mal, als ich über Kinder sprach, gefragt haben, wem unser Kind wohl ähnlich sehen würde? Wir stellten eine Kombination unserer besten Eigenschaften zusammen: Dein breiter Mund und dein Schönheitsfleck, meine Locken, deine langen Beine, meine Augen, zumindest die Form, aber sie sollten deine Farbe und deine Wimpern haben.« Er redete wie ein Wasserfall, über Gene und Ähnlichkeiten, bis sie ihn unterbrach.

»Und warum heute morgen nicht, auf der Fähre? Oder sonst heute nachmittag, als du schließlich zugeben mußtest, daß du schon mal in ›Dünenrose‹ warst?«

»Ich hatte Angst, daß du es nicht verstehen würdest ... Warum ich dir damals nicht davon erzählt hab, aus eigenem Antrieb. Aber können wir jetzt bitte über etwas anderes sprechen? Es tut mir wirklich leid, ich liebe dich so sehr. Willst du mich heiraten?«

»Wir sind schon verheiratet.«

Er gab es auf und schaute aus dem Fenster. In der Spiegelung der Glasscheibe sah er, daß sie ihn prüfend betrachtete. Jetzt nichts sagen, dachte er. Vielleicht sieht sie ja ein, daß so etwas passieren kann. Aber sie zeigte keinerlei Anzeichen von Verständnis, sie lehnte sich zurück und meinte: »Du erinnerst mich heute an so eine russische Puppe. Jedesmal, wenn ich denke, daß ich wüßte, woran ich bin, kommt wieder ein anderes, noch mickrigeres Männlein zum Vorschein.«

Den letzten Teil sagte sie flüsternd, hastig. Was aber nicht bedeutete, daß er nicht jedes Wort verstanden hätte. Er sah, wie sie unwillig zu einem Mann und einer Frau hinübersah, die auf ihren Tisch zukamen. Er erkannte sie sofort, flüchtige Bekannte, Freunde von Freunden, sie hatten einander ein paarmal auf irgendwelchen Feiern getroffen. Nienke oder Nietje und Joop oder Jaap, nein, die Namen wußte er nicht mehr, aber das spielte auch keine Rolle. Er schob seinen Stuhl zurück, und bevor Manou ihn zurückhalten konnte, hatte er das Paar schon an den Tisch gewunken. Die zögernden, höflichen Einwände der Frau, die Manou unsicher ansah, schob er leutselig beiseite: Nein, sie störten nicht, natürlich nicht, ach was, im Gegenteil! Und schon sprang er auf, um der Frau aus dem Mantel zu helfen, während er gleichzeitig dem Kellner winkte.

Es kostete ihn die größte Mühe, so zu tun, als wenn nichts wäre, was selbst Mieke und Bart nicht entging: »So kennen wir dich gar nicht, sonst sprudelst du doch über vor Geschichten und Witzen. Bist du vielleicht krank?«

Langsam drang es zu ihm durch, was Manou über ihn gesagt hatte. Er konnte sich nicht erinnern, daß er jemals etwas Vernichtenderes gehört hatte. In der Praxis wurde er immer häufiger mit völlig überreizten Patienten konfrontiert, die ihm mit wüsten Worten drohten, wenn er nicht unverzüglich das gewünschte Rezept ausstellte; aber selbst die übelste Schimpfkanonade hatte nicht diese Wirkung auf ihn gehabt. »Jedesmal, wenn ich denke, daß ich wüßte, woran ich bin, kommt wieder ein anderes, noch mickrigeres Männlein zum Vorschein ...«

Aber nachdem er sich von dem ersten Schock erholt hatte, merkte er zu seinem Erstaunen, daß er nicht nur beleidigt war, nicht nur bis ins Mark getroffen. Das alles war nicht nur schmerzhaft und verwirrend. Ein ähnliches Phänomen hatte er auch gelegentlich bei seinen Patienten beobachtet: Sobald das jeweilige Leiden einen Namen hatte, hellte sich das Gesicht seines Gegenübers auf. Er war nicht erfreut über Manous Urteil, aber doch schien es, als würde eine schwere Last von ihm genommen. Das ganze Leben lang lechzte man nach Anerkennung, nach einem bestätigenden Klaps auf die Schulter, nach Komplimenten, aber manchmal war ein Schlag ins Gesicht einfach besser.

Später, auf dem Heimweg, erinnerte er sich an den Satz eines rumänischen Philosophen, dessen Name ihm nicht mehr einfiel. Vor etlichen Jahren hatte er diesen Gedanken angestrichen, weil er vermutete, daß es stimmte, was dort stand, ihn aber mit einem Fragezeichen versehen, weil er es selbst nie erlebt hatte: *Nichts bringt uns näher zu uns selbst als die Demütigung.*

Er glaubte, daß er es jetzt verstand. Er war nicht nur der Mensch, der er so gerne sein wollte, ein geschätzter Hausarzt, ein Kollege, auf den man sich verlassen konnte, der Augenstern seiner Eltern, der treue Freund, der zum fünfzigsten Geburtstag eine Rede halten würde, genau wie zum fünfundsiebzigsten und schließlich zur Beerdigung. Ebenso häufig mogelte er sich durch, war ein Feigling, ein mickriges Männlein, ja – und seltsam, er war erleichtert, daß seine Frau das endlich entdeckt hatte, daß sie ihn nun so sah, wie er war, in seiner wirklichen Gestalt. Aber konnte sie damit leben? Wollte sie ihn überhaupt noch? Als ihren Ehemann, als den Vater ihrer Kinder?

Wieder in der »Dünenrose« angekommen, ging sie sofort ins Bett. Sie zeigte auf das kleine Einzelzimmer gegenüber der Toilette. »Ich schlafe hier, und was hast du vor?« Mit dem Kopf deutete er zur Treppe und verzog sich dann nach oben, um ihr nicht vor die Füße zu laufen. Er schaltete das Licht ein; die schrägen Wände des Zimmers waren blau gestrichen. Ein helles Blau wie an einem schönen Strandtag, aber dennoch bereitete ihm der Raum Atemnot, und er riß das Fenster weit auf. Es war nahezu windstill, er konnte das Meer nicht hören. In einiger Entfernung klang ein leises Summen. Der Ventilator der Hotelküche vielleicht? Er lehnte sich aus dem Fenster, starrte zum dunklen Himmel hinauf. Ein Anblick wie in einer kalten Winternacht; in der Stadt sah man nur selten so viele Sterne. Es schien fast wie ein Versprechen. *Und zähl die Sterne, wenn du sie zählen kannst. So zahlreich werden deine Nachkommen sein.*

Kurze Zeit später kam Manou ihm nach. »Ich habe nur zwei große Betttücher eingepackt«, sagte sie, »aber die

Molton-Tücher auf den Betten sind sauber. Hier – ein Laken und ein Kissenbezug; dann mußt du eben improvisieren.«

Diese Geste beruhigte ihn etwas. Sie wollte zwar nicht mit ihm in einem Bett schlafen, hatte aber auch nicht das Bedürfnis, ihn zu bestrafen; er brauchte also nicht wie ein Obdachloser unter einer kratzigen Wolldecke zu schlafen. Bevor sie aus dem Zimmer ging, meinte sie: »Weißt du, du hast mindestens zweimal gesagt, daß du Angst hattest, wie ich reagieren würde. Wovor hast du dich denn nun so gefürchtet?«

»Na ja ... daß du mich nicht mehr sehen willst, daß du weggehst.«

»Endgültig? Richtig ... weggehen? Für immer?«

Er nickte, und sie schüttelte den Kopf.

Sie hatte es nicht gesagt, nicht ausdrücklich, dafür war sie zu stolz, aber er wußte genug.

»Gute Nacht, Schatz«, meinte er, aber sie antwortete nicht. Schritt für Schritt würde er sie zurückerobern müssen, aber das würde mehr als einen Abend erfordern. Zuerst mußte sie schlafen; der Schlaf war ein besserer Arzt, ein besserer Tröster, als er es unter diesen Umständen sein konnte. Sie stand schon am Treppenabsatz, als sie sich umdrehte und fragte: »Oder gibt es irgendwas, vor dem ich Angst haben sollte?«

»Du?«

In einem anderen Haus in den Dünen klingelte ein Telefon, ein altmodisches Klingeln wie von einer Ladenglocke.

Es schien, als wagte Manou nicht, sich zu bewegen, nicht, zu atmen, als sie ihn schließlich fragte: »Hast du sie noch geliebt, als du mit ihr Schluß gemacht hast? Liebst du sie noch immer?«

»Nein«, sagte er und sagte es noch einmal, während er immer heftiger den Kopf schüttelte. Er konnte sie nicht wieder belügen, aber gleichzeitig wollte er ihr nicht zeigen, was in ihm vorging: Nein, von Liebe konnte keine Rede sein, dafür aber um so mehr von Lust. Deshalb blickte er rasch nach draußen und tat so, als würde er durch das Telefonklingeln abgelenkt. Manou durfte nicht sehen, was er erkannt hatte: Bei ihr würde er diese Lust niemals finden. Denn diese Leidenschaft war durch ein Verbot angefacht worden, geschürt durch die Gewißheit, daß es bald vorbei sein würde.

Endlich hörte das Klingeln auf.

»Aber sie hat dich geliebt«, sagte Manou.

Ihr Ton beunruhigte ihn; es war genau der gleiche allwissende Ton, mit dem seine Mutter ihm früher so häufig zu verstehen gab, daß er sich vor etwas drückte.

»Wie kommst du darauf?«

»Sie hat dich geliebt, von ganzem Herzen. Bis heute Abend habe ich nie darüber nachdenken wollen. Bis ich gelesen habe, was sie geschrieben hat.«

»Wo ... an wen geschrieben?«

»Im Gästebuch.«

Wovon redete sie? Er wußte es wirklich nicht.

Sie drehte sich um und ging die Treppe hinunter. Erst als er ganz sicher sein konnte, daß sie in ihrem Zimmer war, ging auch er nach unten.

Er entdeckte das Buch sofort und verstand nicht, warum er es nicht schon am Nachmittag gesehen hatte. Er nahm es vom Tisch, schlug es auf und blätterte darin herum, während sein Atem immer schneller ging. Er erkannte die Handschrift mit einem Blick und auch das Datum: 6. Mai 1998 – der Tag, nachdem er hier gewesen war.

Er schloß das Gästebuch und drückte es an seine Brust. Er brauchte es nicht zu lesen, er wußte, was dort stand, und Manou wußte es auch. Martine hatte sich alles von der Seele geschrieben, die ganze Welt durfte es wissen: Er hat mich wochenlang betrogen, hat behauptet, er würde Hausbesuche machen, während er bei Manou war. Er hatte mir noch keinen Heiratsantrag gemacht, das nicht, aber ganz allmählich – wir wollten nichts überstürzen – suchten wir ein Haus, groß genug für uns beide. Um darin zusammen alt zu werden, so hatte er es doch ausgedrückt? Für mich war das wie ein Heiratsantrag. Ich versuchte, ihn zu verstehen, wollte ihn besser kennen als er sich selbst. Ich habe sogar angefangen, Hebräisch zu lernen. Ich habe ihn meiner Mutter vorgestellt, ihm ihr Geheimnis erzählt. Warum auch nicht, schließlich war er mein Mann, ich vertraute ihm.

Er hielt den Atem an, als er ein Knacken hörte. Bigamist, hatte Manou ihn im Scherz genannt, im Bus, als sie noch von nichts wußte ... Hoffentlich begriff sie, daß er jetzt allein sein wollte. Erst als er kein Geräusch mehr hörte, wagte er es, das Gästebuch wieder aufzuschlagen und zu lesen, was Martine geschrieben hatte.

Dünenrose, 6. Mai 1998

Als ich etwa dreizehn war und mitten in der Pubertät, hat meine Mutter einmal ausgerufen: Was für eine lahme Periode in einem Menschenleben ist das doch. Kannst du dieses Stück nicht überspringen? Daran dachte ich heute morgen, als ich viel zu früh, schon um fünf, in »Dünenrose« aufwachte. Könnte ich die kommenden Stunden, Tage, Wochen nur überspringen ...

Hastig las er weiter bis zum Ende der Seite. *PS: Ich habe einen Teller zerbrochen, aber keine Zeit, ihn zu ersetzen. Sorry!*

Vorsichtig schob er das Buch von sich, als könne es jeden Moment in seinem Gesicht explodieren. *Könnte ich die kommenden Stunden, Tage, Wochen doch einfach überspringen ...* Wie viele Monate hatte Martine ihm nachgetrauert? Er wußte, daß es möglich war, daß Menschen vor Kummer dahinsiechten. Wie häufig hatte er einen Patienten untersucht und dabei gedacht: Mit deinem Blutdruck ist alles in Ordnung, und deinem Herzen fehlt nichts, außer, daß es gebrochen ist. Sein Blick wanderte zur geschlossenen Schlafzimmertür. Er sah sie vor sich, so klar und deutlich, als wäre sie mit einer Feder gezeichnet, damals, als er sich ein letztes Mal umdrehte: Martine, nackt, im Bett, mit dem Rücken zu ihm. Schwer angeschlagen. Die rote Haarsträhne verlief wie eine Blutspur zwischen ihren weißen Schulterblättern.

Wie tief war die Wunde, die er ihr zugefügt hatte?

Er legte das Gästebuch ins Bücherregal auf einen Stapel Taschenbücher – das hier ging niemanden etwas an – und gab dem Buch einen kleinen Stoß, so daß es dahinterfiel, trat einen Schritt zurück und konstatierte, daß das rote Buch nun unsichtbar war. Aber auch danach blieb er unruhig, als hätte er Fieber. Ich wünschte, ich hätte anders gelebt, dachte er. Besonnener, beherrschter. Ich wünschte, ich hätte nur ein einziges Mal in meinem Leben einer Frau ein Versprechen gegeben.

Er sah sein Spiegelbild im dunklen Fenster, drückte seine Fingerspitzen gegen das kalte Glas. Gefrorenes Wasser, noch von keinem Schlittschuhläufer betreten, ohne jeden Kratzer. Aber Martine hatte doch auch eine Reihe von Liebhabern verschlissen, bevor sie ihm begegnete? Wenn man so lebte wie sie, konnte man nicht jedesmal ungeschoren davonkommen.

Auf diese Weise sträubte er sich noch eine Weile, aber was er auch dachte, welche Begründung er auch anführte, es half alles nichts, und schließlich senkte er den Kopf. Er legte seine heiße Stirn an die Scheibe und schloß die Augen. Wie ein Eiszapfen drang die Reue in ihn ein. Schmerz, der langsam umgeschmolzen wurde zu Kummer über das, was er ihr angetan hatte. Der ihn traurig machte, aber sicher nicht mickrig.

2

Bereits zum sechsten Mal kamen sie jetzt auf die Insel, meistens für drei Wochen, immer im Mai. Sie hatte herausgefunden, daß ihr Urlaub einem regelmäßigen Muster folgte. Während der ersten Tage legte sich die Müdigkeit wie eine klamme Decke um ihre Schultern, was nicht allzusehr verwunderte, wenn man bedachte, was sie alles erledigen mußte, bevor sie die Tür hinter sich zuziehen konnte. Packen, das Haus gründlich putzen, einen neuen Schlüssel anfertigen lassen, weil der Reserveschlüssel klemmte. Genügend Dosenfutter und Streu für die Katze einkaufen, einen Plan aufstellen, wer wann die Katze fütterte.

Im Hafen von Harlingen war im Mai noch nicht viel Betrieb, aber wieviel Zeit sie für die Fahrt auch veranschlagten, der Wechsel vom Wagen auf die Fähre verlief immer hektisch und nie ohne Ärger. Zuerst mußten die Taschen ausgeladen werden, dann kaufte sie die Karten für die Überfahrt und paßte auf das Gepäck auf, während er den Wagen zum Parkplatz brachte. Nur wenn es in Strömen regnete, nahm Herman zurück den Bus, aber meistens trabte er die ganze Strecke. Es war ihm offensichtlich gleich, daß sie nervös wurde vor Angst, sie könnten die Fähre verpassen oder er würde irgendwann einen Herzinfarkt bekommen von dieser blödsinnigen Lauferei. Wenn Herman Geld sparen konnte, dann tat er das auch; und wenn sie ihn deshalb kritisierte, meinte er nur: »So bin ich nun mal.« Sie waren beide Jahrgang '39 und in einer Zeit der Not und der Lebensmittelkarten groß geworden. Zwar hielt sie sich selbst auch nicht gerade für verschwenderisch, aber Herman war ausgesprochen sparsam. Wenn es nach ihm gegangen wäre, dann hätten sie die Strecke von Schiedam nach Harlingen mit dem Fahrrad zurückgelegt und das Gepäck in einem dieser schwerfälligen Wägelchen hinter sich hergezogen.

Aber sosehr sie sich auch ärgerte, der salzige Wind im Hafen beruhigte sie wieder. Als würde sie mit dem ersten Zug Seeluft auch das Versprechen einatmen: Es ist wahr, wir fahren wirklich, beinahe ... Das erste Mal war nach Everts Tod gewesen, vor sechseinhalb Jahren. Seit jenem Frühling waren sie immer wieder nach Vlieland zurückgekehrt. Sie war hier todunglücklich gewesen, so abgestumpft und depressiv, daß sie manchmal neidisch einen dampfenden Hundehaufen betrachtet hatte, der zumindest eine Form besaß und warm war. Aber hier, auf der Insel, hatte sie es auch zum ersten Mal zugeben müssen: Was für ein wunderbarer Tag ist heute, und wie herrlich wandern wir durch die Dünen. Hier hatte sie Herman, nach vielen Monaten, endlich wieder einmal vor sich hin summen hören.

Der Urlaubsanfang war eine Art Gradmesser für das, was sie während des vergangenen Jahres am meisten beschäftigt hatte. Dann mußte erst einmal einiges abgeschüttelt und ausgeschwitzt werden. Wenn sie am Meer entlangliefen, ließ die Brandung sie eine Weile schweigen, und sie verspürten keinerlei Bedürfnis zu reden, bis einer von ihnen plötzlich losplatzte. Ein Gespräch konnte man das nicht nennen, es waren eher einzelne Ausrufe, die nur sie verstanden, als Sätze. In diesem Jahr fing Betty immer wieder von ihrem Vater an. Die ganze Anspannung, die Panik wegen seiner plötzlichen Einweisungen ins Krankenhaus, all das kam jetzt herauf. Es schien, als wäre der flache Strand ein unbeschriebenes Blatt Papier, auf das sie endlich ihr Herz ausschütten konnte.

In den ersten Tagen telefonierte sie alle paar Stunden mit ihrem Vater oder mit einer seiner Schwestern, die ihn abwechselnd bekochten, aber danach stellte sie fest, daß sie hin und wieder auch mal eine Weile nicht an ihn gedacht hatte. Ihre Tanten versicherten ihr, daß die Lage stabil sei: »Spar deine Kräfte für später, und versuch, den Urlaub zu genießen; es wird noch schwer genug werden.« Im Augenblick konnte Papa nachts noch allein sein, und darauf bestand er auch. Er versuchte, ein weitgehend normales Leben zu führen.

Wie schafft er das nur, fragte sich Betty, wenn sie sah, wie ihr Vater tapfer im Haus herumhantierte, eine Briefmarke auf einen Brief klebte, ein paar Krümel vom Tisch fegte, kurz an einer Erdbeere roch, bevor er sie sich in den Mund schob. Wie ist es möglich, daß er jetzt, wo der Tod so nah ist, nicht aufgibt, sich nicht auszieht und mit einer Flasche Genever ins Bett legt. Im Grunde kannte sie die Antwort, sie hatte auch weitergemacht, wenn auch mit dem Mut der Verzweiflung. Aber jetzt, da sie es bei jemand anderem sah, verwunderte es sie immer wieder.

Versuche, den Urlaub zu genießen. Während der ersten Tage war das noch ein Befehl, den sie gehorsam befolgte, aber bevor eine Woche verstrichen war, ging es von selbst. Jeden Tag fuhr sie mit dem Rad an den Gärten auf der Wattseite vorbei, um nachzusehen, wie weit der Frühling schon vorangeschritten war. Sie fuhr im Schritttempo, um nur ja nichts zu verpassen. Die schmalen Hintergärten der Häuser an der Dorfstraße entzückten sie. Nicht nur die Blumen und Sträucher, sondern auch die kleinen Grundstücke, die als Gemüsegärten dienten und in denen man die ersten Stielmusblättchen herauskommen sah. In einem der Gärten stand auch eine Pergola, die fast unter dem Gewicht einer Glyzinie zusammenbrach, und auf dem Flachdach des Holzschuppens wuchsen allerlei Sorten Moos in unterschiedlichen Farben, von Rostbraun bis Apfelgrün, dazwischen hatte sich Gundelrebe angesiedelt. Ein paar Gärten wurden durch rosa Zierjohannisbeerhecken voneinander getrennt; kurz nach einem Regenschauer vermischte sich ihr würziger Duft mit der Salzluft des Wattenmeers.

Mitten auf dem Deich stand ein rechteckiges, gemauertes Haus, dessen zweites Stockwerk mit breiten, weiß gestrichenen Holzplanken verkleidet war. Das Ganze wirkte fast wie ein großes Ruderhaus. An drei Seiten hatte es Fenster, die sowohl auf die angrenzenden Gärten links und rechts als auch aufs Watt hinausblickten. Da müßte man wohnen, seufzte Betty jedesmal, wenn sie daran vorbeifuhr. In all den Jahren hatte sie noch nie jemanden in diesem Ruderhaus gesehen. Es gehörte kein Gesicht zu dem Haus, kein Eigentümer, und dadurch fiel es ihr leichter, sich vorzustellen, daß sie selbst dort am Tisch vor dem Fenster saß und zeichnete oder daß sie Wäsche aufhängte, auf einer Leine, die sie in Gedanken zwischen zwei Apfelbäume spannte.

Wer solch ein Haus besaß, mit dieser Aussicht, würde sich nie und nimmer davon trennen. Undenkbar. Und angenommen, der Eigentümer müßte verkaufen, auch dann würden Herman und sie es sich doch niemals leisten können, und das war vielleicht auch ganz gut. Schließlich mußte es etwas geben, wovon man sein Leben lang träumen konnte. Wenn sie mit offenem Mund zum Ruderhaus hinaufstarrte, war sie wieder das junge Mädchen, das sich in allen möglichen Tagträumen verlor. Von dem Mann, den sie später heiraten würde, von den Kindern, die sie bekommen würde, ein Junge und ein Mädchen, und der Junge würde Evert heißen, genau wie ihr Vater ...

Zu Hause ging Herman selten auf einen Kirchhof. Um zum nächsten Friedhof zu kommen, mußte man über drei gefährliche Kreuzungen, und außerdem war es dort lange nicht so ruhig und friedlich wie hier. Auf der Insel kam er jeden Tag mehrmals vorbei, wenn er ein halbes Vollkornbrot holte oder die Morgenzeitung, und manchmal ging er dann kurz hinein.

Er war schon so oft über diesen Friedhof gegangen, daß ihm die meisten Namen bekannt vorkamen. Während er über den Kiesweg an den Gräbern vorbeischlenderte, vorbei an den aufrecht stehenden Steinen, den liegenden Grabplatten, den Kreuzen, den selbstentworfenen Grabdenkmälern, hatte er jedes Jahr wieder den gleichen Gedanken: Vielleicht geht genau in diesem Moment ein Mann über den Friedhof in Melbourne. Er verharrt an der Stelle, wo wir Evert zurückgelassen haben, liest Geburts- und Sterbedatum und denkt: Ach, noch so jung.

Manchmal bildete er sich ein, daß er eine Stimme hörte, die zögernd und mit englischem Akzent den Namen seines Sohns aussprach, Evert Slaghek. Er selbst sprach die in Stein gemeißelten Namen, an denen er vorbeiging, ebenfalls leise aus, Annie, Jelte, Jacoba, Marion, Wiebe, Thomas, Frits, Louise. Es schien ihm wichtig, das so zu machen. Gott hatte mit seinem Atem dem ersten Menschen Leben eingehaucht, und er, Herman, konnte nicht mehr tun, als die Namen dieser Inselbewohner noch einmal erklingen zu lassen.

So schicksalsergeben war er nicht immer gewesen. In der Trauerhalle hatte er den Leichnam seines Sohnes an sich gedrückt und geschrieen, daß er nicht wirklich tot sei, sondern nur steif vor Kälte. »Das kommt durch dieses Kühlgerät. Stell das Ding ab, bitte!« hatte er Betty angebrüllt und dann selbst die Kühlung mit einem einzigen wütenden Tritt außer Betrieb gesetzt. Er hatte Betty grob von sich gestoßen, als sie versuchte, ihn von der Bahre fortzuziehen; er wollte Evert in den Arm nehmen, um ihn mit seinem eigenen Körper zu erwärmen. »Was ist es hier kalt. Fühl mal meine Wangen, seit drei Tagen nicht rasiert, wie ein Igel, hast du früher immer gesagt. Draußen ist wunderbares Wetter, aber du bist so schwer, hilf mal ein bißchen mit, dann trägt Papa Igel dich nach draußen. Ich leg dich in die Sonne, und Mama wickelt dir den Verband von der Stirn ab, dann heilen die Wunden besser.«

Er zog das Friedhofstor hinter sich zu. Bevor er auf die große Reise ging, hatte Evert gesagt: Sollte mir etwas zustoßen, dann will ich dort begraben werden, wo ich gestorben bin. Kein Theater, versprecht ihr mir das? Damals fiel es ihnen nicht leicht, seinen Wunsch zu respektieren, aber jetzt hatten sie sich damit abgefunden. Man brauchte das Grab nicht zu sehen, um dort zu sein. Zu wissen, wo es lag, unter welchem Baum ihr Sohn drüben begraben war, genügte ihnen.

Er schob sein Rad um die Kirche herum und danach den steilen Weg hinauf, am »Het Armhuis« vorbei zum Willem de Vlaminghweg. Er wollte noch eben zum Hafen, aber kurz vor Ankunft der Fähre fuhr man besser nicht über die Dorpsstraat. Bevor er auf sein Rad stieg, warf er noch einmal einen Blick über die Schulter; der Frühling hatte nun wirklich begonnen, die Hecke um den Friedhof war seit ein paar Tagen vollkommen grün, so daß man die Gräber kaum sehen konnte. Fast wie ein geheimer Garten.

Bereits auf Höhe des Fremdenverkehrsgebäudes VVV fiel ihm auf, daß die Fähre noch nicht einmal zu sehen war; bei Ebbe hatte die Oost-Vlieland immer etwas Verspätung. Er beschloß, noch einen kleinen Umweg zu machen; einmal durch den Wald hinter dem Hafen, dorthin kam er nur selten. Vom Wald aus konnte man die Fähre zwar nicht sehen, aber durchaus hören, wenn sie ihre Ankunft mit zwei kurzen und einem langen Ton ihrer Schiffssirene ankündigte.

Er fuhr an einem Minigolfplatz vorbei und wunderte sich, daß so ein Geschäft sich noch rentierte. Was für ein albernes Spiel. Ein einziges Mal hatte er es gespielt, während eines Betriebsausflugs. Danach hatte er von der gebückten Haltung Rückenschmerzen gehabt; die neue Khakihose, die Betty ihm aufgeschwatzt hatte und bei der er das Etikett nicht entfernt hatte, damit er sie nach dem Ausflug sofort wieder in das Geschäft zurückbringen konnte, war mit orangefarbenen Striemen übersät.

Richtig Golfspielen, auf so einem welligen grünen Rasen, das konnte er sich schon eher vorstellen, aber er hatte es nie ernsthaft in Erwägung gezogen. Das war doch mehr etwas für eine andere Sorte Menschen. Allein die Schläger kosteten ein Vermögen, und dann brauchte man noch eine Tasche dafür und ein Wägelchen, um den ganzen Kram zu transportieren. Sein Schwiegervater hatte es eine Weile probiert. In seiner Garage mußten noch eine Tasche mit funkelnagelneuen Golfschlägern und spezielle blauweiße Schuhe stehen, mit zusammengeknülltem Zeitungspapier in den Schuhspitzen. Er könnte sie ja mal anprobieren und mit einem Schläger und ein paar Bällen auf eine Wiese gehen, nur um zu sehen, ob er vielleicht Talent dafür hatte.

Nein, besser nicht. Vor kurzem hatte der alte Evert sich noch über seine Schwester beschwert, die seine Videokamera ausgeliehen hatte, aber dauernd »vergaß«, sie zurückzubringen. Sein Schwiegervater konnte zwar immer weniger selbst machen, und seine Welt wurde kleiner und kleiner, aber das war noch lange kein Grund, ihm alle Sachen, die er selbst nicht mehr nutzen konnte, vor der Nase wegzuschnappen.

Dennoch merkte Herman, daß auch seine Augen hin und wieder über die antiken Möbel in Bettys Elternhaus wanderten, wobei er dachte: Diesen Schreibtisch würde ich gern erben und die Uhr vielleicht ... natürlich nur, wenn niemand anderes sie haben will. Wenn sein Blick sich dann kurze Zeit später mit dem seines Schwiegervaters kreuzte, schämte er sich. So unterschiedlich sie auch waren, sie mochten einander, und er wußte schon jetzt, daß er ihn vermissen würde.

Doch neben der Scham über seine Habgier empfand er auch Erstaunen: Er hatte eigentlich angenommen, er würde sich selbst kennen. Er hatte eigentlich angenommen, daß Besitz ihm nicht viel bedeutete. Alles, was er an Büchern besaß, paßte auf ein paar Regalbretter, obwohl er ein eifriger Leser war. Ein paar Wörterbücher, auch Nachschlagewerke und ein Vogelbestimmungsbuch, mehr besaß er nicht. Wenn er ein Buch lesen wollte, lieh er es aus seiner Bücherei; bekam er ein Buch geschenkt, gab er es weiter, sobald er es gelesen hatte.

Er zog die Handbremsen und sah sich gleichzeitig um. Konnte das wirklich stimmen, was er im Vorbeifahren aus dem Augenwinkel gesehen hatte? Es hatte auch die Aufmerksamkeit eines Mannes in einer schneeweißen Segeljacke geweckt. Der Mann stand reglos am linken Straßenrand und starrte hinauf zu einem etwas höher gelegenen Haus; hinter dem mittleren Fenster hing ein Schild. Herman fuhr erst noch ein Stück weiter und kehrte dann um, obwohl er sich eigentlich sicher war, daß er sich irrte. Das konnte einfach nicht sein, überall in den Niederlanden sah man Häuser mit so einem Schild im Fenster, aber nicht auf dieser Insel.

ZU VERKAUFEN. Der Mann war inzwischen über den niedrigen Zaun gestiegen und ging den mit Holzspänen bedeckten Gartenweg hinauf. Er warf einen Blick durch das große Fenster und begann danach in aller Gemütsruhe mit einer Inspektionsrunde um das Haus. Mit der Hand strich er über einen dunklen Fleck im Mauerwerk, stach mit einem Schlüssel in einen Fensterrahmen und klopfte prüfend gegen die Regenrinne. Kurze Zeit später tauchte er auf der anderen Seite wieder auf, und einen Moment lang starrten sie einander durch die Scheiben auf der Vorder- und Rückseite des Hauses an – zwei Fische beiderseits einer Schüssel.

Bildete er sich das ein, oder lachte der Mann ihm zu? Dachte er vielleicht, daß Herman sich ebenfalls für dieses Haus interessierte, und lachte er ihn aus, weil er ihm einen Schritt voraus war? Wenn er nun weiterfuhr, würde er zugeben, daß er sich geschlagen gab; wenn er hier noch länger zaudernd herumstand, schien es, als würde er darauf warten, daß der andere ging. Am unteren Rand des Schilds standen noch weitere Informationen, wahrscheinlich der Name des Maklers und seine Telefonnummer. Dieser Wichtigtuer in seiner weißen Jacke hatte sich noch nichts notiert. Wenn er nun sein Fahrrad in den Straßengraben warf, schnell zum Fenster lief und sich die Nummer einprägte, konnte er als erster …

Er riß sich zusammen, stellte einen Fuß aufs Pedal. Was war nur mit ihm los, er war doch gar nicht auf der Suche nach einem Haus? Er hatte schon ein Haus, er wollte überhaupt keine Zweitwohnung. Ganz sicher nicht. Durch Zufall hatte er den Mann das Schild lesen sehen, sonst wäre ihm das Haus noch nicht einmal aufgefallen. Ein nicht allzu großer Bungalow, aus hellgelben Ziegeln gemauert, nein, so außergewöhnlich war es nun wirklich nicht – hörte er da nicht die Fähre? Wenn er jetzt kräftig in die Pedale trat, konnte er das Schiff an der Ostseite der Insel um die Ecke biegen sehen, dann umdrehen und mit ihm zusammen zum Hafen zurückkehren.

Er beugte sich über den Lenker und fuhr, so schnell er konnte, den Havenweg entlang. Früher war er immer mit Evert um die Wette gefahren. Glücklicherweise hatte er noch erleben dürfen, daß sein Sohn ihn besiegte, stärker war, schneller war als er. Er lächelte, weil er Evert plötzlich ganz deutlich vor sich sah, um seinen siebzehnten Geburtstag herum, als er ihn auf einmal um einen halben Kopf überragte. Sein großer Junge, der sich triumphierend nach ihm umschaute, einen Arm in die Luft gestreckt, die Faust geballt.

Als er zehn Minuten später im Hafen ankam, waren alle Bänke am Kai besetzt; er setzte sich auf die oberste Stufe der Deichtreppe. Das Herz klopfte ihm bis zum Hals, seine Nackenhaare waren schweißnaß. Er streckte seine müden Beine aus und sah zu, wie der Landungssteg zur Fähre gerollt wurde. Er wollte niemanden abholen, niemanden wegbringen, aber es war ihm zur Gewohnheit geworden, bei jedem Anlegen der Fähre kurz die Ankommenden in Augenschein zu nehmen.

Aus einer Plastiktüte in der Innentasche seiner Jeansjacke zog er eine dicke, mit reifem Käse belegte Scheibe Schwarzbrot, schob sie sich in den Mund und verschluckte sich fast, so gierig vertilgte er das Käsebrot. Um diese Uhrzeit hatte er immer Appetit, darauf war er schon eingerichtet, aber heute knurrte sein Magen regelrecht vor Hunger. Zu spät, um ihr noch ein Stück Brot zuzuwerfen, sah er die Möwe, die dem Geraschel seiner Plastiktüte gefolgt war und ihn nun mit stechenden Augen über dem gelben Schnabel begierig ansah. Er versuchte, nicht mehr daran zu denken. Den Verkaufspreis nicht zu schätzen. Das war doch sinnlos. Die Häuserpreise waren in den letzten Jahren in die Höhe geschossen; sogar ihre bescheidene Doppelhaushälfte hatte in zwanzig Jahren ihren Wert verdreifacht. Und dabei lag ihr Haus auf dem Festland, in einer ganz normalen Straße, im Randgebiet von Schiedam-Noord.

Er sah zu den Menschen hinüber, die aus dem Schiffsbauch hervorquollen, es wurden von Tag zu Tag mehr, die Saison hatte nun wirklich begonnen. Normalerweise schaute er immer, ob sich unter den neuen Inselgästen vielleicht jemand befand, den er noch vom letzten Jahr kannte, doch heute erkannte er keine Gesichter. Er sah eine lange Ameisenstraße, die direkt auf das Haus im Wald zustrebte.

Als er ins Wohnzimmer kam und sie begrüßte, reagierte Betty kaum. Auf beide Arme gestützt, stand sie über den Tisch gebeugt, auf dem mehrere Aquarelle lagen. Ihr glattes weißes Haar fiel in zwei Vorhängen nach vorne, durch die sie hindurchspähte. Sie hörte ihn nicht, was er auch sagte oder fragte. Nur zum Spaß hatte er einmal gerufen, daß er fristlos entlassen sei, daß eine vierspurige Straße rund um ihr Haus angelegt werde, ein anderes Mal, daß ein Nashorn im Flur stehe. Jede seiner Bemerkungen kommentierte sie nur mit einem vagen, automatischen Nicken.

Er stellte sich neben sie, vermied es, sie zu berühren.

Wenn sie in ihre Aquarelle vertieft war, reagierte sie auf die geringste Berührung wie auf einen Wespenstich.

»Ich habe gerade ein Haus gekauft.«

»Ach ...«

Sie stellte eines der Blätter senkrecht gegen eine Vase mit Strandhafer. Sie schüttelte den Kopf. »Irgend etwas stimmt noch nicht.«

»Ich finde es sehr schön. Was stört dich denn?«

»Die Farbe. Vom Watt. Watt hat immer was Wohliges, Weiches, daß man mit nackten Füßen darin versinken möchte. Das hier ist brauner Asphalt.«

Sie sah ihn fragend an.

»Möglicherweise«, sagte er zögernd.

»Nicht so diplomatisch. Ich kann durchaus was vertragen.«

Ehrlich gesagt, hatte er nicht die geringste Lust auf dieses Gerede nach dem Motto: Hier etwas mehr Blau und dort einen Hauch mehr Tiefe. Aber wenn er jetzt einfach mit den Schultern zuckte, würde er ihr den ganzen Spaß verderben. Und das war das letzte, was er wollte. Während der ersten Tage auf der Insel hatte sie nur geschlafen, nachts schrak sie alle paar Stunden aus irgendeinem Alptraum von ihrem Vater hoch. Danach hatte sie ein paar Tage lang Dutzende von Aquarellen fabriziert, die sie genauso ungeduldig wieder zerriß, wie sie sie gemalt hatte. Aber seit gestern schlief sie die ganze Nacht durch und schien sich tagsüber wieder konzentrieren zu können.

Er beugte sich über das Aquarell, das sie an diesem Vormittag gemalt hatte, ein bei Ebbe trockengelegtes Boot. Wenn sie nicht mehr menstruieren, fangen sie an zu aquarellieren, hatte er einmal einen Mann sagen hören, dessen Freundin den gleichen Malkurs besuchte wie Betty. Warum schoß ihm diese Bemerkung durch den Kopf, ausgerechnet jetzt?

Er nahm das Blatt vom Tisch und ging damit zum Fenster. Er erkannte sofort, was daran nicht stimmte, aber um nicht den Anschein zu erwecken, er wolle sich schnell aus der Affäre ziehen, wartete er noch einen kurzen Moment und tat so, als würde er tief nachdenken.

»Du hast es vollkommen glatt gemalt. Im Watt stehen immer irgendwelche Wasserpfützen, und in denen spiegelt sich das Licht. Das vermisse ich hier, Licht.« Er stellte das Aquarell wieder auf den Tisch zurück. Sie nahm das Blatt und ließ es in eine Zeichenmappe gleiten, die aufgeklappt auf einem Stuhl stand. Als sie mit der Malerei begonnen hatte, hatte sie ihre Werke überall ausgestellt, auf den Fensterbänken, dem Kaminsims, im Wohnzimmer, in der Küche. Jeder mußte sie bewundern. Aber je besser sie malte, desto zurückhaltender wurde sie selbst.

Nachdenklich band sie die Bänder der Mappe zu. »Verrückt ist das: Wenn du eine konstruktive Kritik bekommst, ist es immer etwas, was du selbst auch schon wußtest.«

»Und wofür brauchst du mich dann?«

»Ich mußte es nur noch von jemand anderem hören.«

Sie verschwand in der Küche und kam mit zwei Gläsern und einer Kanne Himbeerlimonade zurück, die sie bereits gegen Mittag in den Kühlschrank gestellt hatte. Bei warmem Wetter tranken sie vor dem Abendessen immer ein Glas Limonade auf der Veranda. Als sie vor sechs Jahren zum ersten Mal hierhergekommen waren, hatten sie extra eine verschließbare Kanne dafür angeschafft, die sie in der »Dünenrose« zurückließen.

Sie klappten die Plastikstühle auf, ließen sich darauf nieder und erzählten sich gegenseitig von ihrem Nachmittag.

»Ist sonst noch irgendwas Besonderes passiert?« fragte Betty.

Er räusperte sich nervös. »Nein, äh, nein, ich glaub nicht.« Er hatte zwar von seinem Besuch auf dem Friedhof berichtet und auch erzählt, daß der Minigolfplatz noch immer nicht aufgegeben hatte, aber kein Wort über das Haus, das ihn so beschäftigte.

Sie preßte das Glas gegen ihre sonnenverbrannte Stirn; sein Zögern war ihr nicht aufgefallen.

»Am Watt solltest du einen Hut tragen, Bets«, sagte er rasch, um seine Verwirrung zu kaschieren, »du holst dir noch mal einen Sonnenstich.«

»Ich hoffe so sehr, daß Papa noch ein bißchen das schöne Wetter genießt. Sein letzter Sommer ...«

»Hörst du eigentlich zu, wenn ich mit dir rede?«

»Beruhige dich. Ich hab dich gehört. Morgen werde ich mir ein Taschentuch auf den Kopf legen und einen Stein darauf, damit es nicht wegfliegt. Der einzige Hut, der mir steht, ist Papas Strohhut. Hoffentlich vergißt er nicht, ihn aufzusetzen, wenn er nach draußen geht.«

In der Ferne erklang das Brummen eines Motorrollers. Kurz danach kam aus dem Wald auf der anderen Straßenseite ein Wägelchen mit drei Rädern zum Vorschein. Sie erkannten die Frau; allerdings war sie in den Jahren zuvor immer auf einem altmodischen Damenrad gefahren. Die Handtasche, die früher meistens am Lenkrad baumelte, lag nun im Drahtkorb ihres blauen Behindertenrollers. Die Frau nickte ihnen freundlich zu, als die beiden ihr zuwinkten. Auch sie hob eine Hand, aber nur ganz kurz, und umklammerte dann rasch wieder den Lenker. Offensichtlich war sie noch nicht an ihr Fahrzeug gewöhnt und hatte wohl Angst, im Straßengraben zu landen.

»Ist das nicht ...?« Betty blickte ihn fragend an.

»Ja, das ist sie, ganz bestimmt. Frau Taube – wieder ein bißchen älter geworden.«

»Ach, Gott, was mag sie bloß haben?«

»Nichts Besonderes ... das, was wir alle mal kriegen. Das Alter kommt mit Zipperlein.«

Betty legte die Beine auf die Balustrade. »Ich habe keine Angst vorm Älterwerden, absolut nicht. Solange ich nur mit meinem Wägelchen auf den Deich darf. Malutensilien vorne im Körbchen – ich sehe es schon deutlich vor mir.«

»Wenn so eine Frau ins Altersheim geht oder vielleicht stirbt, was passiert dann eigentlich mit ihrem Haus?« fragte er.

»Mit ihrem Haus?«

»Ja, das hab ich mich gerade gefragt.«

»Na ja, es geht an ihre Kinder, denke ich. Falls sie welche hat.«

Sie sah ihn an. »Warum?«

»Man sieht hier so selten ein Haus, das zum Verkauf steht.«

»Nein, eigentlich nie – jetzt, wo du es sagst ... Höchstens in der Dorpsstraat, so eine schiefe Hütte, aber nie irgendwas Schönes, hier am Strandweg oder so.«

»Zufälligerweise habe ich heute eins gesehen.«

Er bildete es sich nicht ein. Ihre Augen leuchteten auf, ihr Mund blieb neugierig offenstehen, als sie ihn fragte: »Wo?«

»Im Wald, hinter dem Hafen.«

»Ach, da.« Sie trank einen großen Schluck Limonade und sah wieder vor sich hin. Ein rotes Rinnsal lief aus einem ihrer Mundwinkel. So von der Seite war sie genau ihr Vater; der hatte auch so ein Grübchen im Kinn, als hätte Gott seinen Daumen darauf gedrückt, eine kleine Vertiefung, in der immer etwas Sauce hängenblieb. Das ärgerte ihn maßlos, wenn sein Schwiegervater Tomatensuppe oder ein Schälchen Schokopudding schlabberte, aber Betty hatte ihm verboten, irgend etwas zu sagen. Er beugte sich vor und wischte ihr die Limonade vom Kinn.

»Ich bin zufällig daran vorbeigefahren. Ein kleiner Bungalow, Anfang der sechziger Jahre gebaut, schätze ich mal. In gutem Zustand, alles ebenerdig, offener Kamin, viele Fenster. Modernes Dach, mit so einem breiten Winkel.«

»Was für ein Dach?«

»So ein Dach, als stünde jemand mit breit gespreizten Beinen.«

Er nannte noch weitere Details, aber sie hakte nicht weiter nach. Einen kurzen Moment lang glitt ein Lächeln über ihr Gesicht, nicht wegen seiner Ausführungen, sondern wegen des kleinen Jungen, der auf dem Gepäckträger seiner Mutter an ihnen vorbeifuhr und sich fast den Hals verrenkte, um ihnen zuwinken zu können.

Nach dem Abendessen tranken sie im Hotelrestaurant »Zeezicht« einen Kaffee, und danach wollte Betty ihren Vater anrufen. Das tat sie jeden Tag um diese Uhrzeit. Es war nur noch nicht klar, aus welcher Telefonzelle; das richtete sich danach, auf welchem Weg sie zum Haus zurückfuhren. Wenn es regnete oder ein kalter Wind blies, nahmen sie den kurzen Weg über die Dorpsstraat, dann über den Kirchplatz, am »Het Armhuis« vorbei und in den Strandweg hinein. Bei Windstille fuhren sie eine große Schleife, bogen am Postweg ab, fuhren ein ganzes Stück am Watt entlang, am Flüsterwäldchen vorbei und dann auf halber Strecke, weit vor der Kreuzung zum Lange Paal, in die Dünen hinein. Meistens waren sie sich schnell einig – das Wetter nahm ihnen die Entscheidung ab. Heute drängte Herman, daß sie nicht links herum, sondern rechts herum fuhren, am VVV vorbei und dann landeinwärts.

»So sind wir dieses Jahr noch nicht einmal gefahren.«

»Aber da gibt es nirgendwo eine Telefonzelle.«

»Doch, bestimmt drei Stück, direkt am Straßenrand.«

»Wo denn?«

»Nun komm schon.« Ohne ihre Zustimmung abzuwarten, fuhr er schon voraus.

Er wartete in einiger Entfernung zur Telefonzelle, in jeder Hand ein Fahrrad. Er brauchte nicht jedes Wort zu hören, das sie mit ihrem Vater wechselte, wenn es irgend etwas Neues gab, würde sie es ihm sowieso erzählen. Als sie die Nummer wählte, sah er, wie sich ihre Züge verhärteten. Sie behauptete zwar, daß sie die Sorge um ihren Vater ruhigen

Herzens ihren Tanten überließ, aber stimmte das auch? Sein Schwiegervater war seit Tagen nur flüchtig oder gar nicht zur Sprache gekommen. Ehrlich gesagt, war er ganz froh, daß Papas Krankheit ausnahmsweise mal nicht ihre sämtlichen Gespräche beherrschte.

Aber wahrscheinlich verschwand ihr Vater nie lange aus ihren Gedanken, selbst hier nicht. Hatte sie Angst vor dem, was ihr in den nächsten Monaten bevorstand? Begriff sie, daß sie mit ihrem Vater ihr letztes Elternteil verlieren würde und damit auch ihr Elternhaus? Das Haus würde verkauft und geräumt werden müssen. Sie würde nicht nur vom Haus Abschied nehmen müssen, sondern auch von dem Garten, an dem sie so hing, in dem sie als Kind immer geschaukelt hatte und in dem Evert – zwischen ihnen beiden – laufen gelernt hatte.

Während des Gesprächs erhellten sich ihre Züge allmählich, und als sie den Hörer auflegte, lächelte sie sogar. »Er hat sich ausführlich nach dir erkundigt. Ich soll dich herzlich grüßen. Und er hat gefragt, ob ich wieder malen würde, und er wollte sogar wissen, was ich denn schon alles gemalt hätte. Das ist ein gutes Zeichen, meinst du nicht?«

»Wenn es ihm schlecht ginge, würde er es dann sagen?«

»Nein, aber er würde mich auch nichts fragen. Er klang so vital, ganz anders als sonst.«

Er wollte vorschlagen, nach rechts abzubiegen und, da sie ja schon mal zufällig in der Gegend seien, kurz an dem Bungalow vorbeizufahren, den er am Nachmittag gesehen hatte, doch sie hatte ihr Rad bereits gewendet und fuhr entschlossen in Richtung Hafen.

»Aber wir wollten doch oben herum zurückfahren?«

Er deutete nach vorne, jedoch vergebens, sie war bereits ein ganzes Stück weitergefahren.

»Ich hab Lust auf ein Eis«, rief sie, ohne sich umzudrehen.

Resigniert fuhr er hinter ihr her zum Schnellimbiß »De Stern« und bestellte das Gleiche wie sie. »Zwei Kugeln, bitte. Mokka und Vanille.« Er konnte sich noch gut daran erinnern, daß man für fünfundzwanzig Cent drei Kugeln italienisches Eis bekam; Schokolade, Erdbeeren, Pistazie, und sogar noch einen Schlag Sahne obendrauf. Aber er beherrschte sich. Betty fand es unerträglich, wenn er bei einer Sache, die sie genoß, über den Preis nörgelte.

Gegen ihren Gepäckträger gelehnt, leckte sie genießerisch ihr Eis. Es war lange her, daß sie so entspannt und hübsch ausgesehen hatte. Die Insel tat ihr gut. Sie hatte etwas Farbe bekommen, und die Ringe unter ihren Augen schienen fast verschwunden. Selbst ihre Füße waren leicht gebräunt; durch die offenen roten Sandalen sah er ihre Fußnägel. Sie hatte sie lackiert, dafür nahm sie sich zu Hause nie Zeit, rosa Perlmutt, die Farbe ihrer Lieblingsmuscheln.

Nun wagte er es noch einmal. »Sollen wir gleich noch an dem Haus vorbeifahren? Wo wir doch schon mal in der Gegend sind?«

»Welches Haus?«

»Das Haus, das zum Verkauf steht.«

Er bemühte sich, möglichst beiläufig zu klingen.

»Ach, das. Von mir aus.«

Sie lächelte breit, wirkte fast wie ein Clown mit dem Eisrand um ihren Mund. Ganz spontan beugte er sich zu ihr hinüber, drückte seine Lippen auf die ihren und leckte ihr das Gesicht sauber.

»Was haben die in dieses Eis getan? Hormone?«

»Beeil dich. Ich bin so gespannt, was du davon hältst.«

Das Schild mit den großen schwarzen Buchstaben ZU VERKAUFEN hing noch im Fenster. Während er Betty das Gartentor aufhielt, sah er sich verstohlen um, als fürchte er, daß jemand sie beobachtete. Aber niemand war auf der Straße, und das Haus auf der anderen Seite sah unbewohnt aus. Im Nachbarhaus blickten alle Bewohner in die gleiche Richtung, auf einen großen Fernsehbildschirm, von dem er nicht mehr als nur ein paar aufblitzende, grelle Farben sah. Betty stand bereits am oberen Ende des Gartenwegs und ging direkt auf das große Fenster in der Mitte zu. Neugierig drückte sie das Gesicht gegen die Scheibe.

»Dieses Haus ist mir noch nie aufgefallen. Dir?«

»Bis heute nachmittag nicht, nein. Ist doch verrückt, oder? So eine kleine Insel, und doch gibt es Ecken, in die man nie kommt.«

Er stellte sich neben sie, hakte sich bei ihr ein. Er traute sich kaum, sie anzublicken, um zu sehen, ob sie auch ... ob sie das gleiche fühlte: Mal angenommen, das wäre unser Haus, nur mal angenommen. Sein Mund wurde ganz trokken, und er schluckte. Es bedeutete ihm mehr, als er für möglich gehalten hatte, so wie sie hier zusammen standen. Sein Blick wanderte durch das leere Zimmer, das sich vorsichtig mit einer Zukunft füllte. Bilder von einem Tisch hier, und dort am Kamin zwei Sessel, oder dort vielleicht? Als würden wir in einen Brutkasten blicken, dachte er, aber er sagte es nicht.

An den weißen Flecken an der Wand konnte man erkennen, wo früher Gemälde oder Fotografien gehangen hatten; neben der Tür hing noch ein vergilbter Kalender vom letzten Jahr.

»Ein schönes großes Zimmer, oder?«

Sie nickte.

»Aber auch nicht zu groß«, sagte er. Er zeigte auf das leicht schräge Dach, das mit grauen Dachpfannen gedeckt war. »Oben ist wahrscheinlich nur noch etwas Stauraum.«

Gespannt sah er sie an. »Und, wie findest du es?«

»Ein hübsches Haus, sehr hübsch sogar mit dem Efeu, aber wovon reden wir hier eigentlich? Wir wollen doch keine Zweitwohnung?«

»Das hab ich auch gedacht. Bis ich dies sah.«

Der Wind frischte auf. Die Spitzen der Kiefern, die um das Haus herum standen, wippten gegeneinander. Betty blickte zu ihnen hinauf und kratzte sich lächelnd einen Spritzer getrocknetes Vanilleeis von der Nasenspitze.

»Warum lachst du?« fragte er.

»Ich fühle mich wie ein Kind, das heimlich in die Bonbondose greift.«

»Heimlich?«

»Das können wir uns doch nie im Leben leisten?«

Verlegen zuckte er die Schultern. »Ach, weißt du ...«

»Von welchem Geld denn?«

»Von unserem. Wir könnten doch eine höhere Hypothek auf unser Haus aufnehmen.«

Zunächst schien sie erleichtert, aber dann sah sie ihn mitleidig an. »Du? Du würdest kein Auge mehr zutun.«

»Jeder leiht sich Geld heutzutage. Vielleicht sollten wir auch einmal etwas ... etwas wagen.«

Sie ging ein paar Schritte zurück und ließ ihren Blick über die Fassade gleiten. Er sagte lieber erst einmal nichts. Sie mußte sich an die Idee gewöhnen; schließlich hatte er selbst auch einen gewissen Widerstand überwinden müssen, bevor er sich selbst eingestehen durfte, daß er dieses Haus wollte. Haben wollte. Kaufen wollte. Bis zum heutigen Tag war ihm schon der Gedanke zuwider gewesen, jedes Wochenende vor der Entscheidung zu stehen: Fahren wir oder fahren wir nicht? Ständige Zankerei, weil der eine unbedingt auf die Insel wollte, der andere aber nicht; ewige Sucherei nach irgendwelchen Sachen, die garantiert im anderen Haus lagen. Das war nicht gerade seine Vorstellung von einem ruhigen, übersichtlichen Leben, aber seitdem er dieses Haus gesehen hatte, schob er alle Bedenken beiseite.

Sie schüttelte den Kopf. »Ich weiß nicht recht. Die ganzen Sorgen.«

»Welche Sorgen?«

»Was ist, wenn das Dach undicht wird? Oder die Leitungen genau dann zufrieren, wenn wir unmöglich von zu Hause weg können?«

»Ach, es läßt sich hier in der Nachbarschaft bestimmt jemand finden, der ab und zu mal nach dem Rechten sieht.«

Mit federnden Schritten eilte er zum nächsten Fenster. Das mußte das Elternschlafzimmer sein. Die Zimmertür stand weit offen, und er konnte den Flur sehen, ein Stück Mauer mit einer leeren Pinnwand und schräg gegenüber eine weitere Tür, die knallgelb gestrichen war. An der Tür hing ein großes Poster von Ernie und Bert; die obere rechte Ecke hatte sich gelöst, wodurch Bert – oder war es Ernie? – nur noch zur Hälfte sichtbar war. Wenn dieses Haus ihnen gehörte, könnten sie so oft hierherkommen, wie sie wollten. Und zum Friedhof gehen, auf dem Evert nicht lag, aber doch irgendwie anwesend war, spürbarer als bei ihnen zu Hause. Er drehte sich um und sah Betty fragend an. Aber sie wich seinem Blick aus und bückte sich, um einen Kiefernzapfen aufzuheben.

»Die sind ideal für den Kamin«, sagte er. »Das Zeug brennt wie Zunder.«

Als sie sich aufrichtete, war ihr Gesicht ganz rot von der Anstrengung des Bückens. Sie preßte die Lippen aufeinander und warf den Kiefernzapfen so weit weg wie möglich. »Ich finde, du überstürzt das Ganze. Wir wissen noch nicht mal, was das Haus kosten soll.«

»Vielleicht ist es gar nicht so unbezahlbar, wie wir denken. Vielleicht ist es ja gar nicht so begehrt.«

»Wieso nicht begehrt? Ein Eimer Farbe, und man kann sofort einziehen.«

»Für eine Familie mit Kindern ist es zu klein.«

Sie reagierte nicht. Es stimmte, er hatte recht, aber er hätte es nicht sagen dürfen. Sie wollte nicht daran erinnert werden, daß andere durchaus, doch sie nicht. Sie nicht mehr. Kein Kind, also auch keine Enkel, ein brutal abgerissener Zweig; das Kinderzimmer war für die Kinder oder Enkel von Freunden, für Gäste. Sie schob die Hände tief in die Taschen, zog ihre Strickweste fest um sich und wandte sich von ihm ab. Die hellblaue Wolle spannte sich über ihrem gekrümmten Rücken. Obwohl er wußte, daß sie nicht hinsah oder auch nur gewillt war, sich noch einmal umzudrehen, zeigte er auf das Schild im Fenster.

»Wir könnten doch mal den Makler anrufen. Nur um zu hören, was dafür verlangt wird. Ich will dich zu nichts drängen, ich bin einfach neugierig.«

»Und ich bin müde. Ich will nach Hause.«

Er dachte, sie würde schon schlafen, als er ihre Hand auf seinem Oberschenkel spürte.

»Schläfst du schon?« fragte sie.

»Nein.«

»Meine Tanten erben doch auch ... ich meine, wenn Papa ...?«

»Nein, natürlich nicht.«

»Aber sie sind seine leiblichen Schwestern. Bekommen die denn überhaupt nichts?«

»Wenn sie etwas haben möchten, ein Andenken ... den großen Schreibtisch oder eine Lampe. Oder die Videokamera, auf die sie jetzt schon spekulieren. Aber du bist sein einziges Kind. Du erbst alles.«

Er wußte auch nicht, warum, aber plötzlich sah er diesen Mann vor sich, in der schneeweißen Jacke. Wie er dort gestanden und ihn durch das Fenster angelacht hatte und dabei seine Zähne entblößte, die genauso weiß waren wie seine Jacke.

»Hat dein Vater nie mit dir darüber gesprochen, was er außer dem Haus sonst noch besitzt? An Aktien oder Obligationen?«

»Er wollte es mir ein paarmal erklären, aber ich hab immer gesagt: Bitte nicht jetzt, wenn es soweit ist, ist es früh genug.«

»Demnächst muß alles geregelt werden, und dann können wir nichts finden.«

»In der untersten Schublade des Schranks mit den geschwungenen Füßen liegt eine dunkelrote Mappe. Da ist alles drin, was ich wissen muß.«

»Warum möchtest du nicht mit ihm darüber sprechen, jetzt, wo es noch geht?«

»Das widerstrebt mir. Was sollen wir außerdem mit dem ganzen Geld? Es gibt ja doch niemanden, dem wir es vermachen können.«

Er legte ihr eine Hand auf den Kopf; als sein Daumen über ihre Schläfe strich, fühlte er etwas Feuchtes.

»Nicht weinen, Schatz, schlaf jetzt lieber.«

»Solange Papa noch lebt, will ich nicht über sein Geld reden.«

»Das weiß ich, aber du hast selbst davon angefangen.«

»Durch dieses Haus. Dadurch, daß wir plötzlich einen Haufen Geld brauchen. Aber bis der Moment gekommen ist, will ich das Wort Erbschaft nicht mehr hören.«

»Ich auch nicht.«

Sie schneuzte sich in den Zipfel ihres Bettlakens.

»Übrigens mag ich überhaupt keinen Wald.«

Sie wollte zwar nicht über Geld reden, klang aber schon wie eine reiche Erbin, ein bißchen verwöhnt und herrisch. Sie sagte zwar »unser Geld«, aber es gehörte ihr. Sie lebten zwar in Gütergemeinschaft, aber natürlich konnte sie mit ihrem Erbe machen, was sie wollte. Alles an ein Tierheim verschenken oder an Aidswaisen in der Dritten Welt. Er seufzte. Diese Chance bot sich ihnen vielleicht nie wieder. In all den Jahren, in denen sie nun schon hierherkamen, hatte er nur selten etwas gesehen, das zum Verkauf stand. Alle Häuser wurden von den Inselbewohnern rasend schnell an andere Insulaner weiterverkauft; da bekam kein Fremder einen Fuß dazwischen.

Um einschlafen zu können, redete er sich ins Gewissen, daß er sie nicht zwingen konnte. Dann eben kein Haus auf der Insel, die auch sie schon so oft ein Paradies genannt hatte. Von mir aus … Aber Stunden später lag er noch immer wach und überschlug und rechnete. Und zwischen den Berechnungen tauchten immer wieder die zehn Ziffern der Telefonnummer eines Maklers in Harlingen auf.

Ab acht Uhr morgens, und manchmal noch früher, saß Betty irgendwo draußen und malte. Dann sei es noch wirklich still, sagte sie, dann gehöre die Insel ihr allein. Für ihn bedeutete es dagegen eine Erleichterung, nicht aufstehen zu müssen, bevor er richtig ausgeschlafen hatte, sich nicht zu einem brechend vollen Zug abhetzen zu müssen, der ihn zur Arbeit brachte.

Er hatte die ganze Nacht gegrübelt; dennoch gelang es ihm nicht, am nächsten Morgen lange im Bett zu bleiben. Nach dem Frühstück versuchte er, die Zeit totzuschlagen, denn vor neun Uhr hatte es keinen Zweck, den Makler anzurufen. Nur zur Information, sagte er in Gedanken zu Betty. Das verpflichtet uns zu gar nichts; daran ist so ein Mann schließlich gewöhnt.

Nachdem er den Abwasch erledigt und die Küche bis in die kleinste Ecke aufgeräumt hatte, wie er es immer tat, stürzte er sich auf das Bücherregal. Das tat er jedes Jahr, um im darauffolgenden Jahr festzustellen, daß die anderen Gäste es wieder in ein Riesenchaos verwandelt hatten. Er nahm alle Bücher vom Bücherregal, klopfte sie auf der Veranda aus und stellte sie anschließend wieder zurück. Sprache zu Sprache, in alphabetischer Reihenfolge. Es war ein seltsames Sammelsurium aus Romanen, Krimis, dünnen Geschenkbänden und dicken amerikanischen Bestsellern, die er sofort an ihrer aufdringlichen goldenen Beschriftung erkannte. Aber es war ein Bücherregal in einem Ferienhaus, und daher gewissermaßen eine öffentliche Bibliothek. Er schuldete es seinem Ruf, eine gewisse Ordnung hineinzubringen.

Man sollte sein Herz nicht zu sehr an ein Buch hängen. Er wußte nicht, was schlimmer war: der Geruch von verbrannten oder von nassen Büchern. Alle Bücher, die seine

Eltern besessen hatten, waren bei der Bombardierung von Rotterdam verbrannt. Und als sie später nach Zeeland umgezogen waren, wurden die Bücher, die sie in wenigen Jahren angeschafft hatten, erneut Opfer, dieses Mal des Wassers. Zwar hatten sie noch versucht, zu retten, was zu retten war, aber vergebens. Wenn er seine Augen schloß, konnte er noch den muffigen Geruch der aufgeschlagenen Bücher riechen, die zum Trocknen im Wind lagen.

Als das Bücherbrett fast leer geräumt war, entdeckte er ein dickes rotes Buch, das mit dem Rücken gegen die Wand lehnte. Er erkannte es sofort. Jetzt, da er es in der Hand hielt, wurde ihm erst bewußt, daß er das Gästebuch bei ihrem rituellen Begrüßungsrundgang durchs Haus vermißt hatte. In den Jahren zuvor hatte es immer gut sichtbar herumgelegen, auf dem niedrigen Tisch oder auf dem Kaminsims. Bislang hatte er jedes Jahr ganz getreu etwas hineingeschrieben; das gehörte dazu, damit rundete er ihren Urlaub ab.

Betty hatte ihm schon oft vorgehalten, daß er das Schreiben viel zu ernst nähme. So ein Gästebuch sei nicht dazu da, über den verstorbenen Sohn zu lamentieren. »Was geht fremde Leute unser Kummer an?« Aber er konnte nicht anders. Hier ließ er seine Gedanken an Evert leichter zu als zu Hause, und sobald er angefangen hatte zu schreiben, sei es über die Insellandschaft oder irgend etwas anderes, tauchte sein Sohn wieder auf.

Er errötete vor Freude, als er seine eigene Handschrift erkannte. Ja, seine Schrift tauchte als einzige immer wieder auf, sieh mal, da war sie ja, Betty und er waren allmählich Stammgäste. In diesem Jahr hatte sich noch niemand die Mühe gemacht, ins Gästebuch zu schreiben; zwischen dem letzten Gast der vorigen Saison und der nächsten unbeschriebenen Seite lag ein leerer Umschlag. Bis jetzt hatte er jedes Jahr ein anderes Lesezeichen im Gästebuch vorgefunden: eine getrocknete Kornblume, ein knallbuntes Schwanzende von einem Lenkdrachen, miteinander verflochtene Strandhaferhalme, ein fast zerfallenes Blatt von einem Baum. Als das Lesezeichen einmal fehlte, hatten sie selbst eine Feder zwischen die Seiten gelegt, die sie irgendwo im Haus gefunden hatten. Eine besondere Feder, er konnte sie sich noch genau vorstellen, blau, weiß und grau. Betty hatte noch mit einem Bestimmungsbuch herauszufinden versucht, von welchem Vogel die Feder stammte.

Er drehte den Umschlag um, in der Hoffnung, daß etwas Nettes darauf stünde, ein Willkommensgruß an die Gäste dieser Saison oder eine Gedichtzeile. Er konnte es nicht ertragen, daß mit der Tradition dieses Hauses gebrochen wurde; in der »Dünenrose« mußte alles beim alten bleiben.

Freitag, 2. April: zehn Uhr, Linda.
Nachfragen, wie es in Leeuwarden war.
Nach den Frühjahrszeugnissen der Kinder fragen; die Geburtstagsgrüße nicht vergessen. Freitagmittag: Letzte Runde »Dünenrose«. Neuen Handfeger und Kehrblech kaufen, Packung Toilettenpapier.

Enttäuscht legte er den Umschlag wieder ins Buch. Als seine Mutter vergeßlich zu werden begann, schrieb sie auch alles auf. Wen sie wann anrufen und über welches Thema sie reden wollte. Sie entwickelte ein kompliziertes System von Notizen, um nur ja nicht erwischt zu werden. Er sah sich kurz um und legte das Gästebuch auf den niedrigen Tisch. Meistens begann er ein paar Tage vor ihrer Abreise, etwas hineinzuschreiben, aber dieses Jahr blieben sie nur zwei Wochen, und elf Tage waren bereits verstrichen. Er blickte auf seine Armbanduhr, erst Viertel vor neun. Das war es vor fünf Minuten auch schon gewesen. So schnell die ersten zehn Tage ihres Urlaubs verflogen waren, so quälend langsam verstrich die Zeit nun. Seitdem er sich das Haus im Wald in den Kopf gesetzt hatte, schien es ihm, als würde er nur noch warten.

Er ging zur nächsten Telefonzelle, schräg gegenüber am Waldrand. Der Anschluß des Maklers war besetzt. Das verschaffte ihm noch etwas Aufschub. In der letzten Nacht hatte er die ganze Zeit geübt, wie er es anfangen sollte. Er würde seinen Namen nennen, sich als »begeisterter Vlielandgast« vorstellen, als jemand, der die Insel wie seine Westentasche kannte. In Gedanken spann er weiter: Niemand liebte diese Insel so sehr wie er. Er ging keinen Schritt aus dem Haus ohne eine leere Plastiktüte, in der er Abfälle, wie leere Dosen, Papier und Getränkekartons, sammelte. Die Tatsache, daß diese Insel so sauber blieb, war unter anderem auch ihm, Herman Slaghek, zu verdanken.

Bei dem Makler kam immer noch das Besetztzeichen. Was hatte das zu bedeuten? War er zu zögerlich gewesen und hatte deshalb jetzt das Nachsehen? Je öfter er die Wahlwiederholung drückte, desto mulmiger wurde ihm: Das Haus wurde genau in diesem Moment verkauft, und zwar an diesen Proleten in der weißen Segeljacke ... Kein Mensch trug zufällig solche Kleidung. Der hatte garantiert eine Zwanzig-Meter-Jacht im Hafen liegen, mit Schwarzgeld gekauft; sämtliche niederländischen Häfen waren voll von diesen illegalen Spielzeugen. Und jetzt gab er per Telefon ein Angebot auf das Haus am Dennenweg ab, weil seine blondierte, mit Gold behängte Frau diese Insel so »niedlich« fand. Falls es ihnen irgendwann nicht mehr gefiel, konnten sie das Haus nach ein paar Jahren ja wieder verkaufen. Natürlich zum doppelten Preis.

Der Schweiß lief ihm in Strömen über den Rücken. Es lag über zwanzig Jahre zurück, daß er ein Haus gekauft hatte. Er hatte das Gefühl, daß er mitten in einem Spiel gelandet war, dessen Regeln er nicht mehr kannte. Durfte man feilschen? Die Verhandlungsbasis überbieten? Kosten zu Lasten des Käufers – was bedeutete das noch mal genau? Und wie hoch waren diese Kosten?

Endlich bekam er eine Telefonistin an den Apparat, die ihn sofort zum Makler durchstellte.

»Van der Wulk.«

Herman brachte seine Geschichte so geschäftsmäßig wie möglich. Es gelang ihm, nicht zu stottern; aber bei dem Versuch, einen souveränen, finanzkräftigen Eindruck zu erwecken, wurde er immer barscher. Nicht weniger als zweimal fragte er ruppig nach dem Preis des Hauses, nicht sicher, ob er ihn richtig verstanden hatte.

»Diese Telefonverbindung ist ziemlich schlecht. Wieviel sagten Sie?«

»Sechshundertfünfzigtausend«, wiederholte der Makler geduldig. Wie kaltblütig er diesen Betrag aussprach, ohne eine Spur von Gefühl! Vor Aufregung zerrte Herman die metallene Telefonschnur ein Stückchen aus dem Apparat. Sechshundertfünfzigtausend, er hatte es richtig verstanden. Das waren hundertfünfzigtausend mehr, als ihr eigenes Haus zum jetzigen Zeitpunkt bringen würde. Für das Haus seines Schwiegervaters konnten sie zu gegebener Zeit vielleicht eine Million verlangen. Er könnte eine höhere Hypothek auf ihr eigenes Haus aufnehmen, die er tilgen würde, sobald sein Schwiegervater gestorben war.

Der Makler bekam ein Gespräch auf der anderen Leitung und bat ihn, kurz zu warten.

»Natürlich, ich habe Zeit genug ...«

Nun konnte er sich in aller Ruhe den nächsten Schritt überlegen: Das Haus stünde erst seit einer Woche zum Verkauf, hatte der Makler gesagt. Über den Preis ließe sich nicht verhandeln. Der ginge nicht nach unten, aber auch nicht nach oben, falls es mehrere Interessenten gab. Sein Klient wollte mit dem ersten ernsthaften Kaufinteressenten ins Geschäft kommen.

Sein Blick fiel auf sein Spiegelbild in der Glastür der Telefonzelle. Jetzt, wo er so braungebrannt war, wirkten seine Augen hellblau. Er machte einen verwilderten Eindruck. Er hatte noch vor dem Urlaub zum Friseur gehen wollen, war aber nicht mehr dazu gekommen. Normalerweise interessierte ihn sein Erscheinungsbild nicht besonders, doch jetzt stand eine Menge auf dem Spiel. Er wirkte alles andere als seriös, fast wie ein alter Hippie. Seine grauen Haare waren im Nacken viel zu lang, und seine Koteletten begannen sich schon wieder zu kräuseln. Käpten Drahthaar hatte Betty ihn gestern noch genannt, aber das war liebevoll gemeint. Nach all den Jahren hatte sie sich noch immer nicht daran gewöhnt, daß jemand, der in allen Dingen so penibel war, sich so wenig um sein Äußeres kümmerte. Was sollte er bei dem Treffen mit dem Makler anziehen? Zwei verschlissene, von Betty nur widerwillig geflickte Jeans, das war alles, was er bei sich hatte. »Jetzt kauf dir doch endlich mal was Neues!«

»Ach, warum denn? Wem kann ich auf der Insel denn schon über den Weg laufen?«

»Na, mir zum Beispiel.«

Er strich sich eine Strähne aus dem Gesicht. Jetzt nicht unsicher werden. In der einen Woche war das Haus nicht verkauft worden, das war günstig für ihn. Allerdings handelte es sich auch um einen echten Wahnsinnspreis für so ein Haus auf einem so winzigen Grundstück. Zwei Schlafzimmer, wovon eines wahrscheinlich nicht größer war als ein geräumiger Kleiderschrank. Wer weiß, vielleicht hatte das Haus noch ein paar verborgene Mängel, auf die er den Makler dann dezent hinweisen konnte, so daß sich am Preis eventuell doch noch etwas machen ließ.

»Können wir es uns von innen ansehen?« fragte er, als der Makler sich wieder meldete.

»Das können Sie.«

An dem leisen Ticken einer Tastatur hörte Herman, daß der schwer beschäftigte Makler inzwischen eine E-Mail beantwortete. Verriet seine Stimme vielleicht, daß er nicht wußte, ob er das Geschäft unter Dach und Fach bekommen konnte? Er setzte darauf, daß er Betty irgendwie überzeugen würde, und hoffte, daß er den benötigten Betrag zusammenkratzen konnte, aber sicher war er sich nicht. Die Glastür der Telefonzelle beschlug allmählich; er roch seinen eigenen Schweiß, ein metallischer Geruch, der ihn an die Tage erinnerte, da er eine schwere Grippe gehabt hatte.

Er holte tief Luft. »Gibt es auf der Insel vielleicht jemanden, der einen Schlüssel hat, damit Sie nicht extra wegen uns aus Harlingen kommen müssen ...«

»Wenn Sie ernsthaft interessiert sind, komme ich.«

»Ja, ja natürlich. Ich bin sehr interessiert. Ich ... wir kommen schon Jahre hierher, und wir würden nichts lieber ...«

Das Ticken hörte auf, der Makler blätterte in seinem Kalender. »Ich könnte es mit einem anderen Termin kombinieren. Wie lange sind Sie noch auf der Insel?«

»Wir müssen Samstag wieder nach Hause.«

»Morgen, Dienstag, hätte ich noch einen Termin frei. Ich könnte um Viertel vor zwölf da sein.«

»Prima, dann werden wir auch da sein.«

Der Mann wollte das Gespräch eigentlich beenden, aber Herman gelang es gerade noch, eine Frage dazwischenzuschieben. »Gibt es im Augenblick noch andere Interessenten?«

»Gestern hat jemand nachgefragt. Und eben, kurz vor Ihnen, rief noch eine Frau an. Ja, Interesse ist durchaus vorhanden. Wir sehen uns morgen um Viertel vor zwölf, Meneer Slaghek.«

Mit einem Seufzer, der aus tiefster Seele zu kommen schien, legte Herman den Hörer auf. Die erste Hürde war genommen – jetzt noch Betty.

Es war noch früh, und sie hatte angenommen, als erste zu Hause zu sein, aber zu ihrem Erstaunen sah sie sein Fahrrad an der Hauswand unter dem Küchenfenster lehnen. Sie vermißte die Tüte mit Abfällen, die normalerweise am Lenker hing; offenbar hatte er noch keinen Schritt vor die Tür gesetzt. Mittags aßen sie immer zusammen, zu Hause. Kurz vor Ankunft der Viertel-vor-elf-Fähre erledigte sie die Einkäufe; er dagegen wartete auf die Fähre, kaufte die Morgenzeitung und setzte sich auf eine Terrasse oder in ein Café, um sie zu lesen, bis es Zeit für das Mittagessen sein würde.

Auf der Veranda saß er nicht, aber eine der Terrassentüren war nur festgehakt, er mußte also zu Hause sein. Seltsam, das paßte gar nicht zu ihm, daß er bei schönem Wetter im Haus hockte. Sie stellte die Tüten auf die Anrichte und rief einen Gruß durch die Durchreiche. Er saß mit dem Rücken zu ihr am Eßtisch und kratzte sich mit einem Bleistift am Kopf. Das Gästebuch lag aufgeschlagen vor ihm. Sie hätte es wissen können, in wenigen Tagen war ihr Urlaub schließlich vorbei. Herman mußte rechtzeitig beginnen, denn das Schreiben ging ihm nicht leicht von der Hand; manchmal verfaßte er pro Tag nur ein paar Zeilen. Er schrieb nicht so, wie er redete, eher ein bißchen steif und altväterlich. Wenn andere Gäste seinen Bericht lasen, hatten sie bestimmt einen ganz anderen Herman vor Augen.

Als er sich umdrehte und bemerkte, daß sie ihn ansah, schlug er das Buch rasch zu. Wahrscheinlich hatte er wieder über Evert geschrieben, und er wußte genau, was sie davon hielt. Sie würde besser kein Wort darüber verlieren.

»Du bist aber früh zurück.«

»Ja, ich bin kaum weg gewesen. Und du, hast du gut arbeiten können?«

»Überhaupt nicht.«

»Nichts gemalt, warum nicht?«

Über seine Schulter blickte er sie fragend an, wartete ihre Antwort aber nicht ab. Er stand auf und stiefelte durch den Raum, während er ununterbrochen drauflosredete: Hätte sie vielleicht keine Inspiration, oder sei sie von brütenden Eiderenten vertrieben worden? Ja, so würde natürlich nie eine große Malerin aus ihr werden. Van Gogh habe mit einem Ohr auskommen müssen, »was ist da schon ein ausgehacktes Auge?«. Wenn sie sich nur tüchtig anstrengte, würden ihre Kunstwerke eines Tages in Museen auf der ganzen Welt hängen und »haufenweise« Geld einbringen.

Du lieber Himmel, was war nur mit ihm los? Er lachte laut über seine eigenen Witze, und seine Stimme klang angespannt. Nachdem sie die Einkaufstüten ausgepackt hatte, setzte sie sich zu ihm an den runden Tisch.

»Ich habe den Makler angerufen«, sagte sie, während sie nervös einen Kassenbon aus dem Supermarkt in kleine Stücke riß.

Das schien ihm die Sprache zu verschlagen; er vergaß sogar, sie zu fragen, ob sie den Kassenbon auch kontrolliert habe.

»Doch, im Ernst. Zuerst bin ich an dem Haus vorbeigefahren, um die Telefonnummer aufzuschreiben, und dann hab ich angerufen. Ganz schön energisch, was?«

»Aber das Haus gefiel dir doch gar nicht? Und außerdem magst du doch keinen Wald, oder?«

»Ich wollte einmal wissen, was ein Haus auf der Insel kostet. Nicht speziell dieses Haus, sondern ganz allgemein. Ich habe nachgefragt, ob vielleicht öfter mal etwas zum Verkauf steht ...«

Sie beugte sich über den Tisch zu ihm hinüber. »Mal angenommen ... mal angenommen, wir verlieben uns eines Tages in ein Haus. Bis über beide Ohren. Daß wir beide denken: Das ist es. Hier würden wir sozusagen leben wollen, eines Tages, für immer, wenn wir nicht mehr arbeiten.«

Er sah sie strahlend an und nickte; seine Stirn glänzte vor Schweiß, und er nickte und nickte. Sie zögerte. Angenommen, sie erzählte ihm, welches Haus sie meinte, und angenommen, er reagierte darauf nicht auf die gewünschte Weise, was dann? Dann würde unwiderruflich etwas zerbrechen. Nicht zwischen ihm und ihr, sondern zwischen ihr und dem weißen Haus am Watt; dann würde es nicht mehr halb so viel Spaß machen, darüber zu phantasieren.

Vorsichtig fuhr sie fort. »Ich meine ... so ein Haus wie das ... wie das am Watt. Dieses quadratische mit der Holzverkleidung ...«

»Weiß gestrichenes Holz und große Fenster auf drei Seiten. Eine Art Turmzimmer«, sagte er schmunzelnd.

Erleichtert lehnte sie sich zurück. »Das Ruderhaus nenne ich es immer.«

»Ja, genau. Ein Ruderhaus, genauso sieht es aus. Das hast du gut beobachtet mit deinem Künstlerblick.«

»Wenn ich dann morgens im Ruderhaus oder im Turmzimmer sitze und zeichne und du unter meinem Fenster vorbeifährst ... dann lasse ich mein Haar herunter und du flichtst eine Strickleiter daraus.« Sie fuhr sich mit der Hand durchs Haar. »Dann muß ich es nur noch etwas wachsen lassen.«

Mit einem abwesenden Lächeln, als wäre er mit seinen Gedanken schon wieder meilenweit entfernt, klopfte er mit dem Bleistift auf das Gästebuch.

»Hör einmal, ich weiß, daß dir das Haus im Wald nicht gefällt, aber wir müssen realistisch bleiben. Der Bungalow steht zum Verkauf und dein Ruderhaus nicht.«

Der veränderte Ton in seiner Stimme überraschte sie.

»Wenn wir hier einen eigenen Anlaufpunkt haben, können wir viel häufiger kommen. Gezielt nach einem Haus suchen, unsere ganze Zeit hineinstecken. Und eines Tages stoßen wir dann auf etwas, das genau das ist, was wir gesucht haben, und dann verkaufen wir das hier wieder weiter. Zum doppelten Preis. So ein Haus, in dieser Lage, ist eine perfekte Geldanlage, eine Goldmine ...«

Ungestüm fiel sie ihm ins Wort. »Was redest du da für ein Zeug? Du klingst fast wie so ein Börsianer.«

Sie wollte aufstehen, aber er hielt sie am Handgelenk fest. »Sechshundertfünfzigtausend ist ein gigantischer Betrag, aber ich denke, daß es das wert ist.«

Sie blickte ihn prüfend an; allmählich beschlich sie ein Gefühl, das sie nicht kannte. Sie befreite ihre Hand, rieb sich das Gelenk und fragte: »Woher weißt du, daß es sechshundertfünfzigtausend kosten soll?«

Irgendwo kreischte eine Möwe. Dieses Geräusch hörte sie den ganzen Tag, aber jetzt jagte es ihr einen Schauer über den Rücken.

»Ich habe ebenfalls mit dem Makler gesprochen«, sagte er.

Sie sah ihn an. Wenn frühmorgens die Vögel miteinander um die Wette sangen, fragte sie sich häufig: Was mögen sie sich wohl erzählen? Mit der gleichen Verwunderung hörte sie nun ihrem eigenen Mann zu.

»Ich habe einen Termin mit ihm vereinbart. Wenn wir wollen, können wir uns das Haus morgen ansehen.«

Er sagte es, ohne rot zu werden oder mit der Wimper zu zucken. Wenn sie ihn nicht mit der Nachricht überfallen hätte, daß sie den Makler angerufen hatte, dann wäre er sofort damit herausgerückt, von sich aus. Warum sollte er diesen Termin vor ihr geheimhalten wollen? Eigentlich sollte sie ihr Mißtrauen beiseite tun, aber es gelang ihr nicht, nicht vollkommen. Sie murmelte etwas wie »Tisch decken« und »Spiegeleier braten« und eilte in die Küche.

»Versteh mich nicht falsch, Bets: Wenn du keine Lust dazu hast, sag ich ihm wieder ab«, rief er ihr nach. »Aber so eine Chance bietet sich wahrscheinlich nie wieder.«

Er saß auf der Veranda, mit einem Handtuch um die Schultern; sie stand hinter ihm und schnitt ihm die Haare. Auf den Holzdielen lagen graue Haarbüschel. Er wollte es kurz haben, möglichst kurz. Sie schob den Kamm in seinen rechten Backenbart und schnitt rigoros alle Haare ab, die sich durch die Zähne des Kamms kringelten. Sie wußte zwar nicht, ob das die richtige Methode war, aber eine andere kannte sie nicht. Auf der Terrasse des Hauses auf der anderen Straßenseite klopfte jemand den Sand aus seinen Schuhen.

»So ein Haus wäre auch ein neuer Anfang für uns beide«, sagte Herman, ohne den Kopf zu bewegen. »Seit Everts Tod haben wir einfach immer nur weitergemacht. So gut oder schlecht, wie es eben ging, du mit deinen Dingen beschäftigt und ich mit den meinen. Dieses Haus wäre etwas, woran wir zusammen arbeiten könnten. Streichen, reparieren und was sonst noch alles anfällt.«

»Das Gartentor ist vollkommen morsch, hab ich heute nachmittag gesehen.«

Während des Mittagessens hatten sie das Thema zu umgehen verstanden, aber jetzt war das nicht mehr nötig; sie hatte sich überreden lassen. Nach dem Essen war sie mit dem Fahrrad losgezogen, allein, um nachzudenken. Sie war über die ganze Insel gefahren, zuerst zum »Posthuis« und durch die Dünen zum Dorf, von dort aus Richtung Jachthafen und dann nach links in den Fortweg, zum Reitstall. Als Kind war sie viele Jahre geritten, und sie liebte den Geruch der dampfenden Pferdeleiber, aber im Augenblick stand kein einziges Pferd im Stall. Daraufhin war sie umgekehrt und zu dem Haus im Wald gefahren.

Während sie dort mit dem Rücken gegen die Mauer des leeren Hauses lehnte, sah sie einen Igel am Fuße eines Baums. Das Sonnenlicht fiel zwischen den Baumstämmen hindurch auf die rostroten Nadeln und auf das hellgrüne Moos, das fast zu leuchten schien. »Und der läuft einfach so frei rum, hier in meinem Garten«, sagte sie laut. Irgendwie hatte der Igel sie mit diesem Platz im Wald versöhnt. Sie dachte nicht mehr an Makler und an Hypotheken. Zum ersten Mal konnte sie sich vorstellen, daß Herman und sie hier in der Mittagssonne ihren Igel fütterten. Die Bäume standen gar nicht so nah beim Haus, und wenn man sich auf die Fensterbank stellte, konnte man zwischen den Zweigen vielleicht noch einen Streifen vom Wattenmeer sehen.

Herman streckte den Zeigefinger in die Luft und sah sie lächelnd über die Schulter an. »Hör mal!«

Sie drehte seinen Kopf wieder nach vorne. »Halt still, sonst treffe ich noch deine Schlagader. Und dann hab ich demnächst ein zweites Haus, aber keinen Mann.«

Wenig später kam Frau Taube, so nannten sie sie immer, mit ihrem Behindertenwägelchen über den Strandweg gerollt. Mitten auf der Straße, als ob hier nie ein Radfahrer entlangführe oder ein Bus. Sie trug wie immer ihren grauen Regenmantel, und ihre Handtasche lag vorne im Drahtkorb – und dennoch sah sie heute irgendwie anders aus. Erst als sie ganz nah herangekommen war, erkannte Betty, woran es lag: Ihre Lippen leuchteten purpurrot. Nein, sie hatte keine Kirschen gegessen, sie hatte Lippenstift aufgelegt.

»Sieh dir das mal an, unser Täubchen, richtig aufgedonnert!«

»Sie ist bestimmt verliebt«, meinte Herman. »Und geht heute abend groß tanzen, im ›De Stoep‹.«

In diesem Moment lenkte die Frau ihr Wägelchen an den Straßenrand und stellte den Motor ab. Betty errötete. Sie wußte, daß das Unsinn war, Frau Taube konnte sie unmöglich gehört haben, aber dennoch hatte sie dieses kindische Gefühl, daß sie eins aufs Dach kriegen würde: Haben Sie vielleicht von mir gesprochen?

Doch die Frau schien sie heute nicht zu bemerken. Sie beugte sich über ihren Korb, holte eine Wasserflasche heraus, schob sich rasch etwas in den Mund und trank einen Schluck aus ihrer Flasche.

Betty nahm das Handtuch von Hermans Schultern, ging damit zur Balustrade und schüttelte es aus.

»Ich habe meinem Mann die Haare geschnitten«, rief sie, als die Frau hochblickte, »deshalb …«

»Ja, die hören nicht auf zu wachsen, nur weil Ferien sind.« Sie drehte den Deckel auf die Flasche, wischte sich über die Lippen und verschmierte dabei den Lippenstift, wodurch sie noch hilfsbedürftiger aussah.

»Ist alles in Ordnung? Können Sie weiterfahren?« fragte Betty. »Brauchen Sie vielleicht irgend etwas?«

»Nein, nein, alles in Ordnung. Sehr freundlich von Ihnen, machen Sie sich meinetwegen keine Sorgen.«

Sie startete den Motor und rollte wieder los. Erst als sie schon ein paar Meter weit entfernt war, hob sie kurz die Hand und rief: »Wiedersehen.«

Betty blickte ihr besorgt nach. Genau wie Papa, der behauptete auch ständig, daß er nicht bemuttert werden wollte – aber wehe, es kam nicht jeden Tag jemand vorbei und fragte, wie es ihm ging.

Ein Haarbüschel wehte vom Gartentisch und verfing sich in einem Strauch.

»Holst du mal eben einen Besen?« bat sie Herman, aber der hörte sie nicht. Im Spiegelbild der offenen Terrassentür sah sie, wie er im Flur vor dem Spiegel stand und sich über den kurzgeschorenen Schädel strich. Mit dem Fuß schob sie ein paar Haarbüschel zusammen und erinnerte sich an den Friseur, zu dem sie früher manchmal mit Evert gegangen war. Der fegte alle abgeschnittenen Haare zu einer Vertiefung im Boden, die mit einer Luke abgedeckt war. Eines Tages hatte er die Luke plötzlich geöffnet, sich den kleinen Evert geschnappt, ihn direkt über das Loch gehalten und gebrüllt: »Sieh mal, ein Bär! Da unter dem Fußboden wohnt ein Bär!«

Sie wußte nicht, ob es die Erinnerung an den Berg von Haaren war oder die an Evert, der vor Angst wie am Spieß geschrieen hatte, oder ob es der kalte Seewind war, der jetzt aufkam, doch plötzlich begann sie am ganzen Körper zu zittern. Sie griff sich an die Oberarme und rieb sie warm, aber das Angstgefühl verließ sie nicht. Sie mußte ihren Vater anrufen, nicht erst nach dem Essen, sondern jetzt sofort.

Bei ihrem Vater ging niemand ans Telefon. Im ganzen Haus standen Telefonapparate herum: eines im Flur, eines im Fernsehzimmer, wo er immer Tennis guckte, und eines auf seinem Nachtschränkchen neben dem Bett. Während sie horchte, wie das Telefon läutete, stellte sie sich vor, daß er neben seinem Stuhl auf dem Boden lag oder neben dem Bett, und versuchte, an den Hörer zu kommen. Sie sah seine runzlige Hand, die wieder und wieder danebengriff. Auch bei Tante Trudy und Tante Gonda, die ein paar Straßen weiter wohnten, nahm niemand ab.

Herman versuchte, sie zu beruhigen. »Woher soll dein Vater denn wissen, daß du dir auf einmal Sorgen machst? Der sitzt mit Strohhut und einem Campari-Soda im Garten und liest die Zeitung. Du weißt doch, wie schwerhörig er ist, der hört das Telefon gar nicht.«

Eine halbe Stunde später versuchte sie es erneut, und gegen halb sieben – seine übliche Essenszeit – ein weiteres Mal. Doch erst, als sie zur gewohnten Zeit anrief, ging jemand ans Telefon, allerdings nicht ihr Vater, sondern Tante Trudy. Sie hatte keine guten Nachrichten, Papa war mit einem Krankenwagen ins Krankenhaus gebracht worden. Am Nachmittag, als sie die Einkäufe vorbeibringen wollte, hatte sie ihn in der Garage gefunden. Dort hatte er stundenlang auf dem Boden gelegen und war völlig unterkühlt. Noch ein Schlaganfall, hieß es auf der Inneren, aber sie glaubte, daß es diesmal sein Herz sei. Seine Nase habe so merkwürdig blau ausgesehen, und er sei vollkommen erschöpft gewesen. Heute abend, während der Besuchszeit, habe er schon wieder etwas Farbe gehabt, und auch sein Blutdruck sei normal. Nein, er habe nicht nach ihr gefragt, aber vielleicht sei es doch besser, wenn sie so schnell wie möglich nach Hause käme.

Betty hatte die Tür der Telefonzelle offengelassen, damit Herman verstehen konnte, was sie sagte. Er nickte ernst, als er ihren Entschluß hörte. Schweigend gingen sie zur »Dünenrose« zurück.

»Möchtest du noch mal kurz zum Strand?« fragte er. »Dich vom Meer verabschieden?«

»Nein, dafür hab ich jetzt nicht die nötige Ruhe.«

Am Gartentor angekommen, hielt er sie zurück. »Warte mal kurz … ich versteh das noch nicht ganz.«

»Was verstehst du nicht?«

»Warum müssen wir so überstürzt nach Hause? Hat Trudy nicht gesagt, daß es ihm heute abend schon wieder besser ging?«

»Er liegt im Krankenhaus. Und bestimmt nicht nur zum Spaß.«

»Dann ruf doch die Station an, auf der er liegt. Wie die das einschätzen. Ob sie auch der Ansicht sind, daß wir unseren Urlaub Hals über Kopf abbrechen sollen.«

»Wenn Tante Trudy es für nötig hält, daß wir zurückkommen, weiß ich genug.«

»Aber ist es auch das, was Papa möchte? Wenn wir morgen an seinem Bett stehen, wird er vielleicht sauer, weil er denkt, daß wir denken, er würde mal wieder im Sterben liegen.«

»Ich trau der Sache nicht. Allein die Tatsache, daß er … daß er den Wagen waschen wollte. Dabei hat er seinen Führerschein längst abgegeben; er darf überhaupt nicht mehr fahren.«

»Aber er darf doch wohl noch den Wagen waschen.«

Sie sah ihn erschrocken an. Sie wagte nicht einmal daran zu denken, geschweige denn, es laut auszusprechen. Warum machte er es ihr so schwer? Sie hoffte, daß er von sich aus eine Erklärung dafür liefern würde, warum er auf einmal zurückruderte, aber er schlug die Augen nieder und ging neben ihr den Gartenweg hinauf. Sie versuchte, ihre Stimme ruhig klingen zu lassen.

»Willst du nicht nach Hause, weil wir einen Termin mit diesem Makler haben?«

Er drehte sich um und sah sie an. »Ich möchte hier einfach nicht früher weg als unbedingt nötig.«

Von einem Strauch, der halb über den Weg wuchs, brach sie einen Zweig ab und zupfte dann nacheinander sämtliche Blätter ab. Sie bereute, daß sie ihm die Haare so kurz geschnitten hatte. Er sah nicht mehr wie er selbst aus, eher wie ein entflohener Sträfling. Darum mißtraute sie ihm, weil er so anders aussah, so schäbig.

»Hör mal, Schatz, das war ein schweres Jahr. Für uns beide. Wir dürfen doch wohl auch mal ein paar Tage Urlaub machen, oder? Mal zur Ruhe kommen. Ist das vielleicht zuviel verlangt?« fragte er.

»Aber Papa ist krank!«

»Papa ist schon seit Jahren krank.«

»Er wollte den Wagen waschen. Er fängt immer an, den Wagen zu waschen, wenn er Angst hat. Als ich von zu Hause ausgezogen bin und mit einem Kleintransporter voll Klamotten wegfuhr, stand er vor der Garage und wusch den Wagen. Als Mama gerade erfahren hatte, daß sie nicht wieder gesund wird, fing er an, den Wagen zu waschen. Und als wir von Evert erfuhren, wieder ... Ich will selbst sehen, wie es ihm geht. Ich will nicht, daß er allein ist und Angst hat, während wir hier mit einem Makler durch ein Haus laufen, das wir erst kaufen können, wenn er gestorben ist. Jetzt gib es zu, wir haben doch keinen Cent?! Du wartest doch nur auf seinen Tod.«

Sie sah, wie er so wütend wurde, daß er keinen Ton mehr herausbringen konnte. Sie preßte die Lippen aufeinander, sie mußte bis zehn zählen, sie kannte sich. Bevor sie es gewahr wurde, verlor sie die Beherrschung und warf ihm alles mögliche an den Kopf, doch sie hatte es schon gesagt: »Du bist ein furchtbarer Geizhals.«

»Ich?«

»Ja, du. Warum haben wir Evert nicht mitgenommen und ihn auf einem Friedhof in unserer Nähe beerdigt? Warum liegt er so weit weg, am anderen Ende der Welt?«

Aus seinem Gesicht war sämtliche Farbe gewichen. Die braune Haut wirkte graugelb.

»Weil er es so wollte. Das haben wir ihm versprochen. Auch du. Das weißt du ganz genau.«

»Und warum fahren wir nicht mal dorthin, um Blumen auf sein Grab zu legen?«

Er zuckte die Schultern und breitete die Arme aus. »Ich

glaube zwar nicht, daß uns das hilft, aber von mir aus … wann immer du willst.«

Sie warf ihm eine Handvoll abgerupfte Blätter vor die Füße. »Seit Jahren möchte ich nach Australien, aber du redest es mir jedesmal wieder aus. Weil du diese Reise zu teuer findest.«

Sie betrachtete den kahlen Zweig in ihrer Hand. Ihre Finger waren grün vom Saft der jungen Blätter. Während sie sich in einem Abstand von ein paar Metern gegenüberstanden, sah sie das Bild wieder vor sich – sie beide mit ihrem toten Sohn in der Mitte. Weil Herman ihn ständig hochziehen und festhalten und an sich drücken wollte, waren sämtliche Knöpfe von Everts Hemd aufgesprungen. In dem Moment entdeckten sie den großen, nachlässig vernähten Riß quer über seinen Brustkorb. Diese Naht würde niemals zu einer weißen Narbe verbleichen wie die an seinen Knien. Keine Erinnerung wie: Die ist von damals, als du es so furchtbar eilig hattest, nach draußen zu kommen und mit deinen Freunden zu spielen, weißt du noch; und die hier, die stammt von dem Mal, als du mit der Hand durch die Scheibe gefallen bist, und an dem Tag hier bist du vom Rad gefallen, mit dem Ellbogen auf das Gartentor. Keine gewundene weiße Linie, über die eines Tages ein Mädchen zärtlich mit dem Finger fahren würde, sondern eine obszöne, rote Wulst.

Vorsichtig hatte sie ihrem Sohn über den Kopf gestrichen, seine Haare mit den Fingern nach hinten gekämmt, und war dabei auf zwei Metallkrampen gestoßen. Sie hatte ihren Widerwillen nicht verbergen können: Evert erinnerte an ein Postpaket, mit dem viel zu grob umgegangen worden war und das man rasch mit etwas Klebeband umwickelt und hier und da mit ein paar Heftklammern zugetackert hatte. Als kurz darauf ein ganz in Schwarz gekleideter Mann hereinkam und irgend etwas von einem Versicherungsschein lispelte, hatte Herman einen Wutanfall bekommen.

Sie sah ihn an. Sie wußte, daß sie zu weit gegangen war, daß sie ihm weh getan hatte. Absichtlich. Weil er ihr widersprochen hatte und nicht begreifen wollte, wie beunruhigt sie war.

»Ich mähe den Rasen für deinen Vater. Ich schneide den Fliederbaum, ich spiele Schach mit ihm, ich rede mit ihm über Wimbledon, obwohl mich Tennis überhaupt nicht interessiert. Ich versuche, ihm ein guter Schwiegersohn zu sein, ein Sohn, ein Enkel, alles zugleich. Ich tue wirklich mein Bestes.«

»Das weiß ich doch.«

Versöhnlich streckte sie ihm die Hand entgegen, doch er drehte sich um und ging vor ihr den Weg hinauf, durch die Tür, ins Haus hinein.

Sie hatten einen Kompromiß geschlossen. Sie würde die Fähre um Viertel vor zwölf nehmen und er die Nachmittagsfähre. »Dann müssen wir uns nicht so abhetzen«, hatte er gesagt. »Dann kann ich in Ruhe das Haus aufräumen, saubermachen und die letzten Sachen packen. Ich kümmere mich um den Makler, mache noch einen Spaziergang und nehme die Fähre um Viertel vor fünf.« Damit war sie einverstanden: »Ja, das ist wahrscheinlich das beste. Dann wissen wir auch, woran wir sind, mit dem Haus. Sonst geistert es ja doch nur ständig in unseren Köpfen herum.«

Gegen elf machte sie sich auf den Weg. Sie fand es nicht nötig, daß er sie zur Fähre brachte; er konnte seine Zeit viel besser nutzen. Sie mußte noch bei Westers vorbei, um für die Tanten ein friesisches Zuckerbrot zu besorgen, dann ihr Fahrrad zurückbringen, und anschließend wollte sie sich noch einen Moment auf den Deich setzen. Als er ihr nachwinkte, war es ihm noch nicht bewußt. In ein paar Stunden sind wir wieder zusammen, redete er sich zu. Heute abend würde sie allein zu ihrem Vater gehen. Das war vielleicht auch besser so; er wollte seine Tochter doch bestimmt einmal unter vier Augen sprechen. Morgen fahren wir zusammen während der Besuchszeit hin, und sobald er nach Hause darf, hole ich ihn ab, und dann wasche ich ihm den Wagen.

Ja, es war eine vernünftige Entscheidung gewesen, und sie waren ohne Streit auseinandergegangen. Betty hatte zugegeben, daß sie gestern abend vollkommen durcheinander gewesen war und Dinge gesagt hatte, die ihr jetzt leid taten. Allerdings würde er später noch einmal auf diesen alten Wunsch zurückkommen, nach Melbourne zu fliegen. Diesen Sommer konnten sie nicht weg, und jetzt, da Papa wieder so krank war, schon gar nicht. Vollkommen ausgeschlossen. »Sei mal ehrlich, Betty, wann hätten wir in den letzten Jahren denn tatsächlich fahren können? Solange du jeden Tag deinen Vater besuchst.« Er sprach ständig mit ihr, auch wenn sie gar nicht da war.

Er setzte sich mit dem Gästebuch auf das Sofa am Fenster; vielleicht gelang es ihm so kurz vor Toresschluß ja doch noch, etwas Nettes zu schreiben. Er schlug das Buch auf und erkannte erschrocken seine eigene Handschrift, erinnerte sich wieder, daß er gestern bereits etwas hineingekritzelt hatte, nach dem Telefonat mit dem Makler. Während sein Blick über die aufgeschlagene Seite wanderte, wurde ihm klar, was in ihn gefahren war.

Kein einziges Dankeswort stand dort, auf der ganzen Seite nicht. Keine Beschreibung eines Spaziergangs bei Sonnenuntergang, nichts über die Frühlingsblumen auf der Wiese oder wie sehr sie den Aufenthalt auf der Insel auch dieses Jahr wieder genossen hatten. Nichts über das Meer, so nah, daß sie die Brandung nachts durch das offene Fenster hören konnten. Kein Wort über Evert. Statt dessen war die gesamte Seite bis zum Rand mit Zahlen und Berechnungen gefüllt. Und bei jeder Berechnung stand ganz oben, gut sichtbar, die Million, die das Haus seines Schwiegervaters wahrscheinlich, hoffentlich, zu gegebener Zeit, wenn es soweit war und der Immobilienmarkt nicht zusammenbrach, eines Tages bringen würde.

Er sprang auf, sah sich suchend um. Er mußte das sofort ungeschehen machen. Wo lag noch mal die Schere, oder besser noch ein Teppichmesser, nein, noch besser: Letztens hatte er auf der Fensterbank einen Mickymaus-Bleistift gesehen mit so einem kleinen Radiergummi. Während er hastig mit hochrotem Kopf die Zahlen wegradierte, sah er Betty vor sich. Sie hatte eine Sonnenbrille aufgesetzt, damit niemand ihre rotgeweinten Augen sah. Sie stand allein an Deck, über die Reling gebeugt, tief im hochgeschlagenen Kragen ihres Mantels versunken; allein auf dem Weg nach Harlingen und von dort mit dem Zug nach Rotterdam, und vom Bahnhof aus mit dem Bus zum Dijkzicht-Krankenhaus, in dem ihr Vater lag. Nein, sie wollte den Wagen nicht haben; wenn sie nervös war, war es vernünftiger, nicht selbst zu fahren. Sie nahm einfach den Zug, dann konnte er mit dem Wagen nach Hause fahren. Heute morgen hatte sie noch einmal gesagt, daß es ihr leid tat, die Geschichte von gestern abend, sie war zu weit gegangen. Und er hatte genickt, hatte ihre Entschuldigung angenommen.

Er blies die Radiergummikrümel fort. Wenn er die Seite mit einem dunklen Stift überschrieb, mit nicht allzuviel Platz zwischen den Zeilen, würde von all den Zahlen nichts mehr zu sehen sein. Er strich das Papier glatt und fragte sich, was er denn nun schreiben sollte. Auf dem Papier konnte er seinen Fehler noch korrigieren und so tun, als ob er mit ihr zusammen nach Hause gefahren wäre. Er begann zu schreiben, aber immer wieder sah er Betty vor sich, die über einen langen Krankenhausflur eilte und eine Tür nach der anderen aufriß, auf der Suche nach einem Arzt, der ihr Rede und Antwort stand.

»Ich habe dich gehen lassen …«, sagte er laut. »Allein.« Und er sagte es noch einmal und noch einmal, mit wachsendem Erstaunen.

Er sah auf seine Uhr. Kurz vor halb zwölf, es war noch nicht zu spät. Normalerweise ging er vor der Abreise mindestens dreimal durch das Haus, aber dieses Mal kontrollierte er nur, ob er das Gas auch abgestellt hatte, bevor er die Tür der »Dünenrose« endgültig hinter sich zuzog. Er schwang sich auf sein Fahrrad und strampelte sich die Lunge aus dem Leib, und um zwanzig vor zwölf gab er das Rad beim Verleih auf der Mitte der Dorpsstraat zurück. Mit der Reisetasche über der Schulter rannte er zum Hafen, während er zwischendurch fieberhaft in seinem Portemonnaie nach seiner Rückfahrkarte suchte. Am liebsten wäre er noch schneller gelaufen, aber er hatte bereits Seitenstiche.

Als er sich der Terrasse des Hotels »Zeezicht« näherte, sah er aus dem Augenwinkel den Mann mit der weißen Segeljacke. Er schob seinen Stuhl zurück und verabschiedete sich von einem Mann, der ein paar Papiere zusammensuchte und in seine Aktentasche steckte. Herman blickte wieder nach vorne zur Fähre, ob er Betty schon entdecken könnte. Hastig überquerte er die Straße und drehte sich erst auf der Treppe beim Hafengebäude noch einmal kurz um. Der Mann mit der Aktentasche ging nun über die Straße und bog beim VVV-Büro links ab, in Richtung Dennenweg ... Mehr Gedanken wollte Herman nicht daran verschwenden, denn er hatte es eilig, er wollte an Bord, er mußte Betty finden.

Mai 1999

Sehr geehrter Gastgeber,
es war wieder einmal ein herrlicher Urlaub. Etwas kürzer diesmal, wegen der Erkrankung von Bettys Vater. Deshalb werden wir auch gleich mit der Fähre um Viertel vor zwölf abreisen. Wir bedauern es sehr, unsere geliebte Insel so Hals über Kopf verlassen zu müssen, aber wir haben natürlich keinen Moment gezögert. Möglicherweise haben wir die »Dünenrose« dieses Mal nicht so sauber hinterlassen, wie man es sonst von uns gewöhnt ist. Unsere aufrichtige Entschuldigung diesbezüglich. Auf Wiedersehen bis zum nächsten Jahr – es gibt keinen Ort, an den wir so gerne zurückkehren und an dem wir uns so heimisch fühlen wie an diesem.

Mit herzlichen Grüßen, auch im Namen meiner lieben Betty, Herman Slaghek

Es ist wieder da! Nach den ersten Gästen war es verschwunden. Ich dachte: Vielleicht haben sie es für eines von ihren eigenen Büchern gehalten und eingepackt. Sie wollen es bestimmt wieder zurückschicken, sind aber noch nicht dazu gekommen. In einem schlimmen Alptraum sah ich, wie jemand es zwischen alten Zeitungen zum Altpapiercontainer brachte. Das ganze Haus hab ich auf den Kopf gestellt, sämtliche Vorhänge hochgehoben und alle Kissen, sogar unter den Matratzen habe ich gesucht. Gleich werde ich mal nachlesen, ob einer der Aprilgäste noch was hineingeschrieben hat. Herman ist für seine Verhältnisse etwas kurz angebunden, aber er kommt ja auch schon so viele Jahre hierher; wahrscheinlich ist es nicht leicht, immer wieder etwas Neues zu schreiben. Auf der Insel verändert sich nichts, und sie selbst werden wohl auch nicht so viel erleben.

Was ich heute nicht alles wiederfinde, ... einen Brief, den ich verlegt hatte. Aber wo ist das Lesezeichen? Ich weiß ganz genau, daß ich auch dieses Jahr wieder etwas Besonderes zwischen die Seiten gelegt habe. Aber was war das noch mal? Und wo ist es geblieben? Ich muß aufpassen, daß ich das Durcheinander in meinem Kopf nicht auch auf die »Dünenrose« übertrage. Daß sich hier nicht auch irgendwann ein paar Schrauben lockern ... Auch Bram ist es nicht entgangen, daß ich in letzter Zeit etwas nachlasse. Als ich ihm eben einen Kakao gemacht habe, kommt er zu mir in die Küche und fragt mit dünnem Stimmchen: »Geht es Ihnen gut?«

»Hast du vielleicht Angst, daß ich Salz in deinen Kakao rühre, mein Junge?«

»Sie sehen so anders aus ... manchmal ... neulich.« Er spitzte die Lippen und tippte mit dem Zeigefinger dagegen. »›Als ob sie in einer Operette mitspielen würde‹, hat meine Mutter gesagt.«

»Das Stück heißt ›Komische Alte‹.«

»Wer ist das?«

»Weiß ich nicht mehr ... aus irgendeinem Lied, glaube ich.«

»Aber wofür ist das gut?«

»Gefällt es dir nicht?«

Er schlug die Augen nieder und sagte: »Ich finde es ... unheimlich.«

Daraufhin hab ich ihm erklärt, warum Omas wie ich sich nicht schminken, nie geschminkt haben. Meine Mutter hat immer gesagt: »Wie der Herr dich geschaffen hat, so ist es gut. Du darfst erst dann einen Lippenstift benutzen, wenn du sicher weißt, daß dir kein böses Wort mehr über die Lippen kommt. Du darfst erst dann Ohrringe tragen, wenn du deine Ohren vor Tratsch verschließt. Du darfst erst dann

Bänder und Schleifen in dein Haar flechten, wenn du mit Sicherheit sagen kannst, daß dir kein einziger schlechter Gedanke mehr durch den Kopf geht.«

Aber jetzt bin ich so alt, und meine Mutter ist schon lange bei ihrem Schöpfer. Ich hatte immer wissen wollen, wie ich mit roten Lippen aussehe, und mit dem Klatsch und Tratsch hält es sich doch in Grenzen, oder? Ich stand in der Drogerie vor so einem Behälter mit lauter Lippenstiften in glänzenden Hülsen und dachte plötzlich: Was hindert mich? Ich möchte es einmal ausprobieren, wenigstens ein einziges Mal, und dabei war auch noch Ausverkauf, alles zum halben Preis. Doch als der Inhaber der Drogerie zu mir kam und fragte, wie er mir helfen könne, habe ich keinen Lippenstift, sondern ein Feuerzeug verlangt.

Aber dann habe ich mir doch einen genommen, einfach um zu sehen, ob mir so was steht. Es ist immer ein so hübscher Anblick, die Mädchen im Sommer mit ihren roten Lippen, wodurch ihre Augen noch blauer wirken. Schließlich will man auch mal was anderes sehen, wenn man in den Spiegel schaut. Aber ich muß gestehen, es gefiel mir nicht besonders.

Später hab ich Bram ein Märchen erzählt, das ich noch von früher kannte. Ein Märchen von einer jungen Frau, die ihr glänzendes, dickes Haar abschneidet, um es zu verkaufen, damit sie von dem Geld eine goldene Kette für die Taschenuhr ihres Mannes kaufen kann. Ein Hochzeitsgeschenk, wie würde er sich darüber freuen! Doch sie wußte nicht, daß er im gleichen Moment seine Taschenuhr verkaufte, um zwei Perlmuttkämme zu erstehen, damit sie endlich mal ihr langes Haar hochstecken konnte. Ich sagte: Verstehst du das, Bram? Mir ist es ebenso ergangen. Jetzt ist es endlich soweit, daß ich mir die Lippen schminken darf, aber nun geht es nicht mehr. Im Laufe der Jahre habe ich so viele Falten um meinen Mund bekommen, daß die rote Farbe einfach ausläuft wie ein Tintenklecks auf Löschpapier.

Bram fand das Märchen zwar schön, aber eher etwas für Mädchen. Also gut, nächstes Mal eine andere Geschichte. Er ist ein lieber Junge, und er hat mir wirklich geholfen. Das war auch nötig, denn letzte Woche hatte sich eine Gruppe junger Leute hier eingemietet. Die Musik war so laut, daß die Scheiben klirrten. Bei diesen jungen Leuten heutzutage weiß man nie, also dachte ich mir: Ich seh mal lieber nach dem Rechten. Ich hab alle Fenster aufgerissen, konnte aber nicht feststellen, warum es noch immer so stank. Es roch hier fast wie in einer Kneipe. Und dann finde ich doch nach langem Suchen ein paar halbleere Bierflaschen unter dem Sofa, voll mit Zigarettenkippen.

Ich muß dringend jemanden finden, der sich um die schwere Arbeit kümmert. Ich bin zu steif, um noch auf dem Boden herumzukriechen, eines Tages komm ich nicht mehr hoch. Dann finden die neuen Gäste nicht nur einen Blumenstrauß auf dem Tisch, sondern kurz danach auch mich auf dem Boden. Bram hat eben zwei brechend volle Müllbeutel zum Container gebracht; das kann ich nicht mehr mit meinen Krücken. Was die Leute in einer Woche nicht alles wegwerfen! Manchmal bin ich so neugierig, daß ich mich zurückhalten muß, um die Mülltüten nicht zu öffnen und nachzusehen. Es heißt, es soll Sturm geben. Nordwestwind, dann knackt das Haus wieder in allen Fugen. Noch einmal kontrollieren, ob die Fenster wirklich alle geschlossen sind. Gut, daß der nächste Gast erst Mitte der Woche kommt, dann kann das Haus noch mal durchatmen.

3

In der »Dünenrose« gab es nichts, das an ihn erinnerte. Darum war es auch so gut, hier zu sein, denn sie wollte zwar an ihn denken, aber nicht den ganzen Tag über. Zu Hause steckte sein Foto im goldfarbenen Rahmen des Spiegels, in den sie morgens einen letzten Blick warf, bevor sie zur Arbeit ging; zu Hause standen überall große und kleine Geschenke, die er ihr im Laufe der Jahre gemacht hatte. Eine hohe Glasvase für die Amarylliszweige, die er so häufig mitbrachte, eine Tagesdecke aus Kunstpelz mit Zebramuster, die Bronzestatue einer nackten Frau, von der er behauptete, sie würde ihr ähnlich sehen; die gleichen Hockeywaden, die kräftigen Pobacken und »Brüste wie Zitronen«.

Sie schaltete die Lampe über dem Eßtisch ein, schaute sich im Zimmer um und fragte sich, wie lange Rick es hier wohl aushalten würde. Vor allem jetzt, da der Regen gegen die Scheiben prasselte. Sie lächelte beim Gedanken an seinen Kommentar. Damals, als sie sich gerade erst kennengelernt hatten, hatte er sich auch immer über die Einrichtung ihres Apartments lustig gemacht. Er fand es unbegreiflich, daß eine Frau mit einer guten Stelle und einem ordentlichen Gehalt, jemand, der in einer Bank arbeitete, die ganz in Glas und Marmor gehalten war, in so einem studentenhaften Durcheinander leben konnte. In den vergangenen drei Jahren hatte er ihrer Wohnung seinen Stempel aufgedrückt und war auf diese Weise immer bei ihr, auch wenn er körperlich nicht anwesend sein konnte.

Doch jetzt wollte sie etwas für ihn basteln, wodurch er jedesmal an sie denken würde, wenn er es anschaute. Die

Muscheln, die sie am Strand gesammelt hatte, lagen vor ihr auf einem Geschirrtuch. Sie hatte den Sand abgespült, die Muscheln trocknen lassen und nach Farbe und Größe sortiert. Er brachte ihr immer etwas mit, wenn er von einer Reise zurückkam, sie ihm nie. Das ging nicht. Seine Frau hätte Fragen stellen können. Alles, was sie ihm bisher geschenkt hatte, CDs, Bücher, einen Hausmantel, Seidenpantoffeln, ließ er bei ihr zurück, nachdem er es ausgepackt hatte. Daher kam es ihr manchmal so vor, als würde sie diese Geschenke für sich selbst kaufen.

Sie wollte etwas für seinen Schreibtisch basteln, das war ungefährlich. In sein Büro kam seine Frau nie. Am zweiten Tag ihres Aufenthalts auf der Insel, was auch schon wieder zwei Tage her war, hatte sie ein kleines Holzboot gekauft, das sie nun rundum mit Muscheln bekleben wollte. Sie hatte kurz zwischen dem Schiff und einem Kästchen geschwankt, aber beklebte Kästchen konnte man fix und fertig in jedem Souvenirladen bekommen, in allen erdenklichen Größen und Formen. Vielleicht würde er gar nicht bemerken, daß sie es selbst gemacht und viel Zeit darauf verwendet hatte. Außerdem war ein Kästchen ein lebloses, statisches Ding, und ein Schiff bedeutete Bewegung und Veränderung, selbst wenn es still dalag.

Sie strich etwas Klebstoff auf den Rand einer Muschel und auf die Stelle, an die sie die Muschel kleben wollte. Für diese Seite würde sie sicher noch eine halbe Stunde benötigen und für die andere Seite noch einmal eine Dreiviertelstunde. Geduld, nur Geduld. Als sie sich vor drei Jahren ineinander verliebten, war er sehr offen und deutlich gewesen. Er wollte sich von seiner Frau scheiden lassen, aber noch nicht jetzt. »Sobald mein Jüngster seinen Schulabschluß hat, das verspreche ich.« Er kannte zu viele pubertierende Jugendliche, deren Leben durch die Scheidung ihrer Eltern den Bach hinuntergegangen war. Alkohol, Drogen, unendliches Leid. Das wollte er nicht auf sein Gewissen laden und sie doch sicher auch nicht? Wenn die Kinder ganz klein waren, konnte man den Schaden noch in Grenzen halten, und fast schon erwachsene Kinder lebten sowieso ihr eigenes Leben und verstanden eine solche Situation vielleicht sogar. Das Schicksal hatte sie jetzt erst zusammengeführt, und darum mußten sie noch ein paar Jahre warten, für ihn war es ja auch nicht einfach. Vielleicht sogar noch schwerer als für sie, weil er tagein, tagaus seine Frau belügen mußte.

Kirsten blies den Klebstoff trocken. Fünf Sekunden, stand in der Gebrauchsanweisung, aber dann saßen die Muscheln auch bombenfest. In Filmkomödien klebten Liebende ihre Fingerspitzen aneinander oder ihre Lippen. Wenn sie nicht aufpaßte, würde sie sich selbst am Tisch dieses Ferienhauses festkleben, kein Glied mehr rühren können, schließlich verhungern und verdursten. »Frau kommt bei Bastelarbeit ums Leben.« Außer ihrer Mutter, Rick und einigen Kolleginnen aus der Bank wußte niemand, daß sie hier war.

Noch etwas warten, kein Grund zur Hektik. Sie war von Natur aus geduldig. Es fiel ihr nicht schwer, nicht immer. Ihr geheimes Leben hatte auch seine guten Seiten, bestimmt. Sonst hätte sie nie so lange durchgehalten. Sie freuten sich nach drei Jahren immer noch, einander zu sehen. Sie mußte sich nicht zwischen Karriere und Familie entscheiden, mußte nicht ständig um Aufmerksamkeit kämpfen, nicht mit Loyalität taktieren. Sie konnte sich in ihre Arbeit stürzen, ohne jemanden zu vernachlässigen. Doch wäre sie auch so ehrgeizig, wenn sie einen Freund hätte, den sie so oft sehen konnte, wie sie wollte?

Sie war siebenunddreißig, aber sie hatte sich noch nie, nicht einen Augenblick, nach einem Kind gesehnt. Ist mit mir wirklich alles in Ordnung, fragte sie sich manchmal, wenn eine Freundin wieder einmal vom Ticken der biologischen Uhr anfing. Sie kannte nicht das unaufhörliche Gefühl des »Jetzt oder Nie«, ungeachtet der Umstände oder der Frage, wer der Vater sein würde. Für sie gehörte zu einem

Kind untrennbar auch ein Vater, sie wollte es nicht allein großziehen. Allein mit einem Kind, das war für sie einfach unvorstellbar. Und der einzige Mann, der in ihren Augen als Vater in Frage kam, hatte bereits eine Familie. Vielleicht, irgendwann, in ein paar Jahren, wenn er frei war, dann erst würde sie darüber nachdenken, nicht eher; es war so schon kompliziert genug, sie konnte es jetzt noch nicht wollen.

Aber als sein jüngster Sohn letztes Jahr um diese Zeit sitzenblieb, war sie wütend geworden. Jetzt würde alles noch länger dauern, bis Rick sich scheiden lassen konnte. Ein zweites Mal Klasse 8, und dann Klasse 9 und 10. Und möglicherweise bekam Victor dann Spaß am Lernen und hängte noch ein paar Jahre Gymnasium ran? »Du darfst nicht so streng mit ihm ins Gericht gehen, er ist schwerer Legastheniker«, hatte Rick damals gesagt und auch gemeint, daß er Verständnis dafür habe, wenn sie nicht auf ihn warten wolle. »Du bist frei.« Ja, das war sie, theoretisch, doch seit sie ihn kennengelernt hatte, war sie nicht mehr mit einem anderen Mann ausgegangen. Alles an ihr schien zu sagen: Erspart euch die Mühe, ich bin schon vergeben.

Sie klebte die Muschel auf den Schiffsrumpf und schaute auf die Uhr. Sie konnte es nicht ändern, daß sie sah, es war kurz vor halb fünf, und daß sie sich fragte, was er wohl in diesem Augenblick tat. Die meisten Gäste würden jetzt im Hotel eingetroffen sein; Rick und seine Frau und die Kinder waren schon seit ein paar Stunden dort. Das jüngste hatte extra schulfrei bekommen, die anderen waren heute morgen aus Delft und Leiden, wo sie studierten, nach Hause gekommen. Gemeinsam war die Familie etwa zur Mittagszeit in Ricks dunkelblauem Volvo nach Nol in't Bos gefahren.

Wahrscheinlich hatten sie heute nachmittag Fahrräder gemietet, eine Radtour durch die Veluwe unternommen, und nun warteten sie auf das Eintreffen der anderen Familienmitglieder. Sobald alle da waren, würde ein Begrüßungsschluck gereicht, auf der Terrasse, sofern das Wetter mitspielte. Sie schaute hinaus. Es regnete nicht mehr, aber auf einer Insel trieb eine Regenwolke viel schneller vorüber als mitten im Wald. Bestimmt hockten sie nun frierend in einem naßkalten Wintergarten, während der Regen von den Bäumen auf das Glasdach tropfte, tropf, tropf. Ein Geräusch, das einem im Handumdrehen auf die Nerven ging und in Null Komma nichts für einen handfesten Streit sorgte.

Zuerst hatte er nur beiläufig erwähnt, daß er dieses Wochenende in die Veluwe fuhr, mit der Familie. Dann stellte sich heraus, daß seine Brüder und Schwestern mitsamt ihren Ehepartnern und Kindern auch dort erwartet würden. Ein Familientreffen? Nein, das eigentlich nicht, man feierte, weil er am Samstag – also heute – fünfundzwanzig Jahre verheiratet war. Sie hatte das gewußt, natürlich hatte sie das gewußt, nicht das genaue Datum, aber wohl, wie lange er verheiratet war mit ihr, deren Namen sie lieber nicht aussprach, nicht einmal in Gedanken.

Mußte das nun wirklich gefeiert werden? Mitsamt den stolzen Eltern, den Schwiegereltern, einem mehrgängigen Abendessen und launigen Tischreden, in denen ihr Name, Kirsten, nicht ein einziges Mal fiel? Hätte er sich dem nicht entziehen können? Fiel es ihm nicht schwer, zusammen mit seiner Frau eine Torte anzuschneiden, auf deren Spitze ein kleines Brautpaar aus Plastik thronte? Was würde er tun, wenn ein Toast auf »die nächsten fünfundzwanzig Jahre« ausgebracht wurde, was für ein Gesicht würde er dann machen?

Aber die Trauzeugen hatten den Plan ausgeheckt, sie hatten die Zimmer bei Nol reserviert. Wenn er sich dagegen sträubte, würde das nur Argwohn wecken. Dabei war es wirklich nicht so, daß er sich darauf freute. Sie schaute hinüber zu ihrem Handy, das neben dem Geschirrtuch mit den Muscheln lag, zum Greifen nah. Sie hatten vereinbart, daß er an diesem Wochenende nicht anrufen würde, aber sie kannte ihn, das hielt er nie durch. Sobald sich eine Möglichkeit ergab, würde er anrufen. Wenn seine Frau vor dem

Abendessen ein Bad nahm oder mit Schaftstiefeln unter dem Abendkleid in den Wald ging, um die Hunde auszuführen.

Sie schaltete das Telefon ab. Wenn er ihr wirklich dringend etwas zu sagen hatte, konnte er auf ihre Mailbox sprechen. Außerdem würde er dann annehmen, daß sie nicht gestört werden wollte, weil sie in ein Buch vertieft war oder in ein Bankgutachten über langfristige Anlageformen oder in eine Unterhaltung mit einem äußerst interessanten Mann, den sie hier kennengelernt hatte.

Sie legte das Telefon auf den Kaminsims. Plötzlich schien es noch stiller zu sein, eine Stille, die Tage anhalten würde. Ein Dünenrosenzweig schlug gegen das Fenster, und in der Ferne hörte sie das Meer. Würde sie es hier wirklich bis Mittwoch aushalten, so ganz allein? Aber natürlich, es war eine gute Entscheidung gewesen, das Beste, was sie hatte tun können. Sie wollte nicht in einem Hotel herumsitzen. Sie konnte den Anblick glücklicher Familien, geschweige denn einer großen, glücklichen Familie an einer festlich gedeckten Tafel oder beim Frühstück zur Zeit einfach nicht ertragen.

Hätte sie doch eine Freundin einladen sollen? Aber die meisten ihrer Freundinnen saßen zwischen Beruf und Baby fest. Wenn man in ihren hermetisch geschlossenen Tagesplan einbrechen wollte, mußte man dies Wochen vorher ankündigen. Außerdem wäre es ihr schwergefallen, nicht von Rick anzufangen. Sie wußte jetzt schon, was ihre Freundinnen über die Festlichkeiten bei Nol in't Bos sagen würden: »Er feiert seine hundertjährige Ehe mit allem Drum und Dran, und du glaubst immer noch, daß er sich scheiden lassen wird!«

Sie wußten von seiner Existenz, das schon. Sie sahen ein, warum sein Foto lose im Rahmen des Spiegels steckte: Wenn jemand vorbeikam, den sie nicht so gut kannte, verschwand Rick schnell in einer Schublade. Man konnte nie wissen, ob die fragliche Person ihn nicht zufällig kannte und wußte, daß er schon seit Jahren verheiratet war. Und mit wem. Ihre Freundinnen kannten seinen Vornamen und wußten, daß er Architekt war, aber keine von ihnen war ihm je begegnet. Rick wollte das nicht. »Die Leute sind verrückt nach außerehelichem Klatsch. Deine beste Freundin erzählt es einer anderen Freundin, und irgendwann kommt es meiner Frau zu Ohren. Ich möchte selbst bestimmen, wann sie es erfährt. Es ist schon schlimm genug, daß du und ich unseretwegen lügen müssen, also sollten wir nicht noch mehr Menschen mit hineinziehen.«

Ein wirklich vernünftiger Mann, das war er, unter den gegebenen Umständen konnte man ihn sogar prinzipienfest nennen. Er wollte keinen Klatsch. Er wollte ihre Freundinnen nicht mit einem Geheimnis belasten, niemanden in Verlegenheit bringen. Darum sahen sie einander nur in den vier Wänden ihres Apartments auf dem Alexanderdreef, schon seit drei Jahren, jeden Dienstagabend.

Auf jeden Fall mußte sie sehen, wie sie es bis einschließlich Dienstag hier aushielt. Sie wollte am nächsten Dienstagabend keinesfalls zu Hause sein. Du wirst das schon regeln, hatte sie gesagt, als ihre Sekretärin meinte, daß es nicht einfach werden würde, in dieser Zeit etwas zu finden, weil Ferienhäuser in der Hochsaison immer von Samstag bis Samstag vermietet würden. Dann bezahle ich eben für zwei Wochen, das kann mir gleich sein.

Drei Jahre lang, Schulferien und Feiertage ausgenommen, war es ihnen beiden gelungen, sich den Dienstagabend frei zu halten. Er hatte seine Sitzungspläne angepaßt und sich eine Lüge nach der anderen einfallen lassen, um an diesem Abend bei ihr zu sein. Und jetzt ließ sie diesen Abend einfach sausen, weil sie unbedingt nach Vlieland wollte, sich den Wind um die Nase wehen lassen, allein sein. Konnte sie nicht einen Tag eher zurückkommen? Sie lächelte. Es hatte ihn mehr geärgert, als er sich anmerken lassen wollte.

Unruhig lief sie durch den Raum, schaute erneut auf ihre Armbanduhr. Sie mußte noch einkaufen. Außer einem Stück Leberpastete, das sich an den Rändern schon dunkel verfärbte, ein paar Butterbroten und einer halben Packung abgestandenem Apfelsaft hatte sie nichts im Haus. Heute abend wollte sie etwas Anständiges essen, eine ordentliche Mahlzeit, an einem gedeckten Tisch. Heute abend wollte sie nicht traurig mit einem Butterbrot vor einem Fernseher hocken, der nicht funktionierte. Wirklich schade, sie hätte etwas Ablenkung gut gebrauchen können; im Schrank lagen nur Spiele für zwei oder mehr Spieler, und das Gästebuch stand voller fröhlicher Sprüche von Ehepaaren und Großfamilien.

Mit beiden Händen fuhr sie durch die Muscheln. Sie mußte hier raus, ins Dorf. Letzte Woche hatte Rick noch gesagt, daß er »durchaus« die Möglichkeit einbezog, daß sie eines Tages einem anderen begegnen würde. Warum sagte er das? Um sich weniger schuldig zu fühlen? Um sich gegen eine Enttäuschung zu wappnen? »Durchaus …« – das behauptete er einfach so, mit unbewegter Miene, und schien durch diese Aussicht nicht im geringsten beunruhigt zu sein. Um nicht in Tränen auszubrechen, ballte sie die Hand, in der die Muschel lag, zur Faust; der scharfe Rand schnitt ihr in die Haut. Sie konnte es sich inzwischen kaum noch vorstellen – sie mit einem anderen Mann –, aber er wahrscheinlich auch nicht. Wurde es nicht langsam Zeit, daran etwas zu ändern?

Sie beschloß, mit einem großen Umweg ins Dorf zu fahren. Obwohl sie sich die Haare gewaschen und sich mehrfach umgezogen hatte, war es immer noch früh: Um sechs Uhr abends ging man einfach nicht zum Essen, weil dann die Eltern mit den kleinen Kindern die Tische besetzten. Halb acht paßte da schon eher – um diese Zeit kamen mehr Leute wie sie, Singles. Wenn sie eine Viertelstunde auf einen

Tisch warten mußte, konnte sie so lange an der Bar etwas trinken. Das war der beste Platz, sich mit einem Glas in der Hand auf dem Barhocker hin und her zu drehen und sich umzusehen. Allein der Gedanke daran munterte sie auf.

Sie nahm den befestigten Weg am Wald entlang; sie wollte nicht den Badweg nehmen, sondern den Muschelweg an dem See, wo so viele Vögel brüteten, und dann nach links über den Postweg bis ins Dorf. Sie hatte zu viel Parfüm benutzt, das passierte ihr immer. Je unsicherer sie sich fühlte, desto mehr Parfüm. Sie konnte nicht einmal die Kiefern rechts und links des Weges riechen und auch nicht das Heu im Straßengraben oder die Pferdeäpfel auf dem sandigen Reiterpfad; sie roch vor allem sich selbst oder eigentlich Rick, denn es war ein Parfüm, das er ihr aus Mailand mitgebracht hatte.

Sie schaute sich um, intensiver als sonst, nun, da sie vorübergehend eines ihrer Sinne beraubt war. Wie gern hätte sie all das mit ihm geteilt, die Schönheit und die Weite. Als ob sie durch ein Bild radelte, das nur für sie gemalt worden war, sie war noch keiner Menschenseele begegnet. Sie unterdrückte den Wunsch, ihn anzurufen und ihm eine Nachricht zu hinterlassen. »Du errätst nie, was ich gerade sehe: ein Fasanenmännchen, genau vor mir, auf dem Radweg.« Noch nie war sie mit ihm am Strand entlanggelaufen, noch nie im Schnee spazierengegangen. Sie wußte nicht, wie er nach einer langen Radtour aussah, oder nach einem Bad im Meer. Sie kannte ihn nur bei künstlicher Beleuchtung.

Im »Badhotel Bruin« waren alle Tische besetzt. Die Bar wurde von einer großen Gruppe in Beschlag genommen, dem Vorstand irgendeines Vereins. Männer wie Frauen trugen alle den gleichen dunkelblauen Blazer mit dem gleichen Emblem auf der Brust. Neben denen wollte sie nicht sitzen. Die lautstarken Gespräche würden ihre Gedanken übertönen, und neben so viel Wirgefühl kam sie sich besonders armselig vor. Auch in »De Herberg« und im »Oosterbaan« war kein Platz mehr frei – in beiden Restaurants sagte man ihr, daß es mindestens eine halbe Stunde dauern würde, bevor ein Tisch frei würde. Aber die lange Fahrradtour hatte sie hungrig gemacht, und sie hatte keine Lust mehr, so lange an der Bar hocken.

Sie überquerte die Straße zu einem Hotel an der Wattseite, dem »Wellengesang«. Es war dort ziemlich dunkel, und von der Straße aus konnte sie nicht sehen, wie voll es drinnen war. Sie lehnte ihr Fahrrad gegen den schmiedeeisernen Zaun und ging hinein. Ein schneller Blick sagte ihr, daß auch hier kein Tisch frei war, nicht einmal in der Nähe der Tür, die sich ständig öffnete und wieder schloß.

An einem Fenster zum Garten saß eine großgewachsene Frau und studierte die Speisekarte; die Eckbank, auf der sie Platz genommen hatte, lief unter dem Fenster durch und bot genügend Platz für drei Personen. Kirsten machte ein paar Schritte auf sie zu, um nachzuschauen, ob ihre Serviette zerknüllt auf dem Tisch lag, das Geschirr bereits abgeräumt war. Wenn die Frau nur noch einen Nachtisch bestellen wollte, würde sie warten, sonst nicht. Die Frau sah sie an, hatte ihren Blick vielleicht schon vorher durch den Raum schweifen sehen, und nickte ihr freundlich zu.

»Tja, ziemlich voll, was, aber wenn Sie wollen, können Sie sich zu mir setzen. Ich kann Ihnen allerdings nicht versprechen, daß ich schnell verschwunden bin. Ich muß noch bestellen.«

Kirsten zögerte. Die Frau war deutlich über Sechzig; neben ihr auf der Bank stand ein großer Beutel aus Baumwolle mit hellblauen und gelben Blümchen. Daneben lag ein kleiner Stapel Tageszeitungen, obendrauf die von heute. Das war nicht die Art interessanter Begegnung, die ihr vorschwebte. Aber das Hotel »Wellengesang« bot das letzte Restaurant auf der Dorpsstraat, am Hafen gab es noch zwei, doch wer konnte sagen, ob sie dort einen Platz finden würde? Es war Samstagabend, Hochsaison, die ganze Insel ging heute abend zum Essen.

»Gern, vielen Dank«, sagte sie, doch während sie ihre Jacke aufknöpfte, bereute sie ihren Entschluß bereits.

Die Frau sah sie über ihren goldenen Brillenrand an und erriet ihre Gedanken: »Keine Angst, wir müssen uns nicht unterhalten.«

Sie reichte Kirsten die Speisekarte. »Ich habe mich bereits entschieden. Ich nehme die Seezunge, aber ohne die vielen überflüssigen Soßen. Und einen trockenen Weißwein. Wenn Sie möchten, können wir uns eine Flasche teilen.«

Man konnte ihr deutlich anmerken, daß sie häufiger allein in einem Restaurant aß. Wahrscheinlich schlug sie gleich die Zeitung auf und begann mit einem Kreuzworträtsel, oder sie griff nach ihrer Handarbeit, um die Zeit totzuschlagen. Auf jeden Fall gab sie sich keine Mühe, eine gekünstelte Haltung einzunehmen: Sie lehnte die Ellbogen auf den Rand des Tischs, legte ihr Kinn auf die gefalteten Hände und starrte aus dem Fenster. Sie trug eine weiße Bluse mit feinen hellblauen Streifen und Perlmuttknöpfen zu einer grauen Leinenhose. Auch ihre Hände wirkten sehr gepflegt, mit sorgfältig gefeilten Nägeln. Sie trug keinen Ehering, nur einen Siegelring, und an ihrem linken Handgelenk sah Kirsten eine goldene Uhr mit cognacbraunem Armband, aus dem gleichen Leder wie die Umhängetasche, die auf der anderen Seite neben ihr auf der Bank stand. Es schien fast so, als hätte sie ihren Friseur angewiesen, ihr halblanges Haar im Ton ihrer Tasche oder ihres Uhrenarmbands zu färben. Perfektion bis ins Detail, Kirsten konnte kaum die Augen abwenden. Sie selbst hatte jeden Tag größte Mühe damit, einigermaßen vorzeigbar zum Dienst zu erscheinen. Natürlich geschah es nicht mit Absicht, aber fast immer entdeckte sie einen Fleck auf der Bluse oder ein Mottenloch in ihrem Kostüm. Aus diesem Grund entschied sie sich zumeist für grobgewebte Stoffe und für Farben und Muster, die relativ unempfindlich waren.

Ein Kellner blieb vor ihrem Tisch stehen und fragte, ob sie sich bereits entschieden hätten. Die Frau gab ihre Bestellung auf.

»Für mich das gleiche«, sagte Kirsten. Eigentlich hatte sie ihre Wahl noch gar nicht getroffen, doch es erschien ihr unhöflich, ihre Tischgenossin länger als nötig auf ihr Essen warten zu lassen. Als der Kellner gegangen war, dämmerte es ihr langsam: Sie würde mindestens eine Stunde mit einer wildfremden Frau verbringen müssen, die bei genauerem Hinsehen längst nicht so locker und entspannt war, wie sie auf den ersten Blick wirkte. Es schien, als würden ihre Hände sich aneinander festklammern; gelegentlich verkrallten sie sich noch stärker ineinander, wie bei einem Nervenkrampf. Wir müssen uns nicht unterhalten, hatte sie lächelnd gesagt, aber eine Stunde lang schweigen konnte mindestens genauso anstrengend sein. Als die Frau das nächste Mal in ihre Richtung sah, streckte Kirsten ihr schnell die Hand entgegen.

»Darf ich mich kurz vorstellen? Kirsten Kleve.«

»Hank.«

Zu ihrer Verblüffung beließ Hank es dabei. Kinder stellten sich so vor oder Künstler, die unter ihrem Vornamen berühmt geworden waren. Manchmal, wenn man ganz genau wußte, wer anrief, konnte man sich auch nur mit dem Vornamen am Telefon melden. Unwillkürlich griff sie kurz an die Innentasche ihrer Jacke; die Frau folgte ihrem Blick.

»Sie brauchen keine Angst zu haben, daß mein Telefon plötzlich klingelt. Es ist auf Vibrationsalarm eingestellt.«

»Es vibriert, und dann wissen Sie, daß jemand anruft?« fragte Hank.

»Genau, und dann sehe ich mir die Nummer an. So weiß ich, wer mich anruft, und kann entscheiden, was ich tun will. Aber heute abend werde ich keinen Anruf entgegennehmen. Ich will nur wissen, wann ich angerufen werde. Und ob ich angerufen werde.«

Inzwischen war es halb acht. Rick und die Seinen tafelten

jetzt bestimmt auch. An einer sehr langen Tafel mit einer Tischdecke aus weißem Damast und silbernen Leuchtern mit flackernden Kerzen. Einer der Trauzeugen erhob sein Glas und fragte sich laut, worin das Geheimnis einer Ehe bestand, die schon fünfundzwanzig Jahre lang hielt. Sie drehte ihre Gabel um und drückte die Zinken in die Tischdecke.

»Sind Sie auch allein hier?« fragte Hank.

»Ja, aber das ist gar nicht mal so schlecht.«

»Ja, da haben Sie recht.«

»Ich wohne in einem kleinen Haus in den Dünen. Es heißt ›Dünenrose‹. Wirklich passend, denn die Rosen kriechen förmlich durch jede Ritze. Wenn ich morgens aufwache, fühle ich mich wie Schneewittchen, oder wie heißt sie noch mal ... Dornröschen. Und Sie?«

»Ich wohne hier, im ›Wellengesang‹. Ich hatte Glück; es war das einzige, was noch frei war. Ich habe mich sehr spät entschlossen und erst letzte Woche gebucht.«

»Einfach so, aus einer Laune heraus? Ja, dem sollte man immer nachgeben. ›Go with the flow‹ nennt man das heute. Kennen Sie den Ausdruck?«

»Von wegen ›Go with the flow‹, ich mußte einfach weg, ich ...«

Hank unterbrach sich, weil der Kellner mit dem Wein an ihren Tisch kam und fragte, welche der beiden Damen ihn kosten wolle. Kirsten nickte in Richtung ihrer Tischnachbarin. Jetzt, da sie sie genauer betrachten konnte, fiel ihr erst auf, wie lang sie war. Nicht nur ihr Oberkörper, der Hals und die Arme, sondern auch ihre Finger und die Sehnen in ihren schönen Händen.

Hank nickte dem Kellner zu, noch bevor sie den Wein gründlich gekaut und hinuntergeschluckt hatte. Der junge Mann schenkte ihnen ein, stellte die Flasche in den Kühler und verschwand wieder. Hank schien zu vergessen, daß sie in Gesellschaft war, und begann sofort zu trinken, nach zwei, drei Schlucken war ihr Glas halb leer. Ihre Aura von Selbstsicherheit hatte sie im Stich gelassen; erst als sie von ihrem Glas aufschaute, fiel ihr auf, daß Kirsten auf sie wartete.

»Auf die Insel«, sagte Kirsten und hob ihr Glas. »Sehr freundlich von Ihnen, daß ich mich zu Ihnen setzen durfte. Sonst würde ich jetzt mit einer Tüte Pommes frites durch die Dünen irren. Aber Sie wurden unterbrochen, Sie mußten einfach weg, sagten Sie?«

Hank schüttelte den Kopf. »Schon gut, ich möchte Sie damit nicht belästigen.«

Das konnte ein langer Abend werden. Hank schien kein weiteres Wort darüber verlieren zu wollen; offensichtlich tat es ihr leid, daß sie überhaupt so viel von sich preisgegeben hatte. Sie preßte die Lippen aufeinander, als klemmte eine Stecknadel dazwischen. Ich mußte einfach weg ... aber warum?

»Dürfte ich kurz einen Blick in Ihre Zeitung werfen?«

»Selbstverständlich.«

»Ich will nur nachschauen, ob ein Film läuft, den ich mir ansehen sollte.«

»Gibt es hier auf der Insel ein Kino?«

»Nein ... wenn ich wieder in der Stadt bin.«

Hank reichte ihr die Zeitung und legte ihre Hand auf die Baumwolltasche.

»Woran arbeiten Sie gerade?« fragte Kirsten, nachdem sie eine ganze Weile in die Zeitung gestarrt hatte, viel länger, als nötig war, um das Filmprogramm durchzusehen.

»Woran ich arbeite?«

»Oh, Entschuldigung, ist das gar keine Handarbeit? Meine Mutter hatte auch so einen Handarbeitsbeutel, bevor sie Gicht bekam und keine Pullover mehr für uns stricken konnte.«

»Nein, das sind keine Handarbeiten, sondern Briefe. Von meinem Freund.«

Überrascht setzte Kirsten sich auf. Hank redete plötzlich von sich aus, und dazu noch über ihren Freund. Wenn sie Rick schon nicht mit einem anderen Mann eifersüchtig machen konnte, dann konnte sie ihn in jedem Fall mit einer Anekdote über eine elegante, unverheiratete alte Dame und ihren Freund amüsieren.

»Sie schreiben einander – wie romantisch.«

»Er liegt im Sterben. Deshalb bin ich hier.«

Einen Augenblick blieb es still. Kirsten wartete auf eine Fortsetzung, eine Erklärung, aber Hank schien von ihrer eigenen Mitteilung verblüfft zu sein und schwieg.

»Jetzt? Im Sterben?«

»In den nächsten Tagen, aller Voraussicht nach …«, sagte Hank leise. Sie saß immer noch kerzengerade da in ihrer gestärkten und gebügelten Bluse, schien aber plötzlich zu schrumpfen.

»Wollen Sie denn nicht bei ihm sein, oder zumindest in seiner Nähe?«

»Natürlich, was glauben Sie denn? Nichts wäre mir lieber. Aber es geht nicht. Mein Freund ist verheiratet. Er hat Kinder, sogar Enkel.«

Kirsten lehnte sich zurück und blickte starr auf die Zeitung neben sich, ohne etwas wahrzunehmen.

»Sie sind noch jung, und vermutlich unverheiratet … also dachte ich: Ihr kannst du es erzählen. Bei einer verheirateten Frau brauchte ich damit nicht ankommen. Das mache ich auch nie. Aber ich habe mich geirrt, ich sehe, daß ich Sie schockiere mit meinem verheirateten Liebhaber.«

»O nein, nein.«

»Aber Sie sind ganz blaß.«

»Weil … Ich weiß nicht, was ich dazu sagen soll. Ich finde es so tragisch … für Sie. Er liegt im Sterben, und Sie dürfen noch nicht einmal bei ihm sein … Aber das ist doch nicht richtig? Es ist nicht fair, Sie lieben ihn doch auch, mindestens ebensosehr wie seine Frau.«

Wenn der Kellner nicht in diesem Moment erschienen wäre, hätte sie sich verplappert. Sie wollte sich nicht bloßstellen. Diese Frau hatte ein Problem – aber nicht sie! Ihre Situation war völlig anders. Rick würde es nie so weit kommen lassen, Rick würde noch lange nicht sterben. Große Teller mit Fisch wurden vor sie hingestellt, gefolgt von einer Schale mit Kartoffelkroketten und einer Mischung aus Erbsen und Möhren. Der ganze Tisch stand voller Schüsseln und Schälchen. Wie sollte sie das alles essen? Sie war viel zu erregt, um auch nur einen Bissen hinunterzukriegen.

Hank rutschte an die Kante der Bank und beugte sich über den Tisch. »Ich war gerade dreißig, als ich für ihn zu arbeiten begann. Ich war seine Sekretärin ...«

Schnell schnitt Kirsten den Fisch an. Jetzt nur nicht mitfühlend schauen: Jeder weiß doch, wie dumm es ist, etwas mit seinem Chef anzufangen. Wie konnte man in so einem Fall jemals von einer gleichwertigen Partnerschaft sprechen? Das war doch hoffnungslos altmodisch. Arme Frau.

»Am Anfang wohnte ich noch bei meiner Mutter, so daß wir uns immer ein Hotel suchen mußten, aber das wurde auf die Dauer einfach zu teuer. Also hat Fons darauf gedrängt, daß ich mir eine eigene Wohnung suche.«

»Und im Geschäft ist nie jemandem etwas aufgefallen?«

»Nein, denn wir bildeten ein wirklich ungleiches Paar. Niemand wäre je auf den Gedanken gekommen, daß wir etwas miteinander hatten.«

»Wieso ungleich?«

»Wenn man uns zusammen sah ... Fons ist klein und schmächtig, und inzwischen durch seine Krankheit so mager, daß ich ihn hochheben könnte, wenn ich wollte.« Schnell trank Hank noch einen Schluck Wein.

»Und was werden Sie jetzt tun?«

»Vor einer Woche haben wir Abschied voneinander genommen. Seit seiner Pensionierung hatten wir sowieso kaum noch Gelegenheit, einander zu sehen. Mittwoch war unser fester Abend. Wird es je wieder einen Mittwoch geben, an dem ich mich nicht frage, wo er bleibt?«

Kirsten ließ ihre Gabel sinken und schaute aus dem Fenster in den Garten. Sie hatte die wenigen Bissen, die sie bisher zu sich genommen hatte, sorgfältig durchgekaut, doch nun kam es ihr so vor, als ob ihr eine Gräte in der Kehle steckte, die von ihrem Kehlkopf bis zum Bauchnabel reichte. Am liebsten wäre sie in den Garten gelaufen, den Deich hinauf.

»Für Sie ist das vollkommen unverständlich, oder? Daß sie sich damit zufriedengibt ... Nie ein Wochenende zusammen wegfahren, alle Feiertage allein verbringen oder bei einer Familie, die glaubt, daß es keinen Mann in ihrem Leben gibt. Und immer allein in den Urlaub fahren. Sankt Petersburg, Moskau, Prag, Florenz, es gibt keine Stadt, in der ich nicht gewesen bin. Ich kenne alle Kataloge mit Weihnachts- und Singlereisen in- und auswendig. Organisierte Urlaubsreisen mit zwei Museen pro Tag und abends einem Besuch im Ballett, aber dieses Mal konnte ich die Kraft nicht mehr aufbringen.«

Kirsten räusperte sich. »Sie lieben ihn, nehme ich an. Darum haben Sie sich auch mit dem Dienstag allein zufriedengegeben. Wider besseres Wissen.«

»Dem Mittwoch. Mittwoch ist unser Abend.«

»Das meinte ich, Mittwoch.« Sie mußte aufpassen, was sie sagte; sonst breitete sie auch noch ihr ganzes Leben aus.

Hanks Lächeln legte ihre makellosen, ein wenig vorstehenden Zähne frei. »Sie verstehen es ... wie froh bin ich darüber.«

Sie zog den Beutel mit den Briefen enger an sich und tätschelte ihn wie eine Katze oder einen kleinen Hund.

»Obenauf liegt eine Stickarbeit, schon seit Jahren dieselbe runde Tischdecke mit denselben Kreuzstichen. Für den Fall, daß eine neugierige Cousine einmal hineinguckt.«

In diesem Augenblick spürte Kirsten, wie ihr Telefon vibrierte. Sie fuhr mit der Hand in die Innentasche und warf einen Blick auf das Display. Aber es war nur ihre Mutter, die natürlich wissen wollte, ob sie gutes Wetter habe, ob sie sich gut erhole und auch wirklich auf sich achtgab. Und ob es ihr dort auch gefalle, so ganz allein.

Rick würde heute abend nicht mehr anrufen. Der genoß jetzt gerade das Familienleben in vollen Zügen, lachte lauthals über ein Gedicht oder ein Lied, das eines der Kinder gemacht hatte, und dachte nicht an sie.

»Meine Mutter«, sagte sie und steckte das Handy wieder weg.

»Gehen Sie ruhig ran.«

»Ich rufe sie später zurück, oder morgen.«

»Sie wissen gar nicht, wie gut es Ihnen geht, daß Sie noch eine Mutter haben, die Sie am Samstagabend zur Essenszeit anruft. Sie machen sich das wahrscheinlich nicht klar, aber ohne Eltern wird das Leben sehr leer. Vor allem, wenn man allein ist.«

»Aber ich bin nicht allein. Mein Freund konnte nur leider nicht mitkommen, Schwierigkeiten im Geschäft. Sie wissen schon. Manchmal ist es ganz gut, ein paar Tage getrennt zu verbringen, herrlich entspannend, und wir telefonieren oft miteinander.«

Hank zog kurz die Augenbrauen hoch, doch bevor sie weiterfragen konnte, stellte Kirsten ihr die Frage, die ihr schon die ganze Zeit auf der Zunge lag: »Ich möchte ja nicht neugierig erscheinen, aber hat Ihr Freund je erwogen, sich von seiner Frau zu trennen und sich für Sie zu entscheiden?«

»Natürlich.«

»Und warum ist das nicht geschehen?«

»Seine mittlere Tochter hat Probleme.«

»Legasthenikerin?«

»Nein, sie kann überhaupt nichts. Sitzt in einem Rollstuhl, kann nicht einmal sprechen, gibt unverständliche

Laute von sich. Er war ja den ganzen Tag im Geschäft, aber für seine Frau war das sehr schwer. Ich verstand natürlich, daß er sie damals nicht verlassen konnte. Ich dachte: Du mußt Geduld haben. Sie hatten sie in einem Heim angemeldet, doch dort war zunächst kein Platz frei. Ich dachte: Warte einfach die Warteliste ab. Noch ein oder anderthalb Jahre, dann ist es soweit.«

»Und dann?«

»Als seine Tochter einmal in dem Heim war, mußte seine Frau sich an die neue Situation gewöhnen. Es fiel ihr sehr schwer. Irgendwie war es eine Art Abschied, und auch eine Niederlage, ja, so erlebte sie das. Dazu kommt, daß sie keinen Führerschein hat, sie ist dreimal durchgefallen, und das Heim liegt ganz oben im Norden von Overijssel, während sie südlich von Utrecht wohnen. Sie besuchten ihre Tochter so oft wie möglich gemeinsam.«

»Und Sie dachten: Ich warte, bis seine Frau sich daran gewöhnt hat. Oder bis sie irgendwann doch noch die Führerscheinprüfung besteht.«

»Ja, etwas in der Art.«

»Glauben Sie, daß sie es weiß? Das mit Ihnen und ihrem Mann? Ahnt sie etwas?«

»Wahrscheinlich nichts Genaues. Nicht, wie das Verhältnis wirklich ist und wie lange es schon geht. Aber ihr Körper weiß es. In den letzten Jahren hatte sie ständig alle möglichen undefinierbaren Leiden, die sich immer dann verschlimmerten, wenn er zum Russischunterricht ging.«

Kirsten schaute sie fragend an.

»Der Russischunterricht, das bin ich«, erklärte Hank gelassen.

Sie hatte Rick nie gefragt, was er sich alles einfallen ließ, um den Dienstagabend bei ihr zu verbringen. Und sie wollte es auch nicht wissen.

»Verstehen Sie mich richtig, ich verurteile Sie nicht, das dürfen Sie wirklich nicht denken, aber ...« Sie zögerte, wollte eigentlich gar nicht, daß das Gespräch diese Wendung nahm.

»Aber was?«

»Fühlen Sie sich nie schuldig wegen all des Kummers und weil er seine Frau die ganzen Jahre betrogen hat, beinahe bis an den Tod?«

Hoffentlich schnappte Hank jetzt nicht ein. Wenn jemand *ihr* diese Frage gestellt hätte, wäre sie wütend geworden.

Unsicher hob Hank die Schultern. »Nach unserem ersten Kuß sagte er: ›Wie habe ich das vermißt.‹ Wenn ich nicht gewesen wäre, hätte er sicher eine andere kennengelernt, die ihm geben konnte, was seine Frau ihm nicht gab. Glauben Sie nicht auch?«

Kirsten nickte. »Sie können sicher zehn oder mehr Gründe nennen, warum sie es sich mehr oder weniger selbst zuschreiben kann, daß er sie betrogen hat. Sie liebt ihn nicht wirklich, nicht so wie Sie. Sie ist nicht herzlich, sie läßt ihm keinen Raum, alles muß sie regeln, dauernd ist sie am Aufräumen. Sie kümmert sich nur um ihre Hunde ...«

»Um ihre Hunde? Welche Hunde? Sie ist allergisch dagegen.«

»Dann nur um ... um jeden anderen lieber als um ihn. Sie interessiert sich nicht für seine Arbeit, stellt nie irgendwelche Fragen. Sie dichten ihr alle möglichen schlechten Eigenschaften an, was aber nicht heißt, daß Sie sich dadurch besser fühlen.«

Hank schaute sie prüfend an. »Ich habe selten jemanden getroffen, der so gut zuhören kann. Daß ich Ihnen ausgerechnet jetzt begegne ...«

Kirsten spürte, wie sie rot wurde, und wischte das Kompliment ungeduldig beiseite. »Dabei geht mich das alles gar nichts an.«

»Wenn ich ihn am Mittwoch sehen würde, würde ich ihm ganz bestimmt von Ihnen erzählen.«

Hank schob ihr Besteck zusammen. Auch Kirsten legte Messer und Gabel auf den Teller, froh darüber, daß sie nun nicht mehr länger so tun mußte, als ob sie mit Appetit aß. Hank war in Gedanken versunken. Sie schien ihr nicht der Typ für eine Nachspeise zu sein, die sie wahrscheinlich nicht Nachtisch, sondern »Dessert« nennen würde; wenn sie noch etwas wissen wollte, mußte sie sich beeilen.

»Es ist also nie zu einer Scheidung gekommen?«

Es dauerte einen Augenblick, bis sie antwortete; vielleicht dachte Hank, daß sie nun genug von sich preisgegeben hatte.

»Ich habe mich damit abgefunden, aber wann das war, kann ich nicht genau sagen.«

»Das hätten Sie nicht tun sollen. Sie verdienen etwas Besseres.«

»Sie haben vollkommen recht, doch was nützt mir das jetzt noch?«

»Nichts. Es tut mir leid.«

Hank wies mit dem Kopf in Richtung des Zeitungsstapels, der neben ihr auf der Bank lag. »Wir haben vereinbart, daß eine Todesanzeige in *De Telegraaf* und ins *NRC Handelsblad* gesetzt wird. Jeden Morgen, nachdem die Fähre angekommen ist, laufe ich als erstes zum Zeitungsstand.«

»Gehen Sie zu seiner Beerdigung?«

»Ja, und ich weiß jetzt schon, was sie zu ihren Töchtern sagen wird: ›Ach, da ist ja unsere Hanneke, Papas große Stütze, sein Fels in der Brandung. Wißt ihr noch?‹«

»Können Sie ihn nicht wenigstens noch ein einziges Mal besuchen? Einfach als frühere Kollegin, als seine Sekretärin, meine ich?«

»Das wollte er auf keinen Fall. Laß uns hier und jetzt Abschied nehmen, sagte er, und obwohl er es nicht so meinte, klang es doch ein wenig so, als ob er eine Tür zuschlug. Ich habe ihn gehen lassen, was hätte ich sonst machen sollen? Aber ich konnte es nicht ertragen.« Obwohl sie ihre Hände wieder gefaltet hatte, zitterten sie. »Ich mußte einfach weg. Ich hielt es zu Hause nicht mehr aus. Neulich bin ich mitten in der Nacht zu seinem Haus gefahren, im Pyjama, nur mit einem Regenmantel darüber. Auf der anderen Straßenseite habe ich mein Auto geparkt. Im zweiten Stock brannte noch Licht, und hinter einem Fenster sah ich einen Schatten, der sich bewegte. Ich dachte: Ist es die Nachtschwester oder seine Frau oder eins von den Kindern? Und warum bin ich nicht da oben? Ich würde so gut für ihn sorgen.«

»Sie werden also nicht genau wissen, wann er stirbt?«

»Ich hoffe doch.« Sie zögerte. »Ich weiß nicht, ob Sie das verstehen, denn Sie sind noch jung und haben vielleicht noch nie am Sterbebett eines Menschen gestanden.«

Kirsten schüttelte den Kopf. Wer noch nie jemanden hat sterben sehen, ist im Grunde noch Jungfrau, hatte sie einmal gelesen. Sie hörte immer aufmerksam zu, wenn jemand von einem Todesfall erzählte, um nicht völlig unvorbereitet dazustehen, wenn sie an der Reihe war, am Bett ihres Vaters oder ihrer Mutter zu wachen.

»Als meine Mutter krank wurde, bin ich wieder bei ihr eingezogen. Täglich hat der Arzt zu mir gesagt: Bereiten Sie sich darauf vor, daß es jeden Moment zu Ende gehen kann. Vor meinem Schlafzimmerfenster stand ein Baum, an dem sich die ersten Blätter verfärbten. Ein gelbes Blatt war darunter, das so aussah, als könne es jeden Augenblick abfallen, nur ein kräftiger Windstoß und weg ... Wenn das Blatt weggeweht ist, ist meine Mutter tot, redete ich mir selbst ein. Das Blatt wurde zu einer Art Halt für mich. Jeden Morgen nach dem Aufwachen schaute ich als erstes nach draußen. Einmal dauerte es sehr lange, bis meine Mutter nach mir klingelte; sie hatte so eine Tischglocke aus Messing auf ihrem Nachttischchen stehen, damit sie nicht nach mir rufen mußte. Also saß ich auf dem Rand meines Betts und wartete darauf, daß sie endlich klingelte. Ich traute mich nicht in ihr Schlafzimmer, so groß war meine Angst, daß sie im Schlaf gestorben sein könnte, vielleicht war sie aber auch mitten in der Nacht auf dem Weg zur Toilette hingefallen, und ich würde sie auf dem Fußboden im Badezimmer finden, in einer seltsam verkrampften Haltung, mit weit aufgerissenen Augen. Oder hatte sie geklingelt und gerufen, und ich hatte sie nicht gehört? Ich war so müde in jenen letzten Wochen ...

Als ich endlich aufstand und zum Fenster ging, dachte ich zunächst, das Blatt sei verschwunden. Aber als ich genauer hinsah, entdeckte ich, daß es an einem dünnen Faden hing, so als ob es schwebte. Ich ging ins Zimmer meiner Mutter und sah sofort, daß sie wieder schwächer geworden war. Jede Berührung verursachte ihr Schmerzen, und Sprechen ermüdete sie zu sehr. An dem Nachmittag ist sie gestorben. Nachdem ich zuerst eine ganze Weile an ihrem Bett gesessen hatte, bin ich wieder in mein Schlafzimmer gegangen. Ich brauchte gar nicht aus dem Fenster zu schauen, um zu wissen, daß das Blatt verschwunden war.«

Hank unterbrach sich und schaute ihr zum ersten Mal richtig in die Augen. »Wie das möglich ist, weiß ich auch nicht, aber wenn jemand stirbt, verändert sich etwas in der Natur, oder wie sagt man das ... in der ganzen Atmosphäre. Ein Blatt fällt vom Baum, oder plötzlich steigt eine Schar Gänse auf, oder es beginnt zu blitzen ... Wenn Fons stirbt, auch wenn es mitten in der Nacht ist, werde ich ein Zeichen bekommen. Das weiß ich sicher, darauf vertraue ich.«

Kirsten wußte nicht, was sie sagen sollte, und nickte beschämt, weil sie Hank für einfältig gehalten hatte.

Hank faltete ihre Serviette zusammen. »Möchten Sie noch einen Kaffee?«

»Nein danke, dann kann ich nicht schlafen.«

»Ich auch nicht. Mein Essen wird auf meine Zimmerrechnung gesetzt, und der Wein auch. Wenn es Ihnen nichts ausmacht, warte ich nicht, bis Sie bezahlt haben. Ich muß jetzt wirklich ganz dringend nach draußen.«

»Ich verstehe – irgendwie ist es hier auch stickig. Nochmals vielen Dank, daß ich mich zu Ihnen setzen durfte. Vielleicht laufen wir uns in den nächsten Tagen ja noch einmal über den Weg.«

»Ja, vielleicht.«

»Und viel Kraft für ... für alles.«

Hank stand auf, hängte sich ihre Schultertasche über einen Arm und klemmte den Baumwollbeutel unter den anderen. Mit einem verlegenen Lächeln sagte sie: »Irgendwie verrückt – jetzt habe ich den ganzen Abend nur von mir erzählt.«

Kirsten winkte dem Kellner und bat um die Rechnung. Kurz darauf sah sie Hank auf dem Deich, einen weißen Blazer um die Schultern gehängt. Nach ein paar Metern blieb sie stehen und blickte hinaus auf das Watt. Der Wind hatte zugenommen, die Schöße ihres Blazers flatterten, Hank wirkte wie ein Reiher, der vergeblich versuchte, sich in die Luft zu erheben.

Kirsten zahlte und verließ das Restaurant. Sie wollte auf die andere Seite der Insel, ans Meer. Über das Rauschen der Brandung hinwegschreien, daß er sich endlich entscheiden mußte. Am Montag würde sie ihn in seinem Büro anrufen. Wenn sie es einmal laut ausgesprochen hatte, und sei es auch nur im Angesicht der Elemente, würde sie nicht mehr zurück können. Sie stieg auf ihr Fahrrad und fuhr über die Dorpsstraat und den Kerkplein am Friedhof vorbei den Badweg hinauf. Fort von Hank und ihrem traurigen Wellengesang, die auf ein Zeichen wartete und wartete.

4

Ich singe ein Liedchen über das Meer
Denn davon gibt's noch gar nicht so viel
Übers Meer, das Meer, das Meer …

Manchmal schoß ihr plötzlich ein Satz durch den Kopf, und dann mußte sie singen, und dann kamen die nächsten Worte von selbst. Meistens passierte das, wenn sie am Strand entlanglief oder auf dem Fahrrad saß. Mama meinte, sie sollte es aufschreiben, aber das ging nicht, weil sie dann hätte stillsitzen müssen, und die Worte kamen nur, wenn sie sich bewegte. Nicht zu schnell: Wenn sie, so schnell sie konnte, Fahrrad fuhr, klappte es nicht. Und auch nicht, wenn sie am Meer entlangrannte oder auf eine hohe Düne kletterte. Wenn sie sich ganz furchtbar anstrengte, blieben die Worte aus. Zu Hause sang sie meistens auf der Schaukel; ihr schönstes Lied handelte von einem Mädchen, das immerzu schaukelte, sogar wenn es regnete. Als sie neulich in der Schule aufschreiben sollte, was sie später werden wollte, hatte sie geschrieben: Sängerin, aber nicht oben auf einer hohen Treppe zwischen ganz vielen Tänzerinnen mit Federn, sondern auf einer Schaukel.

Im Meer kann man schwimmen
Und spielen mit Eimer und Sand
Und eine Sandburg bauen
Mitten auf dem Strand

Neulich hab ich Mama begraben
Doch es kamen keine Raben

Wie in Omas Märchenbuch
Denn sie war ja gar nicht tot
Nur ihr Bauch, der war ganz rot
Sie stand auf, schnell wie ein Blitz
Und fand das 'nen tollen Witz

Papa ist immer noch fort
Und Mama redet kein Wort
Sonst kenn ich hier niemand
Das ist wirklich schade

Sie unterbrach sich einen Moment, weil ihr so schnell kein Wort einfiel, das sich auf »schade« reimte. Und im gleichen Augenblick fragte sie sich, ob sie auch singen sollte, warum Papa immer noch fort war: Weil er nämlich mit ein paar anderen Vätern half, die Schulaula neu zu streichen. Aber »abblättern« reimte sich nicht auf »anstreichen«, und es war auch nicht gut, zu viele Worte in eine Strophe zu stopfen.

Sonst kenn ich hier niemand
niemand, niemand, niemand
niemand auf ganz Vlieland

Das war ein guter Schluß, und auch ein bißchen traurig, wie sich das für ein richtiges Lied gehörte. Sie sang den Schluß noch einmal, diesmal etwas lauter.

Sonst kenn ich hier niemand
niemand auf ganz Vlieland

Sie fuhr etwas langsamer, weil sie nicht wußte, welcher der beiden Radwege nach Hause führte. Sie schaute auf den Wegweiser, der in der Gabelung stand: Sie konnte auf direktem Weg nach Duinkersoord fahren oder durchs Dorf. Sie entschied sich für den kürzeren Weg nach Hause – sonst würde Mama sich vielleicht Sorgen machen, und das wäre nicht gut für das Baby.

Eef legte die Hand auf ihren nackten Bauch und betastete die straff gespannte Haut, bis sie knapp über der rechten Leiste ein Füßchen spürte. Das Kind reagierte auf die Berührung, indem es blitzschnell seinen Fuß verschob. Sie fühlte, wie die kleine Ferse an ihrer Bauchdecke entlangglitt. Riesige Füße hatte dieses Kind, von dem sie nicht wußte, ob es ein Sohn oder eine Tochter werden würde. Wegen der Füße und der Begeisterung, mit der das Baby auf heulende Schiffssirenen und tieffliegende Düsenjets reagierte, ging sie eher von einem Jungen aus. Oder nahm sie das nur deshalb an, weil sie schon eine Tochter hatte? War ihre Phantasie immer auf Harmonie, auf Gleichgewicht bedacht?

Wie lange waren sie hier schon, vier oder fünf Tage? Sie mußte die Finger zu Hilfe nehmen, um das auszurechnen, und in die Zeitung schauen, um herauszufinden, welches Datum heute war. Sie las die Zeitung morgens, in einem Straßencafé bei einer Tasse Kaffee, und immer wieder schaute sie auf, zu den Menschen, die vorbeischlenderten. Jeden Tag nahm sie sich vor, die Zeitung zu Hause in aller Ruhe zu Ende zu lesen, doch fast immer ließ sie sie unterwegs irgendwo liegen.

Zu Anfang des Urlaubs hatte sie bei jeder Gelegenheit ihre Armbanduhr verlegt. Bevor sie zum Strand ging, nahm sie sie ab, steckte sie in eine Seitentasche ihres Rucksacks oder in ihren Kulturbeutel; aber später vergaß sie dann immer, wo sie sie gelassen hatte. Darum hatte sie einen festen Platz für sie ausgesucht, auf dem Kaminsims in einem Boot, das zur Hälfte mit Muscheln beklebt war.

Sie mußte nicht wirklich wissen, wie spät es war. Sie hatte in fünf Wochen Termin, für den Tag der Sonnenfinsternis, den elften August. Nach der Geburt des Babys würden ihre Tage und Nächte wieder nach einem genau festgelegten

Schema verlaufen: Stillen, Windeln wechseln, noch etwas schlafen, aufstehen, frühstücken, stillen, Windeln wechseln, Baby zurück ins Bettchen, Renée schnell zur Schule bringen, Baby ins Bad, stillen und so weiter. Aber noch hatte sie die Zeit zur freien Verfügung – sofern man als Mutter wirklich jemals über seine Zeit verfügen konnte.

Sie hatte keinen Grund, sich zu beklagen: Renée war auf der Insel viel selbständiger geworden. Aber das wunderte sie nicht; in den Ferien entwickelte sich ein Kind immer mit Siebenmeilenschritten. Am ersten Tag hatten sie Fahrräder ausgeliehen und waren noch zusammen nach Hause gefahren, doch schon am nächsten Tag hatte Renée sie gefragt, ob sie allein ins Dorf dürfe.

»Warum, das macht doch gar keinen Spaß?«

Verlegen zuckte ihre Tochter die Schultern, als ob sie sie nicht durch die Mitteilung vor den Kopf stoßen wollte, daß sie sich sehr gut allein beschäftigen konnte. »Ich möchte nur kurz zum Drachenladen. Einfach nur gucken. Und eine Ansichtskarte kaufen.«

»Und wo willst du die Karte kaufen?«

»In dem Holzhaus gegenüber vom Hafen, wo die Kescher vor der Tür stehen.«

»Gut, aber danach kommst du sofort nach Hause. Und fahr auf demselben Weg wieder zurück, sonst verirrst du dich noch.«

Einen Tag später verkündete Renée, daß sie auch mal ganz allein eine Radtour über die Insel machen wollte. Wenn sie den Weg nicht mehr wüßte, würde sie sich die Schilder ansehen – schließlich konnte sie doch lesen. Eef hatte zunächst gezögert; in der Stadt wurde sie immer von einem Erwachsenen mit dem Fahrrad zur Schule begleitet. In ihrem Viertel durfte Renée ohne Begleitung herumfahren, aber sonst nirgends. Die Welt, in der sie sich zu Hause bewegte, war klein und übersichtlich.

Aber auf Vlieland gab es nur wenig Verkehr, und auch die

anderen Gefahren würden sich in Grenzen halten; zumindest konnte Eef sich nicht vorstellen, daß hier sonderbare Männer durch die Gegend liefen, die es auf kleine Mädchen abgesehen hatten. Auf einer so kleinen Insel würde ein Kinderschänder sofort verhaftet werden. Eine Flucht wäre zwecklos, denn bis er die Fähre erreicht hätte, wäre seine Personenbeschreibung längst überall bekannt. So ein Kerl hatte hier überhaupt keine Chance – also würde er es sich dreimal überlegen, ehe er zuschlug. Dies war der ideale Platz, um Renée etwas mehr Freiraum zu geben.

In Gedanken sah sie ihre Tochter vor sich, die schlingernd über den Postweg radelte, auf dem auch regelmäßig der Bus vorbeifuhr oder ein Taxi, das sich beeilen mußte, um noch rechtzeitig zur Fähre zu kommen, oder ein schwerer Militärlaster, die Ladefläche voller singender Soldaten. »Ist häufig mit den Gedanken woanders, schaut zuviel aus dem Fenster«, hatte unter Renées letztem Zeugnis gestanden. Darum hatte sie auch nicht einfach zugestimmt, sondern Renée eingeschärft, in der Nähe des Dorfes zu bleiben und außerhalb des Dorfs, soweit möglich, auf den Fahrradwegen und außerdem ... »ach, du weißt es doch selbst, du bist doch schon groß«.

Innerhalb einer Stunde war sie wieder zu Hause. Sie schien um mehrere Zentimeter gewachsen, so stolz war sie auf sich. Gestern, als es zum Schwimmen zu kühl war, war sie wieder ganz allein losgezogen, mit einer Flasche Wasser auf dem Gepäckträger, denn sie wollte ganz lange weg bleiben. Aber auch dieses Mal stand sie nach nicht allzu langer Zeit wieder vor der Tür und fragte, ob sie mit ein paar Kindern spielen dürfte.

»Welche Kinder? Wo wohnen die?«

»Kinder aus einem anderen Land, aber sie wohnen jetzt auf Vlieland.«

Einen Augenblick lang dachte sie an ausländische Kinder, Touristen, aber als Renée weitererzählte, begriff sie, daß es sich um Flüchtlinge handelte, Kinder, die im Asylantenheim gleich hinter dem Hafen wohnten. Vorgestern war sie zufällig auf dem Fahrrad daran vorbeigekommen und hatte einen Blick mit einer hochgewachsenen, in safrangelbe Tücher gehüllten schwarzen Frau gewechselt, die genau wie sie hochschwanger war.

»Und was wollt ihr machen?«

»Einfach nur spielen.«

»Das ist gut. Aber draußen, nicht drinnen.«

»Warum nicht?«

»Ich muß dich doch finden können, wenn etwas ist ... wenn ich dich suche ... wenn wir essen gehen wollen oder so.«

Sie zögerte, denn plötzlich tauchte Renée vor ihrem inneren Auge auf, in ihrem ärmellosen grünen Hemdchen und der dazu passenden kurzen grünen Hose mit roten Taschen in Form von Äpfeln. Neugierig folgte sie einem Jungen in das Heim, bis hinein in sein Zimmer. Hatte sie nun Vorurteile? Aber war es denn falsch, zu verallgemeinern – in manchen Kulturen wurde ein Junge nun einmal früher zum Mann, das war eine Tatsache, die man berücksichtigen mußte. Als sie im letzten Jahr in der Schule Nachhilfe gegeben hatte, saß in ihrer Gruppe ein zehn Jahre alter kurdischer Junge, der dauernd seinen Kugelschreiber fallen ließ. Sie begann sich gerade zu fragen, ob er leicht spastisch sei, als sie entdeckte, daß er jedesmal beim Aufheben des Stifts mit einem breiten Grinsen unter ihren Rock starrte.

»Also darf ich?« hatte Renée gefragt.

»Ja, du darfst. Aber geh vorher hier noch auf die Toilette.«

Jetzt, da sie daran zurückdachte, fand sie ihre Sorge übertrieben, denn auch von diesem Abenteuer war ihre Tochter unversehrt zurückgekehrt. Sie hatte ein neues Hüpfspiel gelernt »und Seilspringen und Verstecken gespielt«, verkündete sie aufgeregt. »Aber alles draußen, wie abgemacht.«

Eef zog die Krempe ihres baumwollenen Sonnenhuts tiefer

ins Gesicht und schloß die Augen. Sie hatte Renée versprochen, gleich mit ihr schwimmen zu gehen, doch zuvor wollte sie noch etwas schlafen. Seit Beginn ihres Mutterschaftsurlaubs versuchte sie, sich nachmittags ein wenig hinzulegen. Wenn sie danach aufwachte, fühlte sie sich, als ob es früh am Morgen wäre und der Tag gerade erst anfing.

Sie war beinahe eingeschlafen, als sie plötzlich – sie wußte nicht, weshalb – hochschrak. Sie spitzte die Ohren, aber sie hörte Renée weder singen noch mit ihrer Puppe sprechen und auch keinen Stift, der über ein Blatt Papier kratzte. Bis auf das Rauschen der Bäume auf der anderen Straßenseite hörte sie überhaupt nichts.

»Renée!«

»Hier bin ich«, ertönte es direkt hinter ihr.

Renée saß auf den Holzdielen der Veranda, im Schatten ihres Liegestuhls, ein Fläschchen mit Seifenblasenschaum in der Hand. Eine Seifenblase stieg auf und trieb über das Geländer davon; durch ihr Violett hindurch schimmerte das Blau des Himmels und das Gelb der Dünen. Renée schaute der Seifenblase so lange wie möglich nach und zählte dabei laut; sieben, acht ... »Pitsch ... beinahe bis zwölf, hast du gesehen?« Sie schraubte den Deckel auf das Röhrchen.

»Warum hast du mich gerufen?«

»Ich dachte, du wärst verschwunden, ohne Bescheid zu sagen.«

»Gehn wir jetzt schwimmen?«

»Gleich, ich will nur kurz ein Nickerchen machen, hab ich doch gesagt. Danach gehen wir, versprochen.«

»Wann ist das?«

»In einer halben Stunde.«

»Darf ich dann erst noch zu meinen Freunden?«

»Jetzt?« Im Haus gab es zwar keine Waage, aber sie hatte das Gefühl, daß sie seit einigen Tagen ein paar Kilo mehr mit sich herumschleppte. Und jetzt, da etwas von ihr erwartet wurde, fühlte sie sich noch schwerer. Vor Unlust. Sie würde aufstehen, sich anziehen und mit Renée mitfahren müssen. Nur um zu sehen, wo genau sie spielte und mit wem, wie alt die Kinder waren. Kurz mit einer der Mütter sprechen, ihr sagen, daß sie die Mutter von Renée war, und ihr erklären, wo die »Dünenrose« lag, nur für den Fall, daß etwas passierte.

»Du weißt doch, wo ich bin. Warum darf ich jetzt nicht?«

»Weil …«

Wenn Geert jetzt hier wäre, würde er sofort mit Renée losfahren. Egal, womit er gerade beschäftigt war – er würde alles stehen- und liegenlassen. Warum war er jetzt nur nicht hier? Er konnte nie nein sagen, wenn man ihn um etwas bat, »irgend jemand muß doch die Aula streichen, was sind schon die paar Tage bei drei Wochen Urlaub«. Ja, irgend jemand mußte es tun, aber warum gerade er, taten sie noch nicht genug für die Schule? Wer stand denn alle naselang morgens früh in einer orangefarbenen Plastikjacke mitten in den Abgasen und lotste die Schüler durch den Verkehr? Alle zwei Wochen ging sie mit zum Schulschwimmen und wartete eine Dreiviertelstunde lang in einer überhitzten, nach Chlor stinkenden Schwimmhalle, mit Plastiküberziehern um die Schuhe, dreißig Armbanduhren um die Handgelenke und einer Tasche voller Telefone, bis die Gruppe genug herumgeplantscht hatte. Sie konnte da auch kein Buch lesen, es herrschte ein Höllenlärm, und dann war da noch der schreckliche Bademeister, der so laut schrie und die ganze Zeit auf seiner Pfeife blies. Sie machten bei der Nikolausfeier mit, bei der Weihnachtsfeier, bei den Monatsabschlüssen, beim Sommerfest, bei allem, was es zu feiern gab, und sie übernahmen dazu noch alle Drecksarbeiten, für die sich niemand anderes breitschlagen ließ. Eigentlich hätte er jetzt hier sein müssen, hier bei seiner Familie.

»Darf ich jetzt?«

»Kannst du nicht einen Augenblick warten, dann komme ich mit.«

»Aber das brauchst du nicht. Ich bin gestern doch auch schon da gewesen, es sind wirklich sehr nette Kinder.«

»Ich sage doch gar nicht, daß sie nicht nett sind ... ich kenne sie nur nicht ... Also gut, ab mit dir. Und ich komme dann kurz mal vorbei.«

»Brauchst du nicht.«

»Ich weiß, aber Mama möchte es gern.«

Renée drückte ihr einen Kuß auf die Wange, aber bevor sie ihrer Tochter noch über den Kopf streichen konnte, war diese schon aufgesprungen, schnell wie ein Sandfloh. Eef stand auf, um ihr nachzuwinken; gegen das Geländer gelehnt, sah sie zu, wie Renée sich auf ihr Fahrrad schwang, ein kleines gelbes Zirkusrad mit farbigen Troddeln an den Handgriffen. Wie rührend sie aussah mit ihren dünnen braunen Armen und Beinen. Sie trug wieder das grüne Hemdchen und die kurze Hose mit den Äpfeln, ihre »Lieblingssachen«. Wegen der Äpfel erinnerte das Ganze eher an ein Theaterkostüm als an normale Kleidung – als ob sie in einer Märchenaufführung mitspielte.

»Bis gleich, Schätzchen, in ungefähr einer Stunde komme ich mal vorbei. Und sei vorsichtig, verstanden?«

Aber Renée konnte sie schon nicht mehr hören; sie hatte bereits die Kreuzung überquert und radelte den Weg am Wald entlang.

Sie hatte ihre innere Uhr gestellt und wurde auf die Minute pünktlich wach. Als sie das Transistorradio einschaltete, das neben ihrem Stuhl stand, ertönte das Zeitzeichen, es war zwei Uhr. Sie nahm das Radio in die Hand und suchte einen Musiksender; sie wollte nicht wissen, was auf der Welt geschah. Ihre Welt war die Insel, oder nein, eigentlich noch nicht einmal das: dieses Ferienhaus. Oder war die Welt im Augenblick sogar noch kleiner, nicht größer als ihr Bauch? Sie blieb noch einen Augenblick liegen und hörte sich einen Countrysong über eine gescheiterte Ehe an. Eigenartig, daß ein Text über so etwas Trauriges so schön klingen, einen so aufmuntern konnte.

Sie hievte sich hoch, um sich anzuziehen, aber kaum stand sie im Haus, hatte sie ihre Pläne schon geändert und tappte weiter in die Dusche. Renée war gerade mal eine halbe Stunde bei ihren neuen Freunden; es wäre nicht nett, sie jetzt schon beim Spielen zu stören – dann hätte sie es ihr ebensogut gar nicht erlauben können.

Sie kippte eine Schüssel mit Kleidungsstücken aus, die sie zum Einweichen in Seifenlauge gelegt hatte, warf die Sachen erneut in die Schüssel und spülte sie aus, bis das Wasser klar blieb. Dann wrang sie die einzelnen Teile aus und hängte sie zum Trocknen auf die Wäscheleine, die sie von der einen Seite des Geländers zur anderen gespannt hatte. Zu Hause mußte sie den Haushalt nebenbei erledigen, doch jetzt, wo sie sich die Zeit dafür nehmen konnte, fiel ihr auf, wieviel Freude ihr diese alltäglichen Handgriffe machten, vor allem draußen auf der Veranda. An der frischen Luft ging ihr alles mühelos von der Hand, als ob die Kleidungsstücke nichts wogen und ihr halfen, anstatt sich zu sträuben.

Natürlich bin ich glücklich, weil ich ein zweites Kind bekomme und weil wir nicht auf der Flucht sind wie die Giraffenfrau in Gelb, dachte sie. Glücklich über die wesentlichen Dinge. Aber auch über etwas, das ich kaum in Worte fassen kann. Ich stehe hier, auf nackten Füßen in der Sonne, mit einem Höschen meiner Tochter in der Hand; der Geruch von nasser Baumwolle in der Wärme. Sie schob die Handtücher, Hemden, Höschen und Socken hin und her, bis alle auf die Leine paßten. Sie wußte nicht, wie lange sie damit beschäftigt gewesen war, aber als sie aufschaute, sah sie zu ihrer Verblüffung Renée. Sie bemerkte sie erst, als sie schon zur »Dünenrose« abbog. Meistens hörte man sie schon von weitem angefahren kommen, weil sie immer sang. Sonst hob sie immer eine Hand oder ließ statt eines Grußes ihre Fahrradklingel bimmeln, aber diesmal schaute sie starr vor sich auf den Weg. Als ob sie über eine dünne Schnur fuhr und sich aufs äußerste konzentrieren mußte, um nicht zu fallen.

»Du bist aber schnell wieder zurück. War's nicht schön? Habt ihr euch gestritten?« fragte sie, während sie Renée in der Küche ein Glas Milch einschenkte.

Die runden blauen Augen wurden dunkel vor Empörung. »Überhaupt nicht! Mir war nur total heiß, und ich will schwimmen gehen ... wann kommt Papa morgen?«

»Mit der ersten Fähre, wenn der Verkehr das zuläßt.«

Renée war nie ein besonders unruhiges Kind gewesen, doch jetzt schlich sie mucksmäuschenstill durch das Haus, die Treppe hinauf, die Treppe hinunter. Sie rüttelte an der Klinke der verschlossenen Zimmertür mit dem Schild PRIVAT, gab aber auf die Frage, was sie dort suchte, keine Antwort. Ihr schmales Gesichtchen schien fast nur noch aus Punkten und Strichen zu bestehen, als ob alle Farbe ausradiert worden wäre.

Schweigend gingen sie kurz darauf zum Strand. Das Kind hat einfach zuviel Sonne abbekommen, beruhigte Eef sich selbst, kein Grund, darauf herumzureiten, alles in Ordnung. Wahrscheinlich nur schlechte Laune, wie eine Regenbö, die vorüberzieht. Sie vermißt ihre Freundinnen und spürt das um so stärker, weil sie wieder einmal mit anderen Kindern spielen konnte. Aber als Renée im Badeanzug vor ihr stand, ließ sie ihren Blick dennoch prüfend über ihren Körper gleiten, um festzustellen, ob sie irgendwo eine Schramme oder einen blauen Fleck entdeckte.

»Was guckst du mich so an?«

»Einfach so – ich will nur sehen, wie braun du schon bist.«

Langsam ging Eef zum Meer. Das kalte Wasser würde sie schon wieder beruhigen – trotzdem schaute sie sich ständig um, wo ihre Tochter blieb. Normalerweise zog Renée sie immer auf, weil sie so lange brauchte, bis sie sich traute, ihren dicken Bauch ins Wasser sacken zu lassen. Aber dieses

Mal war sie diejenige, die nicht weiter als bis zu den schmalen Hüften ins Wasser ging und auf den Horizont starrte, die Arme fest vor der Brust verschränkt.

»Es ist herrlich, überhaupt nicht kalt«, rief Eef. Um sich zu entspannen, stellte sie sich vor, daß sie selbst im Wasser einer großen Gebärmutter trieb, geschützt gegen alle Gefahren von außen. Normalerweise brauchte sie nur ein paar Minuten, um sich an die Temperatur des Meeres zu gewöhnen, aber heute kostete es sie größte Mühe, sich hinzugeben. Ihre Schwimmzüge wollten sich einfach nicht mit ihrer Atmung in Einklang bringen lassen, und schon nach kurzer Zeit bekam sie Wadenkrämpfe.

Renée wagte sich erst ins Meer, als sie schon lange wieder in ihrem Bademantel am Strand saß. Sie spielte und planschte nicht, sondern schwamm nur ein paar Minuten träge hin und her, mit einem Gesicht, als müsse sie eine vorgeschriebene Anzahl Bahnen hinter sich bringen. Danach drehte sie sich um, ließ sich auf dem Rücken treiben und starrte unablässig in den Himmel. Wo war sie mit ihren Gedanken?

Als sie zur »Dünenrose« zurückgingen, fragte Renée sie noch einmal, wann Geert morgen ankommen und was sie dann unternehmen würden.

»Das hängt davon ab, wozu er Lust hat.«

»Darf ich ihm die Insel zeigen? Allein?«

»Natürlich. Und ich kann wirklich nicht mitkommen?«

»Nein.« Renée lächelte kurz, aber es war ein altkluges, entschlossenes Lächeln.

Nach dem Schwimmen gingen sie zusammen unter die Dusche, um das Salzwasser abzuspülen. Zuerst seifte sie Renées Rücken ein, wobei sie genau darauf achtete, ob ihre Tochter vielleicht schreckhaft reagierte. Nein, sie benahm sich genauso wie sonst, bis auf die Tatsache, daß sie auch jetzt wieder den Eindruck machte, als wäre sie in Gedanken ganz woanders. Als sie an der Reihe war, den vornübergebeugten

Rücken ihrer Mutter einzuseifen, ließ sie dreimal die Seife aus den Händen gleiten.

Seufzend richtete Eef sich auf. »Ich mach es besser selbst.«

Sie stellte die Dusche ab, reichte Renée ein sauberes Handtuch und sah zu ihrem Schrecken, daß ihre Tochter weinte.

»Was ist mit dir, Schätzchen?«

»Ich war noch nicht fertig mit dir ... mit deinem Rücken«, schluchzte sie.

»Aber deswegen brauchst du doch nicht zu weinen. Was ist mit dir los? Ist heute nachmittag irgend etwas Schlimmes passiert? Du weißt doch, du kannst Mama alles erzählen.«

Ihre Tochter schüttelte den Kopf und rieb sich entschlossen die Augen.

»Warum nicht? Weil ich nicht Papa bin?« fragte sie scharf. Sie biß sich auf die Lippen, um nicht noch einmal laut zu werden, aber als sie an Renées Gesicht erkannte, daß sie ihr auf keinen Fall etwas erzählen würde, wickelte sie sich in ein Handtuch und ging geradewegs in ihr Schlafzimmer. Mit kurzen, kräftigen Bewegungen begann sie sich abzutrocknen und zog dabei das rauhe Badehandtuch so heftig über ihre sonnenverbrannten Schulterblätter, daß es brannte.

Allein mit dem Fahrrad über die ganze Insel! Sie hörte Geert schon rufen: Wie konntest du das nur zulassen? Sie ließ sich auf ihr Bett sinken. Wie sollte sie es ihm beibringen? Und durfte sie ihn überhaupt mit einer Vermutung behelligen, die so vage war, daß sie sie nicht einmal in Worte fassen konnte? Wäre es nicht besser abzuwarten, bis Renée von selbst wieder die alte würde, bis sie wieder zu singen begann?

Während sie sich weiter abtrocknete, schoß ihr plötzlich etwas durch den Kopf: Als Renée vom »De Vliestroom« zurückkam, hatte eine kleine, grünweiß gestreifte Plastiktüte an ihrem Lenker gehangen, eine von der Sorte, in die ein Apotheker eine Tube Sonnenschutzcreme einpacken würde, eine Zahnbürste oder einen Kamm. Obwohl sie nur an völlig unschuldige Gegenstände denken konnte, war ihr Argwohn geweckt. Sie mußte die Tüte finden und dahinterkommen, was sich darin befand.

Es kostete ihn wenig Mühe, Frau und Kind in der Menge zu entdecken, die am Kai stand. Eef war mit Renée an den äußersten Punkt des Deichs gegangen und spähte mit der Hand über den Augen zur Fähre. Es war voll an Deck, und sie sah ihn nicht sofort. Dadurch konnte er sie beobachten, sie mit den Augen eines Fremden betrachten. Sie trug ihr weißes Kleid mit den hellblauen Tupfen und darüber eine kurze Baumwollweste. Der Wind drückte den Stoff des Sommerkleids gegen ihren Körper, wodurch ihr gewölbter Bauch um so mehr betont wurde. In den letzten vier Tagen war sie wieder runder geworden und wirkte jetzt auf ihn wie ein bauchiges weißes Segel, das einzige am Horizont.

Er konnte sich nicht erinnern, daß er seine Frau bei ihrer ersten Schwangerschaft auch als so imposant empfunden hatte. Wahrscheinlich hatte er damals zuviel zu tun gehabt, mit sich selbst, mit dem Umbau, seinem Studium und den zahllosen Nebenjobs, um die Zeit wirklich genießen zu können. Bei Renées Geburt waren sie vierundzwanzig gewesen; sie war ihnen einfach passiert. Eigentlich ein Mißgeschick, aber sie hatten sich fest vorgenommen, das Wort in Renées Gegenwart niemals zu benutzen, auch später nicht. Man wußte nie, wie das Kind es aufnehmen würde: Vielleicht zuckte sie einfach nur lakonisch die Schultern und lachte darüber, aber genausogut konnte sie es sich zu Herzen nehmen und dadurch unsicher werden. Wenn man ein Kind beschützen wollte, konnte man eben nicht immer ehrlich sein.

Er wußte, daß die kleine Spinne neben seiner Frau Renée sein mußte, aber ihr Gesicht konnte er nicht sehen. Sie hatte sich die Kapuze ihrer Trainingsjacke über den Kopf gezogen, die Arme vor der Brust verschränkt und die Hände in die Ärmel geschoben. Von der Hüfte an aufwärts sah sie aus wie eine Nonne, darunter wie ein ganz normales kleines Mädchen in kurzen Hosen. Ungeduldig tigerte sie um Eef herum, bis Eef ihn entdeckte und sie anstieß.

Gleichzeitig begannen sie zu winken, seine schwangere Frau und seine zehn Jahre alte Tochter. Sie waren nur ein paar Tage voneinander getrennt gewesen, aber als er sie nun sah, hätte er heulen können. Er verstand es nicht, und dann wieder doch, weil er bei jedem Abschied dachte: Es kann sein, es kann passieren, daß ich sie nie mehr wiedersehe, oder sie mich nicht.

Auch Eef freute sich – das sah er selbst auf diese Entfernung; Renées Gesicht konnte er wegen der großen dunkelblauen Kapuze noch immer nicht erkennen. Als Eef sie zurückschob, stieß Renée die Hand ihrer Mutter weg und zog sich die Kapuze mit einem Ruck wieder über den Kopf. Die berühmte Sängerin wollte bestimmt nicht erkannt werden, war zu spät ins Bett gegangen oder mit dem verkehrten Fuß aufgestanden. Als er sie gähnen sah, mußte er unwillkürlich auch gähnen. Er war erschöpft, von der Autofahrt, von der Schwerstarbeit in der Schule. In den letzten Tagen hatte er stundenlang Farbdämpfe eingeatmet und in unmöglichen Haltungen Arbeiten verrichtet, für die er nicht geschaffen war. Normalerweise saß er am Schreibtisch und machte bestenfalls kurze Sprints von einer Abteilung der Zeitung zur anderen. »Du weißt doch, was ein Puppendoktor ist, oder? Tja, und Papa ist ein Computerdoktor.« Renée fand Computer nicht allzu spannend, und er tat sich schwer, ihr zu erklären, woraus seine Arbeit eigentlich bestand.

Aber jetzt hatte er etwas Konkretes, Faßbares geleistet, etwas, worauf sie stolz sein konnte. Er hatte zweihundertfünfzig Quadratmeter Decke blau angestrichen. Königsblau. Und als die Farbe getrocknet war, hatte er einhundert

Leuchtsterne darauf geklebt. Andere Eltern hatten sich die Fensterbänke vorgenommen, wieder andere die Wände und die Türen. Aber die Decke war bei weitem die anstrengendste Arbeit gewesen, darin waren sich alle einig. Er ließ seinen Kopf ein paarmal kreisen, seine Halswirbel knackten und schmerzten, aber Renée würde Augen machen, wenn sie nach den Ferien wieder in die Aula kam. Statt einer schmutzigweißen Decke, von der die Fetzen herabhingen, hatten sie nun einen Himmel. Und wer war der Schöpfer dieses Weltalls? Ihr Vater.

Immer mehr Menschen lösten sich von der Reling und drängten zu den Treppen. Er blieb zunächst noch einen Augenblick stehen; draußen zu warten war viel angenehmer, als unter Deck in der Schlange zu stehen, aber lange hielt er es nicht aus. Die allgemeine Unruhe überkam auch ihn. Er wollte von Bord, so schnell wie möglich.

Während seine Frauen in der Küche hantierten, packte er seinen Rucksack aus. Danach ging er von Raum zu Raum und sah, daß Renée dem Haus bereits ihren Stempel aufgedrückt hatte. Auf dem Kaminsims standen ein paar Zeichnungen, und auf dem Sofa lag ihre Puppe unter einem gestreiften Deckchen, das seine Großmutter damals noch für Renée gestrickt hatte, aus Knäueln von Restwolle. Auf allen Fensterbänken lagen Muscheln und bunte Glasscherben, deren scharfe Kanten im Laufe der Zeit abgeschliffen worden waren. Auf dem niedrigen Tisch lag die Schachtel mit Memory-Karten, Renées Lieblingsspiel. Sie mußte nur ein einziges Mal die Karte mit dem weißen Kaninchen und dem Zylinder umdrehen und wußte zehn Minuten später noch genau, wo sie lag. Ihr Kartenstapel war immer viel höher als seiner.

Dank Puppe Rosa mit ihrem Deckchen, Renées Zeichnungen und Büchern fühlte er sich sofort zu Hause. Es würde ihn keine Mühe kosten, sich hier einzugewöhnen.

»So, und was wollen wir heute nachmittag unternehmen?«

fragte er, als sie am Tisch saßen. Sie hatten sich alle Mühe gegeben, ihm ein besonders festliches Essen zuzubereiten. Eef hatte Thunfischsalat gemacht, den Renée mit zwei halben Eiern als Augen, Gewürzgurken als Augenbrauen und einer Tomatenscheibe als Mund dekoriert hatte.

»Mama schläft nachmittags immer.«

Er legte seine Hand auf Eefs Bauch. »Tritt er immer noch um sich?«

»Er scheint das irgendwie für ein Trainingslager zu halten. Ich glaube wirklich, das wird ein Kickboxer.«

»Wenn Mama schläft, darf ich dir dann die Insel zeigen?«

»Im Regen?«

»Ach, so eine Bö geht hier schnell vorüber. Es regnet hier viel weniger als auf dem Festland«, sagte Eef.

Es war ihm schon auf dem Weg vom Hafen zum Haus aufgefallen, daß Eef und Renée über die Insel sprachen, als wohnten sie schon ihr ganzes Leben hier, mit einem gewissen Besitzanspruch im Ton. »Unser Bäcker«, »unser Eiscafé«, und der schwarze Hund dort lag »immer« mitten auf der Straße.

»Darf ich dir alles zeigen, darf ich?«

»Kennst du dich denn hier schon aus?«

»Ja, ich fahre mit dem Rad überallhin, und ich kenne …«

»Es ist hier alles sehr übersichtlich«, unterbrach Eef sie. »Der Weg hier unten verläuft vom Strand zum Dorf. Und von dort aus kann man nur nach rechts oder nach links abbiegen. Das hat sie sofort durchschaut. Ich dachte, ein wenig mehr Freiheit kann doch nicht schaden?« Sie schaute ihn unsicher an. »Wir haben klare Abmachungen. Wohin sie fährt, welchen Radweg sie nimmt, wie lange sie fortbleibt. Ich dachte, wenn so was irgendwo möglich ist, dann hier … das findest du doch auch, oder?«

Ihr defensiver Ton erstaunte ihn. Sie hatte rote Flecken am Hals und spielte an der Kette aus Blutkorallen herum, die er ihr zu Renées Geburt geschenkt hatte.

»Also, wenn Mama schläft, darf ich dich herumführen, okay?«

»Und danach gehen wir zu dritt an den Strand. Und einer von uns muß noch kurz ins Dorf, einen Kopf Salat besorgen, und …«

All die Pläne gingen ihm plötzlich auf die Nerven: »Müssen wir wirklich den ganzen Tag jede Minute verplanen? Ich habe Urlaub! Ich muß überhaupt nichts!«

Renée legte ihm versöhnlich die Hand auf den Arm. »Ich hab ein neues Lied gemacht, und du kommst auch drin vor: Geert, der ist noch nicht da, das macht traurig die Mama.«

Entschuldigend schaute er von einer zur anderen. »Die Aula ist sehr schön geworden, wirklich, ihr werdet euren Augen kaum trauen. Eine Art Planetarium. Als alles fertig war und ich nach oben schaute, kam ich mir vor wie Gottvater persönlich.«

»Sonst kenn ich hier niemand, niemand auf ganz Vlieland«, sang Renée. »Aber das stimmt gar nicht mehr. Ich hab jetzt ein paar neue Freunde.«

»Ach ja? Erzähl mal.«

»Später«, sagte Renée und beugte sich schnell über ihren Teller.

»Fahr du ruhig vor«, sagte er bei jeder Weggabelung. Aber schon bald fiel ihm auf, daß sie keinen Plan, keine feste Route im Kopf hatte. Vielleicht fiel ihr die Orientierung doch schwerer, als Eef glaubte. »Wenn du nicht mehr weiterweißt, schauen wir kurz auf die Karte«, sagte er.

»Hast du die denn dabei?«

»Nein. Ich dachte, du hättest eine mitgenommen.« Er nickte kurz in Richtung der gestreiften Plastiktüte an ihrem Lenker. »Als ich etwa sechzehn war, bin ich mit Onkel Paul nach Rom gefahren. Hab ich dir das schon mal erzählt?«

Renée fand es immer lustig, wenn er von seiner Jugend anfing, vor allem, wenn er eine Geschichte erzählte, in der er etwas Dummes angestellt hatte. Je dümmer, desto lustiger. »Weil wir nicht wollten, daß die Leute uns für Touristen hielten, hatten wir beschlossen, keine Karte mitzunehmen ...« Aber Renée hörte gar nicht zu; sie bremste ab und wies auf eine Dünensenke, die ein paar Meter vom Radweg entfernt lag.

»Eine kleine Pause.«

»Bist du jetzt schon müde?«

»Ich muß dir was zeigen.«

Sie legte ihr Rad in das Dünengras neben dem Weg und lief vor ihm her in die Senke. Dort hockte sie sich im Schneidersitz in den Sand und bedeutete ihm mit einer Handbewegung, sich zu ihr zu setzen. Die Plastiktüte lag auf ihren Knien, aber sie hielt sie fest verschlossen. Er schaute sie fragend an; wahrscheinlich hatte sie etwas für ihn gebastelt, ihr »Urlaubslied« in Schönschrift aufgeschrieben, auf ein Stück Pappe geklebt und die Ränder mit einer Girlande aus Muscheln verziert.

»Aber du darfst es Mama nicht zeigen. Niemals.«

»Warum nicht?«

»Weil sie sich dann viel zu sehr erschreckt. Und das ist nicht gut für mein Brüderchen. Mama darf das nicht sehen. Versprochen?«

Er hatte keine Ahnung, was so Schockierendes in dieser Tüte sein könnte, daß Renée es vor Eef meinte verbergen zu müssen. Ein ausgeschnittener Artikel mit dem Foto eines kranken Seehunds oder eines angeschwemmten Pottwals? Oder noch schlimmer: eines angeschwemmten schwangeren Pottwals? Er hatte alle Mühe, sich das Lachen zu verbeißen.

»Versprochen. Dann zeig mal, was du da hast, ich bin gespannt.«

Sie öffnete die Tüte, holte einen Umschlag mit zwei Fotos hervor, gab ihm das obere und preßte das andere Bild gegen ihre Brust. Er schaute in das Gesicht eines Mannes von etwa vierzig Jahren, mit kurzem dunklem Haar und einer Brille mit schwerem, altmodischem Gestell. Der Mann trug ein blaugrau kariertes Oberhemd. Anscheinend ein Spanier, oder war es ein Türke?

Fragend schaute er Renée an, aber sie schwieg nach wie vor. War es ein bekannter Sänger oder Schauspieler, ein neuer Superstar? Hatte er etwas verpaßt? Nein, Stars trugen keine so großen Brillen, die aussahen wie das Heck eines Kleinlasters. Außerdem schaute der Mann auch überhaupt nicht populär oder erfolgreich in die Welt, sondern eher mit trübem Blick.

»Und wer ist dieser Mann?« fragte er.

»Der Vater eines Jungen im ›De Vliestroom‹.«

Er runzelte die Augenbrauen. »Ist das ein Hotel?«

»Nein, im ›De Vliestroom‹ wohnen Menschen aus einem anderen Land. Menschen, die geflohen sind. Aber Fouads Vater wohnt da nicht, der sitzt noch im Gefängnis.«

Er schluckte. Er kannte niemanden, der im Gefängnis saß oder gesessen hatte. Er wollte nicht, daß Renée jetzt schon mit solchen Erwachsenenproblemen in Berührung kam. Er streckte seine Hand nach dem anderen Foto aus. »Und was ist da drauf?« fragte er kurz angebunden.

»Derselbe Mann, aber dieses Mal sein Rücken. Nicht erschrecken ...«

Er nahm das Foto in die Hand und hatte bereits gesehen, was es zeigte, bevor er seinen Blick abwenden konnte.

Sein Rücken, hatte sie gesagt, und genau das bekam er auch zu sehen: einen nackten Männerrücken, einen kurzen, kräftigen Hals, den Kopf gebeugt. Es mußte derselbe Mann sein wie auf dem ersten Foto, denn in einer Ecke des Fotos, rechts unten, war noch ein kleines Stück blaugrau karierter Stoff zu erkennen.

Er spürte, wie ihm schwindlig wurde; der Schweiß brach ihm aus. Er wollte wegschauen, konnte es aber nicht. Sein Blick saugte sich an dem Foto fest. Wie konnte man jemanden so zurichten, womit, mit was für einer Waffe? Wer hatte das Foto gemacht, und wie war es in Renées Hände gelangt? Sie … sie hatte das auch gesehen! Er preßte eine Hand auf seinen Magen, eine Welle der Übelkeit erfaßte seinen Körper. Er sprang auf und stolperte zur Seite.

»Geht's wieder?« fragte Renée, als der Würgereiz langsam nachließ.

»Bleib da! Bleib da sitzen. Alles in Ordnung. Es ist gleich vorbei.«

Er stieß einen langgezogenen Rülpser aus und bückte sich schnell wieder, doch es kam nichts mehr. Aus den Augenwinkeln sah er, wie sie das Foto, das er hatte fallen lassen, aufhob und vorsichtig in den Umschlag schob. Dann schaute sie besorgt zu ihm herüber. Schnell schaufelte er mit den Füßen etwas Sand über das Erbrochene zu seinen Füßen.

Renée lief zu ihrem Fahrrad, nahm eine kleine Flasche Wasser von ihrem Gepäckträger und bot sie ihm an. Er wandte sich von ihr ab; er wollte nicht, daß sie ihn so sah, so ekelerregend und erschüttert. Er goß etwas Wasser in die Fläche seiner zitternden Hand, wischte sich damit Lippen und Stirn ab und nahm ein paar Schlucke, um den sauren Geschmack aus dem Mund zu spülen.

Während er den Verschluß langsam wieder auf die Flasche schraubte, beschwor er sich selbst: Du bist der Vater, ruhig bleiben, es geht nicht darum, was du fühlst, sondern nur um sie. Sie trägt das Foto schon wer weiß wie lange mit sich herum. Hat es sich wahrscheinlich schon stundenlang angesehen. Rede mit ihr …

Jetzt war er derjenige, der sich als erster in den Sand sinken ließ und gebieterisch auf den Boden neben sich klopfte. Sie setzte sich zunächst dicht neben ihn, rückte jedoch hastig wieder von ihm ab. An ihren weit gespreizten Nasenflügeln sah er, daß er immer noch nach Erbrochenem stank.

Er atmete tief durch, versuchte, das Salz der Meeresbrise einzusaugen, doch das einzige, was er roch, war sein eigener saurer Speichel.

»Hast du ein Kaugummi dabei?«

»Nein.«

Um Renée nicht abzuschrecken, hielt er sich die Hand vor den Mund.

»Warum hat dieser Junge dir das Foto gegeben?«

»Fouad hat's mir gezeigt, und da hab ich ihn gefragt, ob ich es eine Weile ausleihen dürfte.«

»Aber was willst du damit?«

»Es ist für dich.«

»Für mich?«

»Ja. Du arbeitest doch bei einer Zeitung.«

Sie schaute ihn erwartungsvoll an.

»Ich hab ihm gesagt, daß du dafür sorgst, daß dieses Foto in die Zeitung kommt. Auf die Titelseite, geht das? Damit sie seinen Vater wieder freilassen. Dann kann er hierherkommen. Und dann sind sie alle wieder zusammen, sein Vater, seine Mutter, seine Schwestern und er.«

Er brachte kein Wort heraus, schaute sie einfach nur an. Es war offensichtlich, daß sie keinen Augenblick daran gezweifelt hatte: Er würde den Drachen töten und den Vater ihres Freundes retten.

»Aber ich schreibe doch überhaupt nicht für die Zeitung. Ich repariere nur die Computer. Und darin bin ich ziemlich gut, ohne mich selbst loben zu wollen. Geert Galopp nennen sie mich, weil ich immer so angaloppiert komme.«

Sie sah ihn mit unverändert ernstem Blick an.

»Ich bestimme nicht, was in die Zeitung kommt. Das weißt du doch, oder? Das habe ich dir schon so oft erzählt … hättest du mal besser zugehört!«

»Aber du kennst doch Leute, die für die Zeitung schreiben? Du sagst doch immer, daß du sie alle kennst. Vor ein paar Tagen, als dieser Mann mit dem Bärtchen in den Nachrichten war, hast du noch gesagt: ›Oh, den kenne ich auch. Den sehe ich jeden Tag.‹«

Beschämt schaute er zur Seite.

»Das hast du gesagt, ganz bestimmt.«

Er schwieg. Auf dem Radweg rollte ein ganzer Pulk vorbei, eine Familie mit vier Kindern, einem Opa und einer Oma. Er wartete, bis das letzte Familienmitglied, eine ältere Frau mit einem kleinen Hund in einem Korb auf dem Gepäckträger, hinter der Düne verschwand.

»Aber wie stellst du dir das vor, Kleines? Was soll die Zeitung mit einem solchen Foto ohne Hintergrundgeschichte anfangen? Was wissen wir von dem Mann? Nichts ... außer, daß man ihm sehr, sehr ... sehr weh getan hat. Aus welchem Land kommt die Familie?«

»Iran, kann das sein?« fragte sie unsicher.

»Iran wäre möglich, oder Irak.«

»Ja, Irak war's. Glaube ich.«

Es lag ihm auf der Zunge zu sagen, daß Tausende Fotos wie dieses existierten, in Kartons, in Archivschränken, aber er hielt sich zurück. Renée stand auf und klopfte sich den Sand von der Hose. »Morgen fahren wir zum ›De Vliestroom‹, oder heute noch, wenn du willst.«

Er schloß die Augen und machte eine abwehrende Geste.

»Gut, dann morgen. Aber ich habe versprochen, daß du mitkommst, Papa. Sie verlassen sich darauf.«

»Du hast es also versprochen, ohne mich zu fragen. Wie konntest du so was nur tun?«

»Du sagst doch selbst auch immer, daß man nicht nein sagen darf, wenn andere Menschen sich auf einen verlassen.«

Er deutete mit einem Kopfnicken auf die Tüte. »Gib sie mir mal lieber. Es ist besser, wenn ich darauf aufpasse.«

Renée reichte ihm die Tüte und ging zu ihrem Fahrrad.

Wie betäubt blieb er sitzen und starrte in den wolkenlosen, viel zu blauen Himmel. Dann schlug er die Hände zusammen und rang sie verzweifelt. Was soll das alles ... was hab ich mit diesen Leuten zu tun? Soll ich mir eine schreckliche Geschichte anhören, mit der ich nichts anfangen kann?

Verständnisvoll nicken? Ich muß doch nicht mit jedem Mitleid haben. Ich tue doch auch so schon genug. Ich kenne die Menschen noch nicht mal. Ich will das nicht ... ich fahre da nicht hin, auch morgen nicht. Ich habe Urlaub. See, Sonne, Sand, ich will kein Theater. Eef ist schwanger, ich muß mich vor allem anderen um sie kümmern. Ich kann das im Augenblick einfach nicht brauchen. Ich hasse schwierige Gespräche, ich hasse arme, bemitleidenswerte Menschen. Warum können sie nicht selbst ihren Schlamassel in Ordnung bringen, anstatt meine Tochter damit zu belasten? Wie kann so ein kleiner Schwachkopf nur auf die Idee kommen, ihr so ein Horrorfoto unter die Nase zu halten! Wollte sicher Eindruck schinden mit seinem zugerichteten Vater. Dabei ist sie gerade erst zehn geworden. Zehn Kerzen auf einer Torte, die sie alle auf einmal ausgeblasen hat.

»Kann ich dir denn jetzt die Insel zeigen, Geert Galopp?«

Er wollte sie zurückrufen, aber als sie sich umdrehte, um ihn erneut anzutreiben, sank ihm das Herz in die Hose. Sie wirkte überhaupt nicht mehr bedrückt, sondern sehr erleichtert.

Ein Geheimnis machte das Leben nicht gerade einfacher. Als er ins Haus kam, ließ er die Plastiktüte schnell in die Gummistiefel gleiten, die neben der Eingangstür standen, unter der Garderobe im Flur. Die aufgerollten Wollsocken, die er immer in seinen rechten Stiefel steckte, legte er darüber – der Korken auf der Flasche, aus der der Geist nicht entkommen durfte.

Eef hatte die Badesachen schon in eine große Tasche gepackt, und sie machten sich sofort zum Strand auf. Seilspringend lief ihre Tochter vor ihnen her.

»Sie ist froh und glücklich, daß du wieder da bist«, sagte Eef und schlang einen Arm um seine Hüften. »Und ich auch.« Jeden Moment konnte die Frage kommen: Hat sie dir etwas über ihre neuen Freunde erzählt? Da er sich auf eine ausweichende Antwort vorbereitete, versteifte er sich zusehends; Eef warf ihm von der Seite einen erstaunten Blick zu und löste sich wieder von ihm. Er biß sich auf die Unterlippe; allzu lange würde er das nicht durchhalten können.

Mit Renée in der Mitte liefen sie kurz darauf ins Wasser. Es war starker Wellengang, und Eef traute sich nicht weit ins Meer hinein. Sie war schon einmal von einer Welle erfaßt und unsanft auf den Strand geschleudert worden. Er ließ Renée auf seine Schultern klettern und von dort ins Wasser springen, er spielte Fangen mit ihr, Unterseeboot und Seelöwe. Drei- oder viermal hintereinander ließen sie sich von einer hohen Welle an den Strand zurücktragen. »Hab keine Angst, Papa hält dich fest. Und da kommt sie ...« Er spürte, wie ihm das Salzwasser in die Nase lief, und schneuzte sich, um den letzten Rest Säure wegzuspülen.

Erst als er sich richtig ausgetobt hatte, ging er an den Strand zurück. Renée wollte noch etwas im Wasser bleiben und watete zu ein paar Kindern hinüber, die ein Stückchen weiter miteinander spielten. »Denk dran: Nicht weiter rein als bis zu den Hüften!« rief er ihr nach und dachte gleichzeitig: Wo war ich, als sie ganz allein auf der Insel umherstreifte? Wenn ich von Anfang an mitgekommen wäre, wäre das alles nicht passiert.

Eef hatte sich einen trockenen Badeanzug angezogen und war dabei, Arme und Beine mit einer weißen Creme einzureiben, die nach Mandeln roch. Als er vor ihr stand, versuchte sie gerade unter großen Verrenkungen, ihre krebsroten Schulterblätter einzucremen. Er trocknete sich die Hände ab und kniete sich hinter sie in den Sand.

»Laß mich das machen.«

»Ich schaff das schon, kein Problem.«

»Wofür hat man denn sonst einen Mann?«

Er wollte sich selbst beweisen, daß er sich über ihren nackten Rücken beugen konnte, ohne etwas anderes zu sehen. Alles mußte wieder normal werden, unbesudelt. Sie trug einen tief ausgeschnittenen, orangefarbenen Badeanzug, den er noch nie zuvor gesehen hatte. Quer über den Rükken verlief der waagerechte weiße Streifen des Bikinis, den sie im Frühjahr getragen hatte, der ihr aber nun nicht mehr paßte. Nicht nur ihr Bauch war dicker geworden, sie war auch insgesamt ein ganzes Stück molliger. Ihre Haut fühlte sich anders an, weicher und geschmeidiger, ihre Schultern schienen runder; Wirbel und Rippen waren weniger sichtbar als noch vor einem Monat, als ob sie früher Joghurt gewesen wäre und heute Sahne. Als er ihren ganzen Rücken, die Schultern und die Oberarme eingerieben hatte, beugte er sich vor und küßte sie auf den Hals, erleichtert, daß es ihm gelungen war, das Bild des anderen Rückens auszulöschen.

»Was wollte Renée eigentlich mit den Fotos?« fragte sie, während sie etwas in ihrer Badetasche suchte.

Glücklicherweise schaute sie ihn dabei nicht an, denn er spürte, wie ihm alles Blut aus dem Gesicht wich. Sie drehte sich um, nahm ihm die Tube aus der Hand und schaute ihn fragend an.

»Du weißt es ... du weißt davon?« fragte er.

»Sie hatte sie vor mir versteckt, in dem kleinen blauen Zimmer oben, in einer Schublade.«

»Aber hast du sie auch gesehen? Auch das eine, das ganz schreckliche?«

»Ja, aber ich verstehe das alles nicht. Was will ein Kind mit dem Foto eines wildfremden Mannes mit einer ekligen Hautkrankheit, oder waren es Brandwunden?«

Ungehalten warf sie die Tube in ihre Badetasche. »Wenn es wenigstens ein Foto aus einem Pornoheft gewesen wäre oder so was.«

»Erzähl keinen Quatsch – dafür ist sie doch noch viel zu jung!«

»Natürlich hätte ich dann auch nicht gerade gejubelt. Aber ich hätte es wenigstens einordnen können. Kinder werden heutzutage viel früher reif. Aber das … warum macht sie so ein Geheimnis daraus? Hast du irgendwas herausbekommen?«

Er erzählte ihr, was er wußte und warum Renée wollte, daß er die Fotos sah. Aber er vermied das Wort »Folter«. Vielleicht war ja doch etwas dran an dem alten Aberglauben, daß man eine schwangere Frau nicht erschrecken sollte, weil sie sonst ein Monstrum zur Welt brachte. Wie konnte es sein, daß Eef etwas anderes gesehen hatte als er? Lag es daran, daß sie das Wort »Gefängnis« nicht gehört und das Foto unvorbereitet zu sehen bekommen hatte? Hatte sie aus Selbstschutz das Foto schnell wieder in die Tüte geschoben, bevor das Bild wirklich in ihr Bewußtsein eindringen konnte? Wenn sie den Fernseher einschaltete und mitten in einer Kriegsberichterstattung landete, zappte sie zur Zeit auch immer sofort weiter. Es war das reinste Drama, mit ihr zusammen Nachrichten schauen zu müssen.

»Versprichst du mir, daß du nicht noch einmal in die Tüte schaust?«

»Warum sollte ich das wollen?«

»Aus Neugier.«

»Nein, du weißt doch, so bin ich nicht gebaut. Ehe man sich's versieht, hat man sich in eine Salzsäule verwandelt.«

Renée machte ihnen aus der Ferne Zeichen, daß sie nicht mehr im Wasser bleiben, sondern am Strand spielen wollte. Er hob seine Hand und nickte, zum Zeichen, daß er es verstanden hatte. Schweigend sahen sie zu, wie ihre Tochter sich zu einer Gruppe Kinder gesellte.

»Und was jetzt?« fragte Eef. »Was hast du ihr gesagt?«

»Sie möchte, daß ich mit der Mutter spreche. Mit der Frau des Mannes auf dem Foto.«

»Wann?«

Er griff in den Sand, preßte die Finger zusammen und ließ die Sandkörner so langsam wie möglich aus der geballten Faust rieseln.

»Morgen.«

»Möchtest du, daß ich mitkomme?« fragte Eef.

»Nein. Ich gebe der Frau ihre Fotos zurück und sage ihr, daß das Ganze ein großes Mißverständnis ist.«

Aus der Ferne rief Renée, daß sie schon fast ein Rad schlagen könne. »Schaut ihr zu?«

Ja, sie schauten zu. Arme und Beine wirbelten durch die Luft, glitzernde Tropfen spritzten von den nassen Haaren.

»Anscheinend hat es sie gar nicht so sehr mitgenommen, findest du nicht auch?«

»Gestern war das noch anders. Aber sie hat all ihre Hoffnung in dich gesetzt. In diesem Alter glaubt man noch, daß der eigene Vater allmächtig ist. Väter können alles, Väter wissen alles, Väter haben für jedes Problem eine Lösung.«

Er seufzte schwer und streckte sich im Sand aus.

»Ich bin zu jung Vater geworden.«

Sie schwieg kurz und erwiderte dann: »Als ob ein Mann von Mitte Vierzig wüßte, wie er damit umgehen soll.«

Er deutete mit dem Kopf auf ihren Schoß. »Darf ich?«

»Klar. Wofür hat man denn sonst eine Frau?«

Er drehte sich auf die Seite, zog die Knie an und legte sein Ohr an ihren Bauch. Sie saß im Sand, auf die nach hinten ausgestreckten Hände gestützt. Wenn bei der Hebamme eine Ultraschalluntersuchung durchgeführt wurde, ertönte immer ein tiefes Gluckern, aber mit bloßem Ohr hörte er nichts.

Das Rauschen der Brandung vermischte sich mit dem Gejauchze spielender Kinder. Gelegentlich erkannte er die helle Stimme seiner Tochter; spielende Kinder am Strand, ein fröhlicheres Geräusch kannte er nicht. Das Bild dieses Rückens würde mit der Zeit verschwimmen, unscharf werden wie die Ränder einer Glasscherbe, die eine Zeitlang im Meer gelegen hat. Gestern hatte sie sich das Ganze noch sehr zu Herzen genommen, heute konnte sie schon wieder spielen, sogar lachen.

Er versuchte, ein wenig zu schlafen, doch dann sah er sie wieder vor sich, kniend vor dem niedrigen Tisch mit einem Stapel Memory-Karten. Wenn Renée sich einmal ein Kärtchen eingeprägt hatte, vergaß sie es nie mehr. Sie konnte ihren Triumph nicht verbergen, wenn sie ihren Fang einholte: Pferd, Pferd, Vase, Vase, Holzschuh, Holzschuh, Schaf, Schaf, Apfel, Apfel, Clown, Clown …

Er nickte kurz ein und erwachte mit einer Erinnerung. Er schaute hoch, um zu sehen, ob Eef in ihr Buch vertieft war, aber sie starrte über den Rand ihrer Sonnenbrille auf den Horizont.

»Jetzt bist du so müde und kannst doch nicht schlafen?« fragte sie.

»Mir ist plötzlich eingefallen, daß ich auch mal mit meinen Eltern in einem Haus am Meer Ferien gemacht habe«, sagte er. »So eines wie unseres hier, aber in Callantsoog. Mein Vater erzählte mir, daß er als Kind eine Flasche am Strand gefunden hatte, in der ein Brief von jemandem aus Amerika steckte. Ich sollte es auch einmal probieren, meinte er. Jedes Kind müßte zumindest einmal eine Flaschenpost verschicken. Also nahmen wir eine Flasche, spülten sie aus, und ich schrieb einen Brief …«

»Was stand drin?«

»Einfach ein Brief. Wer diesen Brief findet, möge mir bitte zurückschreiben, dazu mein Name und meine Adresse. Und darunter Die Niederlande, Europa, Die Welt, Das Weltall. Als wir sie ins Wasser warfen, glaubte ich noch immer nicht, daß diese Flasche jemals irgendwo ankommen könnte. Es dauerte ewig, bis sie in den Wellen verschwand, das Meer war so unvorstellbar groß und wild. Meine Flasche konnte gegen eine Boje prallen und zerschellen, von einem Öltanker überfahren oder auf eine Sandbank gespült werden, die bis auf ein paar Seehunde nie jemand besuchte. Möglich, sagte mein Vater, aber man kann nie wissen, wer nicht wagt, der nicht gewinnt.«

»Und, ist sie irgendwo angespült worden? Hast du eine Antwort bekommen?«

»Monate später kommt mein Vater eines Tages nach Hause und berichtet mir, daß meine Flasche gefunden worden ist. Ich bin vor Freude an die Decke gesprungen: Wo denn, und von wem? Tja, von jemandem, den er zufällig kannte. Der Mann saß im Regen unter einem großen Schirm im Hafen von Hoorn und angelte, als er eine Flasche vorbeischaukeln sah ...

Eef lachte. »Natürlich rein zufällig.«

»Vaters Bekannter hatte die Flasche mit viel Mühe aus dem Wasser geholt, den Korken herausgezogen und meinen Brief gelesen ... Er wollte ihn eigentlich wegwerfen, überlegte es sich dann aber noch einmal: Der Nachname kam ihm bekannt vor, war das nicht der gleiche wie der von dem Mann bei der Poststelle? Und hatte der Mann ihm nicht auch mal erzählt, daß er einen Sohn namens Geert hätte? Ich konnte mein Glück kaum fassen. Ich war so begeistert, daß jemand, noch dazu ein Mann, der in der gleichen Firma arbeitete wie mein Vater, meine Flasche gefunden hatte, daß ich an nichts anderes mehr dachte. Ich vergaß zu fragen, ob ich die Flasche zurückhaben konnte, oder zumindest meinen Brief. Ich glaubte meinem Vater, ich brauchte keinen anderen Beweis. Erst Jahre später, als ich im Schaufenster eines Trödelladens ein Buddelschiff sah, erinnerte ich mich an meine Flasche ... und dann erst machte es Klick.«

»Tja, das war doch mal ein richtiger Vater«, sagte Eef und strich sich eine nasse Haarsträhne aus der Stirn.

Er schwieg, weil er sich plötzlich nicht mehr so sicher war, daß er die Essenz der Geschichte auch wirklich verstanden hatte. Schon beim Erzählen hatte er zu seiner Verblüffung gemerkt, wie er zu zögern begann, weil er sich fragte, ob alles nicht doch genau so geschehen sein konnte. Er wollte seinem Vater glauben, im nachhinein, nochmals. Warum konnte es eigentlich nicht so passiert sein, warum war es zu schön, zu zufällig, um wahr zu sein, daß ein Angler in Hoorn, ein Bekannter seines Vaters, seine Flasche gefunden, seinen Brief gelesen hatte?

Mit viel Mühe gelang es ihm, das Treffen noch einen Tag hinauszuzögern. Er gab sich nicht der Hoffnung hin, daß Renée von ihrem Vorhaben absehen würde, doch vielleicht konnte er ihre hochgespannten Erwartungen etwas dämpfen. Gestern hatte er während des Abwaschs kurz mit ihr darüber gesprochen, und jetzt auf dem Fahrrad versuchte er es erneut: Ein Journalist vertiefte sich erst dann in ein Thema, wenn es ihm wichtig genug erschien.

»Ist dies denn nicht wichtig?« fragte Renée.

»Natürlich schon ... aber wir kennen die Hintergründe nicht. Bevor ein Journalist zu schreiben beginnt, muß er ganz sicher sein, daß in seiner Geschichte etwas Neues steckt. Die Leser wollen nicht ständig das gleiche lesen.«

»Passiert so was denn so oft?«

Ihm wurde langsam warm, aber er traute sich nicht, seine Jacke auszuziehen. Die Fotos steckten in der Innentasche, und die hatte keinen Reißverschluß. Er fürchtete, daß er sie unterwegs verlieren könnte.

»Laß uns mal abwarten, was Fouads Mutter uns zu sagen hat.«

Er sah schon eine von Kopf bis Fuß verschleierte Frau vor sich, die kein Wort Niederländisch sprach und nur jammerte. Andere Frauen kamen dazu, zogen an seinem Ärmel, versuchten, sich mit Händen und Füßen verständlich zu machen. Sie klagten und jammerten in einer Sprache, die er nicht verstand, aber der Kern ihrer Mitteilungen konnte ihm nicht entgehen: Bitte hilf uns!

Wortlos fuhren sie den Badweg hinunter. Es war nicht weit, hatte Eef gesagt, am Ende der Straße nach links; dann würden sie am Ende dieses Wegs an einer Ecke die Wohnanlage sehen. Während der ganzen Zeit versuchte er, tief durchzuatmen, aber ihm wurde immer mulmiger. Jeder Anstieg fiel ihm schwer, es schien fast, als würde er durch die Alpen fahren. Wie sollte er das Ganze nur angehen? Langsam und betont artikuliert würde er sagen, daß er Renées Vater sei. Der nicht bei Zeitung arbeitet. Tochter falsch verstanden haben. Ich keine Artikel schreiben. Wie sollte er das nur deutlich machen? Mit den Fingern auf einer imaginären Schreibmaschine tippen, dann auf sich selbst zeigen und heftig den Kopf schütteln?

»Da ist es«, sagte Renée und zeigte auf ein modernes, zweigeschossiges Gebäude. Sie stellten ihre Fahrräder an einem Laternenpfahl ab. Renée führte ihn zu einer Picknickbank am Rand eines Platzes und meinte, daß er hier warten solle; sie würde Fouad holen. Dann ging sie zum Haupteingang des Gebäudes. Der Platz war leer, aber hinter den Gardinen konnte er Menschen erkennen. Durch ein offenes Fenster drang eine Stimme.

Schnell kehrte Renée zurück, in Begleitung eines Jungen, der einen Kopf kleiner war als sie. Das Kind hatte ein schmales Gesicht, und sein dichtes Haar war zu einem Pagenkopf geschnitten. Direkt hinter ihm trat eine Frau aus dem Gebäude und nahm sich im Gehen die Schürze ab. Sie war weder verschleiert noch schwarz gekleidet, sondern trug einen schimmernden beigebraunen, ärmellosen Pullover und einen Jeansrock. Blasse Arme und Beine, die Farbe von Teig. Ein fahles Gesicht, und sobald sie näher herangekommen war, würde er den dunklen Flaum auf ihrer Oberlippe sehen können. Ihn schauderte. Die saß natürlich den ganzen Tag vor dem Fernseher und schüttete eine Tasse Kaffee nach der anderen in sich hinein; dank der vielen Satellitenschüsseln auf dem Dach konnte sie hier die gleichen Seifenopern sehen wie zu Hause. Schlapp, schlapp, sie hatte den hinteren Teil ihrer Espadrilles nicht über die Fersen gezogen und trug sie statt dessen wie Slipper. Träge schlurfte sie in seine Richtung. Was glaubte sie wohl? Daß er alle Zeit der Welt hätte, um ihr zuzuhören? Er stand auf, streckte seinen Rücken. Nicht gleich alles glauben, was sie sagte. Im Gefängnis saßen nicht nur Helden, selbst im Irak nicht. Wer weiß, möglicherweise war dieser Mann ein Betrüger oder Schlimmeres, ein Schwerverbrecher, der seine Familie ohne Papiere in die Niederlande schickte, mit einer traurigen Geschichte, damit sie ihn freibekamen. Vielleicht spielte er nur das Opfer. Natürlich ließ sich Folter nicht schönreden, aber das bedeutete nicht automatisch, daß jemand unschuldig war.

Er legte eine Hand auf seine Innentasche; die Plastiktüte knisterte. Er schwankte, ob er die Fotos hervorholen oder erst einmal warten sollte. Wenn er sie sofort zurückgab, würde das einen sehr unhöflichen Eindruck machen. Nein, erst mal ein paar Worte wechseln, über das Wetter, die Insel, die Kinder.

Doch bevor er etwas sagen konnte, streckte ihm die Frau die Hand entgegen und fragte ihn in fließendem Englisch, ob er sie verstehen könne.

»Let's speak English«, sagte sie, als er nickte. »Wir sind hier noch nicht so lange. Mein Niederländisch ist really awful.«

»Wo haben Sie so gut Englisch gelernt?« fragte er, erleichtert, daß er etwas sagen konnte, was er auch wirklich meinte. Awful – das erschien ihm wie eines dieser typischen Oxford-Worte. Er selbst sprach zwar auch ganz gut Englisch, aber solche Ausdrücke hatte er nicht parat.

»Ich war Englischlehrerin. Bevor wir hierherkamen.«

Renée blickte gespannt von Fouads Mutter zu ihrem Vater. Von ihm aus hätten die Kinder dabeibleiben können, aber die Frau befahl ihrem Sohn auf arabisch, sie allein zu lassen. Der Junge gehorchte sofort und führte Renée rasch zu einem Spielplatz auf der anderen Seite des Platzes, wo eine Lokomotive stand, auf der die Kinder herumklettern konnten. Dahinter befanden sich mehrere Waggons, die genau wie die Lokomotive aus schweren Holzbalken und alten Auto- und Traktorreifen gefertigt waren.

Als die beiden gegangen waren, blickte die Frau ihm direkt ins Gesicht. Sie hatte die gleichen großen braunen Augen wie ihr Sohn, das gleiche dichte schwarze Haar, allerdings lockiger. »I'm terribly sorry«, sagte sie. »Fouad hätte die Fotos niemals Ihrer Tochter geben dürfen. Ich hatte ja keine Ahnung, daß er wußte, wo ich sie versteckt hatte. Ich wollte ihm den Anblick ersparen. Und Ihrer Tochter auch, und Ihnen ...«

Sie schaute zur Seite, in Richtung Hafen.

»Aber jetzt hat er sie all seinen Freunden gezeigt, als wäre es ein Bildchen von einem berühmten Fußballspieler ... »a famous football player«, sagte sie mit einem gezwungenen Lächeln.

Er wußte nicht, wie er auf ihre Entschuldigung reagieren sollte, und lud sie mit einer Geste ein, sich an den Picknicktisch zu setzen. Aber sie wollte lieber stehen bleiben.

»Wenn ich es richtig verstanden habe, geht es um Ihren Mann. Der im Augenblick im Gefängnis sitzt«, sagte er zögernd auf englisch. Er sagte »man« statt »husband«, und sie verbesserte ihn mit der freundlichen Liebenswürdigkeit eines Menschen, der tagein, tagaus nichts anderes macht. Und noch im gleichen Satz fragte sie, ob sie nun vielleicht ihre Fotos zurückbekommen könne. Dabei streckte sie gleichzeitig ihre Hand aus, mit der Innenfläche nach oben.

Er griff in seine Innentasche und reichte ihr die Plastiktüte.

»Sie sagen, daß es Ihnen leid tut, aber mir tut es noch mehr leid«, stammelte er. Hatte sie seine Erleichterung bemerkt? Sah sie, wie froh er war, daß er die Fotos los war?

Sie hängte sich die Tüte ans Handgelenk, legte schützend die Schürze darüber und nickte ihm zu. Er blinzelte. Wollte sie ihn damit zum Gehen auffordern? Aus einem offenen Fenster drangen Fetzen von Filmgeräuschen, lautes Poltern, Glasklirren, eine hohe Frauenstimme, hysterisches Kreischen. Ihre Blicke kreuzten sich, und sie mußten beide lachen.

»Haben Sie vielleicht gerade Fernsehen geguckt? Halte ich Sie auf?«

Sie lächelte. »Oh, no …«

»Meine Tochter hat offenbar erzählt, daß ich bei einer Zeitung arbeite. Das stimmt zwar, aber ich schreibe keine Artikel.«

Obwohl sie jedes Wort verstand, machte er trotzdem die einstudierte Geste mit den tippenden Fingern, zeigte dann auf sich selbst und schüttelte den Kopf. Sie nickte höflich, ging aber nicht darauf ein.

»Ihre Frau erwartet bald ein Baby, habe ich gehört. How wonderful. Ich habe drei Töchter und einen Sohn. Fouad ist der Jüngste, mein Mann war so happy, endlich a boy.«

Fieberhaft suchte er nach einer Möglichkeit, diesen Smalltalk zu beenden. Er konnte sich doch nicht einfach auf sein Fahrrad schwingen, ohne irgend etwas zu unternehmen oder es zumindest versucht zu haben! Er mußte auf jeden Fall seinen guten Willen zeigen.

»Ich würde Ihnen ja gerne helfen, aber ich kann nicht versprechen, daß …«

Sie zog die Augenbrauen hoch.

»Ich kenne natürlich ein paar Leute bei unserer Zeitung. Vielleicht kann ja einer meiner Kollegen …«

Sie schüttelte energisch den Kopf. »Das hat keinen Zweck. Unser Fall liegt schon überall, wo man was für uns tun kann.«

»Möchten Sie mir dann vielleicht erzählen, was mit Ihrem Mann passiert ist?«

Wieder blickte sie in Richtung Hafen und machte eine resignierte Handbewegung.

»Sie können sich ja doch nicht vorstellen, daß jemand wegen solch einer Kleinigkeit verhaftet wird. Sie machen sich ja überhaupt keine Vorstellung, nicht die geringste Vorstellung.«

Er bedrängte sie nicht weiter. Möglicherweise dadurch ermuntert, begann sie nach einer Weile doch zu erzählen:

Wie ihr Mann eines Abends mit einem Freund durch eine belebte Straße in Bagdad geschlendert war. Wir leben in einem schönen Land, hatte er gesagt, nur schade, daß wir einen Führer wie Saddam haben – that's all. Am nächsten Tag wurde er verhaftet.«

»That's all?«

Es wäre besser gewesen, wenn er danach geschwiegen oder bloß genickt hätte, aber in seiner Verwirrung griff er zu übertriebenen Worten. Empört rief er, daß es »an awful injustice« sei, »a terrible shame«. Mitleidig sah sie ihn an, und er schämte sich für sein Pathos. Sie dachte sicher, daß er nur irgend etwas daherredete und daß ihn die ganze Geschichte im Grunde nicht interessierte.

»Please go on«, bat er inständig.

»No, no. I don't want to talk about this«, flüsterte sie. In diesem Moment kam ein kleiner Mann mit Schnurrbart aus einer der Wohnungen im Erdgeschoß. Er hatte einen Müllbeutel in der Hand, bog um die Ecke und ging auf der anderen Seite des Gebäudes die Feuerleiter hinauf. Während der ganzen Zeit beobachtete er sie ständig aus den Augenwinkeln.

Plötzlich verstand er ihre Zurückhaltung. Sie konnte nicht frei reden, selbst hier wurde sie überwacht. Verfolgt. Abgehört. Wer weiß, wie lange dieser Mann sie schon belauscht hatte, am offenen Fenster, verborgen hinter den Gardinen. Er holte tief Luft. Er mußte ihr helfen; er würde erst gehen, wenn er sie davon überzeugt hatte. Er wollte etwas für diese Familie unternehmen. Etwas tun.

»Sie haben Angst, daß wir belauscht werden?« fragte er mit gedämpfter Stimme, während er einen Blick in Richtung der Feuerleiter warf. Endlich bekam er die Situation in den Griff; wenn er jetzt Ruhe bewahrte, konnte er ihr Vertrauen gewinnen. Schließlich war sie eine alleinstehende Frau; sie konnte bestimmt etwas Unterstützung von einem Mann gebrauchen, der so seine Beziehungen hatte.

Aber sie wischte seine Sorge beiseite. »Ich sehe, daß Sie es gut meinen, und das weiß ich auch wirklich zu schätzen, aber ich möchte nicht ... ich kann einfach nicht darüber reden. Mein Mann sitzt seit Monaten wegen einer einzigen harmlosen Bemerkung im Gefängnis, da hocke ich doch nicht hier und plaudere munter mit jedermann darüber ... It's not right.«

Er hörte, wie Renée Fouad ein paar Meter weiter in warnendem Ton etwas zurief. Der Junge war auf den Schornstein der Holzlokomotive geklettert und wollte nun herunterspringen, aber sie fand das viel zu hoch. Fouad war nicht der Unglücksbote, zu dem er ihn gemacht hatte, eher eine Art kleiner Bruder, den Renée vor allen Gefahren beschützen wollte.

Er hatte der Frau sonst nichts zu bieten und blickte enttäuscht zu Boden. Wahrscheinlich war er viel mehr mit sich selbst beschäftigt als mit ihr.

»Und was sagen wir den Kindern?« fragte er und dachte an die Flaschenpost. Sollte er Renée erzählen, daß die Geschichte von Fouads Vater vorläufig noch eine Weile vor sich hindümpeln würde, an Land gespült, um daraufhin wieder ins Meer geworfen zu werden, von einem Archiv zum nächsten? Und daß ihr Vater nichts daran ändern konnte? Oder sollte er in ein paar Monaten mit der Nachricht nach Hause kommen, daß irgendwer bei der Zeitung sich endlich der Sache annahm, und daß für Fouad vielleicht ja doch noch alles gut würde?

Die Frau drehte sich um und rief ihrem Sohn in scharfem Ton etwas zu, der sofort aufhörte zu spielen und folgsam ins Haus ging.

»What do we tell the children, they thought I could help«, sagte er erneut, dieses Mal etwas drängender.

»Yes, what do we tell them?« Sie schwieg einen Moment und meinte dann, in einem Ton, als würde sie auch sich selbst zureden: »Daß sie Geduld haben müssen und die

Hoffnung nicht aufgeben dürfen. And pray. Manchmal wird ja doch plötzlich jemand wieder freigelassen. Der Cousin meines Nachbarn ist über die Grenze nach Jordanien geflohen. Er lebt jetzt in San Diego.«

Er nickte, und sein Blick wanderte zu Renée. Sie saß auf der Schaukel und wartete darauf, daß ihr Freund wieder nach draußen kam. Vielleicht sollte er die gleichen Worte verwenden wie Fouads Mutter; schließlich hatte sie mehr Erfahrung in bezug auf Hoffnung und Geduld.

Fouad kam aus dem hinteren Teil des Gebäudes und rannte mit einer Tupperdose in der Hand zu ihnen, und auch Renée gesellte sich hüpfend dazu. Mit einem bedeutsamen Lächeln gab er seiner Mutter die Dose, die sie wiederum weiterreichte.

»Für mich?« fragte Geert.

»Yes, please open it.«

Er nahm den Deckel ab. Ein süßer Duft stieg aus der Dose auf: selbstgebackenes, noch warmes Sandgebäck auf einem abgerissenen Stück Küchenpapier. Er roch Kümmel und Ingwer und noch ein Gewürz, das er nicht zuordnen konnte.

»Für Ihre Frau«, sagte sie. »And for you of course, it was so very kind of you to visit us here. Schließlich sind Sie im Urlaub hier.«

Er wagte kaum, sie anzusehen, während er den Deckel wieder auf die Dose drückte. In seinem besten Englisch bedankte er sich umständlich.

»Und was jetzt?« fragte Renée, als sie zu ihren Fahrrädern gingen. »Rufst du gleich bei der Zeitung an?«

Er zog seine Jacke aus und stopfte sie unter die Spanngurte; die Dose mit dem Gebäck reichte er Renée.

»Wenn du dein Handy nicht dabei hast – da drüben ist eine Telefonzelle.« Sie zog ihn am Ellbogen und zeigte drängend auf die andere Straßenseite.

»Gleich, wenn wir zu Hause sind, reden wir weiter. Jetzt nicht!«

Er beschloß, einen Umweg zu machen, den langen Weg am Watt zu nehmen und dann auf halber Stecke hinauf zum Fahrradweg zu wechseln. Er wollte durch die Dünen nach Hause fahren. Er brauchte Zeit, viel Zeit zum Nachdenken.

Papa spricht seit Tagen
seit Tagen nur mit sich
und wenn ich frag, was los ist
seufzt er nur fürchterlich

Mama sagt nur: Kopf hoch
Kopf hoch, lieber Geert
Jeder tut nur was er kann
Und jetzt fängt dein Urlaub an

Das ist ein Lied über meinen Vater
denn davon gibt's noch nicht so viele
Ein Lied über meinen Vater

5

Martine hatte alles versucht, um zu vermeiden, daß sie erneut hier landete. Zwar wollte sie durchaus nach Vlieland und auch auf diesen Teil der Insel, aber sicher nicht in die »Dünenrose«. Ursprünglich hatte sie sich für ein niedriges Holzhaus entschieden, eine Art Datscha mit roten Fensterläden, aber kurz nachdem sie das Haus gebucht hatte, erhielt sie einen Anruf von einer VVV-Mitarbeiterin, die sich weitschweifig für die versehentliche Doppelbuchung entschuldigte. Doch Martine habe Glück, denn aufgrund einer Stornierung sei gerade ein anderes Haus frei geworden, größer als »De Paddestoel« und mit einer schönen Aussicht; »Dünenrose« hieße es.

»Ich möchte aber gar kein größeres Haus. Wir sind nur zu zweit, mein Patenkind und ich.«

»Aber es ist ein sehr beliebtes Haus, Mevrouw, in einer wunderbaren Lage.«

»Das weiß ich, ich war schon zweimal dort.«

»Wenn irgend etwas nicht zu Ihrer Zufriedenheit war, hätten Sie uns das doch melden können?«

Trotz ihrer Verärgerung mußte Martine lachen bei dem Gedanken, daß sie sich bei der Mitarbeiterin vom Fremdenverkehrsamt über ihre soundsovielte gescheiterte Beziehung beschwerte. »Falls in diesem Zeitraum nichts anderes mehr frei ist, dann fahre ich eben auf eine andere Insel.« Aber noch am gleichen Morgen hatte sie es sich anders überlegt. Ihr fehlte die Zeit, ein anderes Haus zu suchen, und außerdem war noch lange nicht sicher, daß sie woanders größere Auswahl hatte. Da Sanne sich auf eine Prüfung vorbereitete, hatte sie ihr versprochen, sich während des Urlaubs zwei Wochen um Maartje zu kümmern. Allerdings verspürte sie keine große Lust, die Kleine auf eine lange Reise mitzunehmen. Sie wollte lieber in den Niederlanden bleiben und am liebsten in einem Haus am Meer. Vielleicht sollte sie doch die »Dünenrose« nehmen. Es überraschte sie, daß sie in letzter Zeit immer häufiger dachte: Es kommt, wie es kommt, ich habe nicht alles in der Hand.

Sie füllte den Kessel mit Wasser, zündete ein Streichholz an und verbrannte sich fast, weil sie durch einen Hubschrauber abgelenkt wurde, der übers Haus flog. Mehrmals am Tag brachte er die Notfälle zum Festland. Sie konnte sich einfach nicht daran gewöhnen und fragte sich jedesmal: Was ist passiert, wer ist es, ist es ein Mann, eine Frau oder ein Kind? Ein Kind in welchem Alter ... bloß nicht daran denken. Noch schnell eine Tasse Tee und das Kapitel zu Ende lesen, bevor Maartje wach wird. Nach ein paar Tagen hatte sich ein gewisser Rhythmus eingespielt: Morgens nach dem Frühstück ließ sie die Kleine allein spielen, im Haus oder auf der Veranda, während sie aufräumte und in ihr Tagebuch schrieb. Gegen zehn gingen sie dann zusammen ins Dorf, um die Einkäufe zu erledigen. Anschließend fuhren sie mit dem Rad zum »Het Posthuis«, wo Maartje auf dem Klettergerüst neben der Terrasse spielte, auf der sie saß und zu lesen versuchte. Eine Stunde später kehrten sie in die »Dünenrose« zurück und aßen ein Butterbrot, und danach legte sie die Kleine ins Bett. Während der ersten Tage war Maartje zu aufgedreht und weigerte sich zu schlafen, aber Sonne und Wind machten sie so wohlig müde, daß sie schließlich doch nachgeben mußte. Inzwischen war es im Haus meistens bis drei Uhr still.

Maartje schlief unten, sie selbst in dem kleinen blauen Zimmer oben. Das große Schlafzimmer unten blieb verschlossen. Warum sollte sie sich quälen oder auf die Probe stellen? Dieses Haus hat schon so manches erlebt, dachte sie jedesmal, wenn sich ihr eine Erinnerung aufdrängte. Als sie zum ersten Mal nach oben ging, erinnerte sie sich, wie Sanne diese Treppe hinuntergefallen war und ihr gestanden hatte, daß sie schwanger sei. Was das nicht alles bewirkt hatte – Phantasien über das Kind, das sie hätte haben können, wenn, ja, wenn sie damals eine andere Entscheidung getroffen hätte. Ihr Sohn oder ihre Tochter wäre jetzt so alt wie Sanne, schon fast zweiundzwanzig.

Dort drüben in diesem Sessel am Ofen hatte Mama das Geheimnis ihres ersten Mannes erzählt, und da hatte Hans gesessen, als er endlich mit der Geschichte über Manou herausgerückt war. Als sie auf dem Kaminsims eine schwarze Haarklammer gefunden hatte, die von einer vorherigen Bewohnerin stammte, mußte sie an ihre erste Begegnung mit Hans denken: Damals hatte er eine Kippah aus seiner Jackentasche gezogen, an der zwei Haarklammern baumelten. In diesem Moment war ihr Interesse geweckt worden; Männern, die samstags in die Synagoge gingen, begegnete sie nicht jeden Tag.

Die Atmosphäre in der »Dünenrose« war dieses Mal von Anfang an anders gewesen. Mit Sanne und mit ihrer Mutter hatte sie lange Gespräche geführt und viel Wein getrunken, aber Maartje war noch keine zwei Jahre alt und fing gerade erst an zu sprechen. Neugierig marschierte ihr Patenkind auf die Möbel und Gegenstände zu, zeigte darauf und fragte und plapperte. Das war aber auch wirklich eigenartig, es sah ganz anders aus als bei Maartje zu Hause, und doch hieß das braune Ungetüm auch »Sofa«, die Wanne aus Rohr, die so knackte, hieß »Sessel« und der seltsame gläserne Seestern »Aschenbecher«. Draußen gab es allerlei, wofür sie die Worte noch nicht kannte; sie nannte das Meer Badewanne, den Schaum Schnee, den Strand Sandkiste. Und wie sollte sie eine Qualle nennen, wie die Sandstreifen im Watt, wie die Algen? Wie das klagende Heulen einer Nebelboje?

Anfangs war es ihr schwergefallen, sich auf den Rhythmus des Kindes einzustellen, stundenlang kaum mehr zu tun, als eine Kuhle zu graben, mit einem Eimer zum Meer zu gehen, den Eimer zu füllen und das Wasser in die Kuhle zu gießen. Zur Abwechslung füllten sie den Eimer mit Sand und bauten eine Sandburg, die sie mit Muscheln und Möwenfedern verzierten. Aber inzwischen gefiel ihr dieses Geplansche und Gemansche zunehmend besser, und in ihr Tagebuch schrieb sie: »Habe immer seltener das Gefühl, daß ich erst alles mögliche erledigen muß, bevor ich genießen darf.«

Auch die »Dünenrose« schien ein anderes Haus zu sein als im letzten Jahr, weil sie selbst sich verändert hatte. Sie traute sich kaum, es laut auszusprechen, denn es klang so hochtrabend, pubertierende Jugendliche sagten dauernd so etwas. Aber es stimmte, sie war nicht mehr so rastlos, nicht mehr so neidisch auf das Glück anderer. Hier, an diesem Küchenfenster hatte es begonnen, am Abend, nachdem Hans sie verlassen hatte: Sie stand am Fenster und starrte hinaus in die Dunkelheit, in einen Tunnel, der kein Ende zu nehmen schien. Das Rauschen des Meeres war wie eine Stimme, die flüsterte: Komm doch, komm zu mir, dann nehme ich dich mit und wiege dich in einen Schlaf, aus dem du nie mehr erwachst. In dem Augenblick waren die Worte in ihr aufgekommen: »Barmherziger, Ewiger, erbarme Dich über mich«, und während sie dort stand und in ihrer Suppe rührte, spürte sie, daß sie nicht allein war. Augen schauten sie an, andere als diese ängstlichen Augen, die sie aus dem schwarzen Fenster anstarrten.

Das war vor mehr als einem Jahr geschehen. Sie redete selten darüber, aber wenn sie in sich hineinhorchte, wagte sie zu bestätigen: Ja, ich glaube. Und das war genauso wichtig, wie einem Mann zu sagen: Ich liebe dich. Das sagte man nicht so dahin. Es kennzeichnete einen bestimmten Moment, den Beginn einer Veränderung.

Sie hatte gerade die Tür des Schranks über der Anrichte

geöffnet und wollte eine Tasse herausnehmen, als sie Schritte im Flur hörte. Unmöglich, sie hatte die Haustür doch fest hinter sich zugezogen? Oder hatte sie den Schlüssel wieder von außen stecken lassen? Wenn sie mit den Einkäufen zurückkam, mußte sie immer so vieles gleichzeitig tun – Maartje aus dem Kindersitz heben, aufpassen, daß das Fahrrad mit den Einkaufstüten nicht umfiel, den Schlüssel suchen …

Als sie sich umdrehte, stand er schon fast in der Küche, ein Mann in einem grauen Overall, übersät mit weißen Farbklecksen, als hätte es mitten im Sommer geschneit. Es war ein warmer Tag; sie trug nur ihren Bikini und darüber eine transparente Bluse. Sie fühlte sich ziemlich nackt, vor allem, weil dieser große Fremde mit den buschigen Augenbrauen sich alle Mühe gab, nicht auf ihren Körper zu starren.

»Tut mir leid, ich wußte nicht, daß … ich dachte, das Haus steht leer«, stammelte er.

»Wie sind Sie reingekommen? Sind Sie der Eigentümer?«

Er deutete entschuldigend auf den Schlüssel in seiner Hand. »Von meiner Tante. Die macht hier sauber und sieht nach dem Rechten.«

Martine tippte auf den Zettel an der Innenseite der Küchenschranktür, auf dem stand, daß man alles, was man zerbrochen hatte, auch wieder ersetzen mußte.

»Hat Ihre Tante das geschrieben?«

Er kam weiter in die Küche herein, um die Schrift genau erkennen zu können. »O ja, der ist von ihr. Solche ordentliche Handschrift aus der Zeit, als die Menschen sich noch lange Briefe schrieben.« Er sah sie an, drehte sich dann plötzlich um und fing an, die Küche zu begutachten. »Eigentlich wollte ich ein paar Reparaturen erledigen. Meine Tante meinte, daß das Haus zwei Wochen lang leerstehe, aber ich hätte erst noch mal beim VVV nachfragen müssen – sie ist in letzter Zeit ein wenig vergeßlich.«

Achtlos warf er den Schlüssel in die Luft, vergaß aber, ihn aufzufangen. Als er wieder hochkam, sagte er mit hochrotem Kopf: »Aber leer steht es ja nun wirklich nicht.«

Er kratzte an einem weißen Farbklecks auf seinem Ärmel, als wäre es Schorf. Schnee im August, wie ging diese Legende noch? Ein Mann hatte im Traum eine Vision, in der Maria ihm auftrug, eine Kirche an der Stelle zu errichten, an der es bald schneien würde. Am nächsten Tag, in den frühen Morgenstunden des fünften August, begann es auf einem der sieben Hügel Roms zu schneien. Und an jedem Jahrestag gedachte man dieses Wunders mit einer Messe, bei der weiße Blütenblätter von der Decke der Kirche herabregneten. Wie hieß die Basilika doch gleich – Pfingsten hatte sie dort eine Kerze angezündet; ob er es wußte?

»Ist was?« fragte er.

Sie behielt es besser für sich, nicht jeder glaubte an Wunder.

»Ja, ich … ich frage mich, ob es nicht praktischer ist, das Haus am Ende der Saison zu überholen, dann haben Sie schließlich so viel Zeit, wie Sie wollen.«

»Das sag ich ja auch immer, aber Tante Ida besteht darauf, daß es jetzt gemacht wird. So viel Arbeit ist das nicht, meinte sie, das kannst du mal eben zwischendurch erledigen.«

Er holte einen Zollstock aus seiner Brusttasche, klappte ihn auseinander und wieder zusammen.

»Der Wasserhahn leckt … hören Sie das?« Es klang vorwurfsvoll, aber die Stille, die nach seinen letzten Worten eingetreten war, machte sie furchtbar nervös. Er sah an ihr vorbei zum Waschbecken.

»Ich kümmere mich darum.« Er holte ein Notizbuch aus seiner Brusttasche.

»Nein, nicht der hier, der Kran in der Toilette. Ich sag das ja nur, weil in allen Cafés Hinweise hängen. Diese gelben Aufkleber. Sie hätten auch von Ihrer Tante stammen können. Ein tropfender Wasserhahn mit einem Spruch ... wie geht der noch mal?«

»So ein nettes Mädchen läßt man nicht gehen, oder so ähnlich?«

»Solch einen guten Ferienfreund läßt man nicht laufen.«

»Nicht laufen – genau, das war's, natürlich! Man soll den Wasserhahn nicht laufen lassen.« Er hüstelte und klappte den Zollstock erneut auseinander.

Wenn er doch meine Beine messen würde, schoß es ihr durch den Kopf, von der Innenseite der Fußsohle bis zum Schritt. Da er die Zahlen nicht gut ablesen kann, kniet er sich vor mich auf den Küchenboden. Vielleicht hat er ja auch ein Bandmaß dabei, das er jetzt gleich wie ein Lasso um meine Taille wirft. Er zieht mich zu sich heran, küßt mich aber nicht zu lange, denn er muß auch noch meine Wirbelsäule messen, von der Vertiefung in meinem Nacken bis zur Poritze.

Das Wasser kochte, und sie stellte das Gas ab, ließ es aber dabei bewenden. Wenn sie nun, während sie mit ihm redete, Teeblätter in die Kanne gab und den Tee ziehen ließ, würde sie ihm eine Tasse anbieten müssen. Aber eine Tasse Tee konnte ziemlich lange dauern, wenn man sich wenig zu sagen hatte und halbnackt war. Es war besser, wenn er ging. Sie wollte nicht weiter von Zollstöcken und Lassos und Fingern in ihrem Schritt phantasieren. Sollte sie sich jemals wieder verlieben, würde sie mindestens drei Monate warten, bevor sie sich verführen ließ. Wenn der fragliche Mann es ernst meinte, mußte er eben Geduld haben und ihr lange Briefe schreiben.

Er deutete mit dem Kopf in Richtung des dampfenden Kessels. »Soll ich da eben weitermachen?«

Bevor sie antworten konnte, hatte er den Tee bereits aus dem Küchenschrank geholt, gab das heiße Wasser in die Kanne, schwenkte sie mehrmals und goß das Wasser fort. Schöne Hände hatte er, hier und dort eine Schramme von einer abgerutschten Feile oder einem Meißel. Handwerkerhände, aber trotzdem bezweifelte sie, ob er wirklich der war, für den er sich ausgab.

»Sind Sie extra für diese Reparatur hergekommen, oder leben Sie auf der Insel?«

»Ich bin vorübergehend bei meiner Tante auf dem Bremweg. Vielleicht bleibe ich bis zum Ende des Sommers.«

»Den ganzen Sommer?«

»Ich habe mein Haus verkauft und wohne seit kurzem auf einem Kutter. Er liegt hier im Hafen. Ich bin dabei, die Kajüte umzubauen. Ich weiß noch nicht, was ich in Zukunft machen werde. Daher.«

Offensichtlich las er ihr die Fragen vom Gesicht ab. »Ziemlich vage, oder?«

»Ach, manchmal ist das ja ganz nützlich. Solange die Unentschlossenheit nicht zu lange dauert.«

»Wer jetzt kein Haus hat, baut sich keines mehr. Wer jetzt allein ist, wird es lange bleiben …«

Von wem redete er, von sich selbst oder von ihr? Sie wollte ihn gerade fragen, wer das geschrieben habe, als er auf den Flur zeigte.

»Ich glaube, Ihr Kind ruft.«

»Marti, Marti«, erklang es erneut, aber wer nicht wußte, daß sie Martine hieß, für den klang es wie Mami, Mami.

Sie schluckte: Er dachte, daß Maartje ihre Tochter sei! Das mußte sie sofort richtigstellen, aber statt dessen bot sie ihm doch eine Tasse Tee an. Plötzlich wollte sie, daß er in der Nähe war, wenn sie Maartje aus dem Bett holte, sie anzog, ihr ein Butterbrot gab. Er sah sie überrascht an, lehnte aber ab.

So unerwartet, wie er aufgetaucht war, verschwand er auch wieder, als hätte sie ihn nur geträumt. Während sie im Kinderzimmer die Vorhänge aufzog, bog er auf einem altmodischen Damenrad nach links ab, in Richtung Stortemelk. Mit Maartje auf dem Arm ging sie zum Spiegel. Sie wollte wissen, was er gesehen hätte, wenn er geblieben wäre: Mutter in transparenter Bluse mit Kind.

Am nächsten Tag kam er ungefähr zur selben Zeit wieder vorbei. Dieses Mal klingelte er und stellte sich vor. Er hieß Joost, und er hatte eine Werkzeugkiste dabei.

»Soll ich den Wasserhahn eben reparieren oder soll ich einen Dichtungsring dalassen, damit Ihr Mann es selbst machen kann?«

Sie zog die Augenbrauen hoch. Welcher Mann?

»Ich dachte, daß Sie es vielleicht unangenehm finden, ständig gestört zu werden, und daß er es lieber selbst macht.«

Er sagte es, als hätte er es viele Male geübt; sie durchschaute ihn sofort und spielte amüsiert mit. »Ich bin allein, allein mit meiner Tochter.«

Sie hatte es gesagt, jetzt konnte sie nicht mehr zurück. Mit einem einzigen Satz war sie Mutter geworden.

»Sie stören nicht. Wenn Sie den Wasserhahn reparieren könnten, das wäre toll. Nachts ist es hier so still, daß man wirklich alles hört.«

Sie ließ ihn herein und zeigte in Richtung der Toilette, aber er kannte den Weg und machte sich sofort an die Arbeit. Hatte sie sich nicht allzu hilflos verhalten? So war sie eigentlich gar nicht, so verhielt sie sich nur, wenn sie zur Werkstatt fuhr, weil ihr Wagen schnell repariert werden mußte, sonst nie. Sie schob sich die halblangen Haare hinter die Ohren, das sah etwas verwegener aus.

»Ich hab mal einen Do-it-yourself-Kurs gemacht, aber bis zu Klempnerarbeiten bin ich nicht gekommen.«

Er lächelte und meinte, daß man schließlich nicht alles können müsse. Während er den Wasserhahn reparierte, zog sie Maartje im Kinderzimmer auf der anderen Seite des Flurs an. Wenn er ihr gegenüber auf einem Stuhl gesessen hätte, wäre es ihr nicht gelungen, so schnell so viel über ihn in Erfahrung zu bringen. Krankheitsbedingt hatte er lange nicht arbeiten können, und als er nach acht Monaten wieder ins Büro zurückkehrte, stellte er fest, daß ihm seine Arbeit nicht mehr so wichtig war. »Wenn man eine Zeitlang glaubt, daß man bald sterben muß, ist nichts mehr selbstverständlich. Es hat mich verändert.«

Ihre Blicke kreuzten sich, er hatte es nicht prahlerisch gesagt oder damit kokettiert, und sie nickte. Sie war froh, daß er sein Geständnis nicht sofort mit einem Witz fortwischte; jeder andere aus ihrem Bekanntenkreis hätte das getan. Kinder verändern sich, aber ab einem bestimmten Alter hatte man so zu bleiben, wie man war, dann wurde jede Veränderung als unheimlich empfunden.

»Also haben Sie damals Ihren Job gekündigt?«

»Ich habe meinen Nachfolger eingearbeitet und dann ein Schiff gekauft.«

»Aber was hielt denn ... was hielten denn die Menschen um Sie herum davon?«

»Die hatten nichts mehr davon zu halten ... Zuerst hat meine Frau mich verlassen, und ein paar Monate später erfuhr ich, daß ich krank war.«

»Oh ... verstehe ... eine schwierige Situation«, stotterte sie. Sie hatte schon viel länger als erforderlich an Maartjes Kleidung herumhantiert, und die Kleine begann nun unruhig zu werden und riß sich los. Amüsiert schaute er um die Ecke, blickte ihr nach und meinte, daß Kinder sich in diesem Alter fortbewegten, »als würden sie bei jedem Schritt vornüber fallen«.

»Hatten Sie und Ihre Frau, Ihre Ex-Frau, meine ich, Kinder?«

»Glücklicherweise nicht.«

Bestürzt sah sie ihn an. Der Wunsch nach Kindern war nie ganz verschwunden, und sie verstand nicht, wie jemand allen Ernstes behaupten konnte, daß er keine wolle. Mit so einem Mann würde sie sich nie anfreunden können.

»Nicht, daß ich keine gewollt hätte. Aber seit meine Frau gegangen ist, bin ich froh, daß ich keine Kinder habe. Noch mehr leere Zimmer, um die man einen großen Bogen macht.«

»Aber dann könnten Sie zumindest sagen: mein Kind. Das kann Ihnen niemand mehr nehmen.«

»Vielleicht, aber das sagt man hinterher. Es hat sich einfach nie ergeben.«

Sie erkannte das Bedauern in seiner Stimme, konnte sich aber nichts anmerken lassen. In seinen Augen war sie schließlich Mutter.

»Und Maartjes Vater? Sieht der sie noch mal ab und zu?«

Er schaute sie nicht an, drehte statt dessen mit einem Schraubenschlüssel ein paar Muttern lose; dennoch blickte sie rasch zur Seite. Maartje war zwar im anderen Zimmer und konnte noch nichts begreifen, aber trotzdem fühlte sie sich ertappt. Maartjes Vater war einundzwanzig und studierte noch. Obwohl Sjoerd einen gewaltigen Schreck bekommen hatte, als er erfuhr, daß Sanne ein Kind von ihm erwartete, hatte er sich als fürsorglicher Vater entpuppt. Nein, wenn sie einen Vater ins Spiel brachte, mußte sie einen erfinden. Einen Angsthasen, der beim ersten Anzeichen ihrer Schwangerschaft die Flucht ergriffen hatte.

»Sie haben recht, was geht es mich an«, sagte er, als sie weiterhin schwieg.

Nun sag es schon ... drängte eine Stimme in ihr, sag es jetzt, jetzt geht es noch. Die Stimme war ständig da, doch sie stellte sich taub.

Wenn er mit dem Kind scherzte, tat er das so laut, daß auch die Mutter es hören mußte. Aufmerksam blickte er von der Mutter zur Tochter und meinte, daß sie einander ähnlich sähen, sie hätten den gleichen Augenaufschlag. Er sagte, wie klug die Kleine sei, wie wißbegierig, und sie begriff, daß er damit auch die Mutter meinte. Als er Maartje ein Boot auf dem Kaminsims zeigen wollte, wartete er nicht, bis sie das Kind abgesetzt hatte, sondern nahm sie ihr direkt vom Schoß, wobei es sich nicht vermeiden ließ, daß seine Hand flüchtig ihre Brust berührte. Als er das Kind wieder zurückgab und ihm noch etwas ins Ohr flüsterte, streifte sein Haar ihre nackte Schulter. Weißes Haar, keine Borsten, sondern feine Federn, die zum Streicheln einluden.

Nachdem auch der Ausguß in der Küche gereinigt und die Schrauben der Vorhangschiene im Wohnzimmer nachgezogen waren, tranken sie ein Glas Tonic auf der Veranda. Dort entdeckte er eine morsche Stelle in einem der Gitterstäbe der Balustrade. Während er mit dem Rücken zu ihr im brüchigen Holz stocherte, machte sie ihm aus einem Impuls heraus einen Vorschlag: Sie hätte nichts dagegen, wenn er hin und wieder etwas im Haus reparierte. Vormittags sei sie ein paar Stunden weg und nachmittags auch. Sie würden einander bestimmt nicht in die Quere kommen.

»Oh, aber ich verschwinde, sobald ich Sie um die Ecke biegen sehe.«

»Das ist gar nicht nötig. Solange Sie nicht direkt neben meinem Ohr zu bohren anfangen.«

Während sie ein paar Sachen packte, um zum Strand zu gehen, machte er, mit Papier und Bleistift bewaffnet, eine Runde durchs Haus. »Wasserfleck an der Decke«, hörte sie ihn unten im großen Schlafzimmer konstatieren. Ja, daran erinnerte sie sich noch, ein Fleck, genauso bizarr wie der Fleck im Bettlaken, vom letzten Mal mit Hans. Als Joost den Kopf um die Ecke steckte und fragte, warum sie statt in diesem Zimmer oben in der kleinen Kammer schlafe – schließlich sei das Schlafzimmer hier unten viel schöner und weniger beengt –, gab sie keine Antwort. Sie erinnerte sich noch ganz genau, was sie damals gedacht hatte, als sie sich dort auszog: Wenn Hans seinen Beschluß nicht rückgängig macht, dann brauche ich das auch nicht mehr. Noch nie zuvor war sie so erregt gewesen, aber auch noch nie so verängstigt. Rasch schnappte sie sich ein paar Handtücher und rief Joost zu, daß sie jetzt mit Maartje zum Strand ginge.

Am nächsten Tag kaufte sie im Dorf zwei völlig gleiche rotweiß gestreifte Baumwollpullover, einen für Maartje und einen für sich selbst. Und sie band ihre Locken zu einem Pferdeschwanz zusammen, genau wie bei Maartje. Zwar hatte sie vor einer Weile ihre hennaroten Haare abschneiden lassen, weil sie möglichst schnell ihre Naturfarbe wiederhaben wollte, aber sie waren inzwischen wieder lang genug zum Zusammenbinden. Maartje hatte Sannes flachsblondes glattes Haar, und durch den Pferdeschwanz sahen sie einander bestimmt nicht ähnlich. Dennoch war sie nicht unzufrieden, als sie beide in ihren neuen Pullovern über die Dorpsstraat flanierten und sie sich selbst mit der Kleinen an der Hand in einem Schaufenster betrachtete. Der Pferdeschwanz verlieh ihr etwas Mädchenhaftes, trotz der grauen Strähnen an den Schläfen.

Ohne Publikum hatte die Maskerade jedoch keinen Zweck. Jedesmal, wenn Joost wieder eine Reparatur von seiner Liste strich, erfand sie eine neue Aufgabe – wie eine Penelope, die nachts immer wieder aufzog, was sie am Tage gewebt hatte. Die Haustür klemmte, und kurz unterhalb des Treppenabsatzes war das Geländer locker. Wenn ein starker Wind wehte, klapperte der Windfang. Von ihrem Schlafzimmer aus hatte sie gesehen, daß in der Regenrinne ein paar Dachpfannen lagen; das Gartentor unten am Ende des Wegs hing schief, und er konnte ruhig mal die Scharniere des Küchenschranks nachziehen. Jedenfalls, wenn er Zeit und nichts Besseres zu tun hatte.

Zusammen phantasierten sie, wie das Haus aussehen würde, wenn sie darüber bestimmen könnten. Sie würde überall Öfen installieren, damit man auch im Winter hier wohnen konnte, wenn es Stein und Bein fror oder, noch schöner: wenn es schneite. Sie hatte noch nie weiße Dünen gesehen oder gefrorene Schaumbläschen oder Eisschollen am Strand. Er würde den Fußboden abschleifen und neu beizen und im Treppenhaus eine Gaube bauen. Sie waren sich allerdings einig, daß nicht zuviel verändert werden durfte, weil die »Dünenrose« sonst nicht mehr die »Dünenrose« war.

Sie erzählte ihm, daß eine Geschichte sie mit dem Haus verbinde, ohne jedoch auf die Geschichte selber einzugehen. Je mehr sie für ihn empfand, desto quälender wurde der Gedanke, daß er sie nie wirklich kennen würde. Manchmal sah er sie mit Befremden an, wenn sie seinen Fragen auswich, ließ aber dann das Thema rasch auf sich beruhen. Der Respekt, den er ihr entgegenbrachte, begann sie maßlos zu ärgern. Wenn er diesem Kasperletheater doch einfach einen Tritt versetzen, wenn er doch nur einmal ohne Rücksicht auf sie nachhaken würde. Doch nach dem ersten Gespräch war er von sich aus nicht mehr auf Maartjes Vater zu sprechen gekommen.

Mit jeder Stunde, die das Spiel dauerte, wurde es für sie unmöglicher, damit aufzuhören. Es zeigte sich immer deutlicher, daß er sich nicht nur in sie zu verlieben begann, sondern auch in die Kleine. In sie beide zusammen. In die Mutter, die sie war. Als sie eines Abends zusammen im »Het Badhuis« essen gingen, wurden ihre Vermutungen bestätigt. Er grinste zwar verlegen, berichtete ihr aber dennoch, was Tante Ina gesagt hatte, Wort für Wort und mit friesischem Akzent: »Ja, Junge, man kann nie wissen, ob du nicht kurz vor Toresschluß doch noch Vater wirst. Dein Taufname ist Jozef. Und ein Jozef, der muß ja wohl eine Frau finden, die schon ein Kind hat.«

Sie errötete vor Scham; eine Scham, die sich sofort auf ihn übertrug. Er blickte durch das Fenster des Wintergartens und wies auf die Brandung, die im Laufe des Abends wilder geworden war. »Das kommt durch das Meer, durch die turmhohen Wellen. Heute möchte ich alles zugleich und am liebsten sofort.«

Sie wußte nicht, wo sie hinschauen sollte. Wäre er auch dann wieder mit einer Ausrede in der »Dünenrose« aufgetaucht, wenn sie allein gewesen wäre, ohne Tochter? Frag ihn jetzt, dachte sie und umklammerte den Stiel ihres Weinglases so fest, daß sie fürchtete, er würde brechen. Sie ließ das Glas los und rieb sich die schmerzenden Fingerknöchel. Während der letzten Nächte hatte sie kaum geschlafen, und morgens erwachte sie mit steifen, gekrümmten Fingern, als hätte sie über einem Abgrund gehangen.

Jemand klimperte eine Tonfolge auf einem Keyboard, Instrumente wurden gestimmt; auf der Bühne spielte sich eine Band ein. Sie hatte sie schon häufiger hier gesehen, junge Leute, Studenten, wahrscheinlich aus Groningen. Sie spielten die Hits dieses und des vergangenen Sommers, aber auch ein paar Beatles-Stücke und »No woman no cry« von Bob Marley.

Sie warf einen Blick über die Schulter. Der Schlagzeuger hätte ein Bruder von Sjoerd sein können, die gleichen glatten, langen Haare, die gleichen dunklen Augen.

»Kennst du den Jungen?« fragte Joost.

»Nein, aber er ähnelt ... er ähnelt jemandem, den ich kenne.«

Ständig lebte sie in der Angst, sich zu versprechen oder jemandem zu begegnen, der sie kannte, oder jemandem, der Sanne und Maartje kannte. Es konnte nicht mehr lange dauern, dann würde auch die Kleine die Ähnlichkeit bemerken und begeistert »Papa, Papa« rufen. Wieso »Papa« würde Joost dann fragen. Sie hatte ihm weisgemacht, daß sie von ihrer Tochter beim Vornamen genannt werden wollte, während sie als Mutter doch sicher darauf bestanden hätte, Mama genannt zu werden. Übrigens Papa – dieser Junge hier war Anfang Zwanzig, genau wie Sjoerd, und sie selbst bereits Mitte Vierzig. Mit einem Finger wischte sie den roten Rand fort, den ihr Weinglas auf dem Tisch hinterlassen hatte. Das waren alles noch Kinder, und sie benutzte sie. So etwas war schmutzig – ein anderes Wort fiel ihr dafür nicht ein.

Mehrere kleine Kinder drängten sich um die Bühne und wiegten sich im Rhythmus der Musik; auch Maartje wippte in ihrem Kinderstuhl hin und her und schlug so lange auf die Ablage, bis Joost sie heraushob. Er ging mit ihr zur Bühne und suchte einen Platz, wo sie tanzen konnten. Maartjes Tanz bestand aus einem endlosen Kreiseln um die eigene Achse, wobei sie Joosts Zeigefinger fest umklammerte.

Genauso hatte auch sie vor Jahren mit ihrem Vater getanzt, während eines Sommerurlaubs in einem Hotel in Noordwijk aan Zee, jeden Nachmittag, bis ihr ganz schwindelig wurde. Sechs Jahre alt war sie damals gerade, und sie hatte ihren ersten Petticoat bekommen. In dieser Saison spielte die Band ständig das Stück »Marina, Marina, Marina, mit dir wird das Leben erst schön«. Doch nachdem ihr Vater zum Sänger gegangen war und ihm etwas ins Ohr geflüstert hatte, sang die Band von diesem Moment an nur noch: »Martine, Martine, Martine, mit dir wird das Leben erst schön.« In diesem Alter fand man es noch ganz normal, daß einem wildfremde Männer mit Fliege ein Ständchen brachten; man durfte noch glauben, daß die Welt sich nur um einen selbst drehte.

Ihr Blick kehrte zu Maartje und Joost zurück. Er bewegte sich tollpatschig, kam häufig aus dem Takt, und dann und wann schossen seine Arme wild in alle Richtungen. Er glich einem Riesen zwischen Zwergen, aber es war ihm egal. Auch andere Frauen blickten mit einem zärtlichen Ausdruck in den Augen auf ihn, und wenn sie dann zu ihr hinübersahen, schaute sie rasch wieder zu ihm: Ja, er gehört zu mir. Wenn das doch nur wahr wäre, aber das war unmöglich, sie konnte nicht mit ihm weitermachen, sie hatte sich ins eigene Fleisch geschnitten.

Sie lagen am Strand und beobachteten Maartje, die am Flutsaum spielte. Wieder und wieder setzte sie ihre nackten Füßchen auf eine herankommende Welle, als sei sie ein Teppich, der speziell für sie, und nur für sie allein, ausgerollt wurde. Sie hörte nicht auf, sich zu wundern, daß der Teppich ihr immer wieder unter den Füßen fortgezogen wurde, während sie doch aufrecht stehenblieb. Über das Rauschen der Brandung hinweg hörten sie ihr Lachen, das tief aus ihrem kleinen nackten Bauch zu kommen schien.

Martine drehte sich zu Joost um, der dicht neben ihr auf einem zerschlissenen Badetuch lag. Das pastellfarbene Muster war kaum noch zu erkennen – sollte es einen tropischen Fisch darstellen oder eine Palme im Wind?

Sie lächelte. Wenn sie auf der Terrasse des »Badhuis« etwas trinken wollten, knüpfte er sich den alten Fetzen, ohne eine Miene zu verziehen, um die Hüften. Ganz offensichtlich hatte er nicht die leiseste Ahnung, wie er aussah. Am Vormittag hatte er eine Sonnenbrille gekauft, die ihm überhaupt nicht stand und eher für jemanden gedacht war, der einen gefährlichen, coolen Eindruck machen wollte. Einer ihrer Brüder – war es Carel oder Gerrit gewesen? – hatte sich als Kind immer mit einer Sonnenbrille ins Bad geschlichen, wenn sie in der Wanne saß.

»Warum lachst du?«

»Ich mußte an meinen Bruder Carel denken.«

»Du liegst neben mir und denkst an deinen Bruder?«

»Carel hat sich auch immer eine Sonnenbrille aufgesetzt, wenn er mich heimlich beobachten wollte.«

Er nahm die Brille ab. »Besser so?«

»Viel besser.«

Sie nahm einen der losen Fäden von seinem Badelaken und zupfte daran; rasch streckte er seinen Arm aus, legte seine Hand auf ihre und strich mit dem Daumen über die Innenseite ihres Handgelenks.

»So zart und weich«, seufzte er.

»Je älter, um so weicher. Wußtest du das nicht?«

»Ich hab nicht alt gesagt, sondern weich … fast wie Seide.«

Er streichelte sie weiter, während sie hastig eine Theorie über den Alterungsprozeß der Haut jenseits der Fünfundvierzig darlegte. Sie redete einfach weiter über die Ruine, zu der sie sich allmählich entwickelte; vielleicht schreckte ihn das ja ab, und er hörte endlich auf, sie zu verführen, was sie zwar nicht wollte, was aber sein mußte – wo sollte das alles noch enden? Es lag über ein Jahr zurück, daß sie auf diese Weise berührt worden war, dort, in der »Dünenrose«. Nicht schon wieder, bitte nicht. Lenk ihn ab, zieh etwas über, tu was, dies ist gefährlich, ehe du dich versiehst, beugt sich dieser Wolf über dich, läßt seine Zunge über deine Haut gleiten, schlägt seine Zähne in dein Fleisch, frißt dich auf und spuckt dich wieder aus. Schnell, erzähl irgendeine Geschichte, beschäftige ihn! Sie zog ihre Hand zurück und setzte sich auf.

»Weißt du, was meine Mutter mir neulich erzählt hat, als wir über den Krieg sprachen?«

»Zuerst dein Bruder und jetzt deine Mutter«, sagte er gedehnt.

»Ja, meine Mutter, die kann toll erzählen. Da gab es irgend so eine Kirche – wo, weiß ich nicht –, und auf die fiel eine Bombe, die auf einen Schlag alles vernichtete, Mauern, Türme, Seitenschiffe. Aber während das passierte, mitten in diesem tosenden Feuersturm, begann die große, jahrhundertealte Kirchenorgel zu singen, ganz von selber. Sie pfiff, sie seufzte und stöhnte in allen Tonarten …«

Er legte seine Hand auf ihren linken Oberschenkel – den ihm am nächsten gelegenen unbedeckten Körperteil, da sie die Arme fest vor dem Bauch verschränkt hielt.

»Merkwürdig, was?« sagte sie, während sie nach unten blickte. Sie wußte, daß sie mit ihren Flammenzungen, die eine alte Orgel zum Singen brachten, so durchsichtig war wie Glas. Mach weiter, ja, höher, da bin ich auch ganz weich. Nimm mich mit nach Hause, die Treppe hinauf in das kleine blaue Zimmer, oder noch lieber in die Dünen, ein paar hundert Meter weiter kann uns niemand sehen. Ach, nein, das geht ja nicht: Ich hab doch ein Kind.

Mit beiden Händen zugleich begann sie, einen Deich aus Sand zwischen ihnen zu errichten, den er mit einer einzigen Armbewegung wieder wegfegte. So war das nicht vereinbart – sie hatte sich selbst versprochen, daß sie sich mindestens drei Monate lang beherrschen würde und nicht sofort bei der erstbesten Gelegenheit, mit dem erstbesten Mann … Aber das war er auch nicht, sie kannten einander nun schon sieben Tage. Sieben Tage, in denen sie wesentlich mehr Stunden miteinander verbracht hatten, als wenn sie in sieben aufeinanderfolgenden Wochen einmal wöchentlich zusammen ausgegangen wären, siebenmal nach einer Konferenz noch schnell etwas zusammen getrunken hätten. Wenn man es genau betrachtete, dann zählte ihr Beisammensein doppelt, weil es so intensiv war, Tropenjahre, so gesehen, kannte sie ihn nun schon vierzehn Wochen, gut drei Monate – ja, dann war es in Ordnung.

Mit einem tiefen Seufzer streckte sie sich im Sand aus und ließ ihren Kopf auf seinem Oberschenkel ruhen. Sie blickte zu ihm auf, legte die Hände um sein Kinn und strich seine Augenbrauen glatt. Er zog das Haargummi von ihrem Pferdeschwanz und kämmte mit den Fingern durch ihre Haare, die noch feucht vom Schwimmen waren.

»Offen ist es viel schöner.«

»Marti, Marti«, hörte sie über das Rauschen der Brandung hinweg. Sie hob den Kopf ein wenig, um nachzusehen, was los war. Allmählich lernte sie es – sie war schon fast so gelassen wie eine richtige Mutter und sprang nicht mehr beim jedem Schrei hoch. Maartje stand noch in der Brandung; wütend stampfte sie mit ihren nackten Füßchen ins Wasser, während sie ihnen beide Arme entgegenstreckte. Sie hatte wieder einen ihrer unerklärlichen Wutanfälle; Sanne hatte sie davor gewarnt, das gehöre zu diesem Alter.

»Komm zu mir, Liebling«, rief sie Maartje zu.

Sie schloß die Augen. »Am besten gar nicht beachten. Meiner Meinung nach ist sie nur eifersüchtig.« Er beugte sich über sie, küßte sie auf die geschlossenen Augenlider. »Salzig«, sagte er und fuhr mit der Zungenspitze über ihre weiche Haut.

Aber die Kleine begann immer kläglicher zu rufen. In dem Moment, als sie sich gerade träge aus seiner Umarmung befreite, lief eine Frau auf Maartje zu.

»Was hast du denn, Kleine, warum jammerst du so? Ach, Kindchen, du blutest ja!«

Die Frau nahm Maartje auf den Arm und blickte sich suchend um. »Wo ist denn deine Mama?«

Jetzt, da sie sich dem Schreck und dem Schmerz hingeben konnte, begann Maartje unbändig zu heulen.

»Ich komme schon ...«

Es waren nur zwanzig Meter, aber durch den lockeren Sand schien es, als würde die Entfernung zwischen ihr und dem Kind nur noch größer.

»Ruhig, Maartje, ich bin ja schon da ...«

Maartjes linker Fuß blutete stark, und auch auf dem Strand hatte sich eine Blutlache gebildet, die sich mit Sand und Schaumbläschen vermischte. Warum hatte sie nicht sofort gehört – sie und nicht die andere! –, daß irgend etwas nicht stimmte, nachher würde sich noch das ganze Meer rot färben ... Sie riß Maartje der Frau aus den Armen.

»Joost!«

Während sie Maartje behutsam über den Rücken strich, um sie zu beruhigen, drehte sie sich um, um zu sehen, wo er bliebe. Was sollte sie tun, die Wunde mit der Hand zudrücken, oder rieb sie dann nur Schmutz hinein? Sie spürte etwas Warmes, Feuchtes, das Blut lief nun auch über ihren Bauch bis zur Innenseite ihrer Oberschenkel, so viel Blut, es war fast eine Geburt. Die Frau bückte sich und fischte eine große, grüne Glasscherbe aus dem Sand.

»Man kann sie aber auch nirgends mehr ohne Badelatschen spielen lassen.«

»Was soll das heißen, wieso mischen Sie sich ein?!«

»Das war kein Vorwurf. Ich denke dabei auch an meine eigenen Kinder, die laufen hier auch barfuß herum.«

Joost kam mit einem T-Shirt um die Schultern angerannt. Wortlos nahm er Maartje auf den Arm und ging mit ihr zum Wasser, um die Wunde auszuspülen; danach band er ihr das T-Shirt fest um den Fuß. Aber sofort erschien ein roter Fleck auf dem weißen Stoff.

»Das ist eine tiefe Schnittwunde, laß uns damit mal besser zum Arzt gehen, ich ruf schon mal ein Taxi«, sagte er, während er ihr Maartje zurückgab.

»Vielleicht kannst du im ›Badhuis‹ … ruhig, ruhig, alles wird gut. Du bist doch ein tapferes Mädchen«, sagte sie, doch das Herz schlug ihr bis zum Hals. Wieviel Blutverlust konnte so ein Kind überstehen, und welche Blutgruppe hatte Maartje? Als Mutter müßte sie das doch wissen! In Gedanken hörte sie bereits das unheilverkündende Geräusch des Hubschraubers, der die Notfälle zum Festland brachte.

Um sie herum hatte sich eine kleine Gruppe von Menschen versammelt; einer hatte ein Handy dabei und rief ein Taxi.

»Laß mich sie tragen. Durch den tiefen Sand bis nach oben, das ist ganz schön schwer«, sagte Joost. Aber sie gab das Kind nicht mehr her. Als sie mit Maartje auf dem Arm hinter ihm in Richtung Dünenübergang ging, kam das Taxi schon angefahren.

»Wir sind gleich da, in ein paar Minuten sind wir beim Arzt, und der macht deinen Fuß wieder heil«, beruhigte sie Maartje. Aber ihre eigene Panik ließ nicht nach; sie hatte das Gefühl, daß alle am Strand ihr mißtrauisch hinterherschauten, auf sie zeigten … Das kann nicht die Mutter sein, das sieht man doch auf den ersten Blick …

Sie blieb stehen, um zu Atem zu kommen, und starrte auf einen kleinen Sandhügel mit einem Stock darin. Als läge hier jemand begraben, dachte sie, ein ganz kleiner Mensch. Wie ging noch mal die Geschichte von den beiden Müttern und König Salomos Urteilsspruch? Zwei Frauen bringen ein Kind zur Welt. Eines Nachts wacht eine der Mütter auf und sieht, daß ihr Kind tot ist. Sie geht zu der anderen, noch schlafenden Mutter und tauscht das lebende gegen das tote Kind aus. Am nächsten Tag entdeckt die andere Frau, daß das Kind auf ihrem Schoß tot ist, aber sie erkennt auch sofort, daß es nicht ihr Kind ist. Ab diesem Moment behaupten beide Frauen nachdrücklich, die Mutter des einzigen, noch lebenden Kindes zu sein, und bezeichnen sich gegenseitig als Lügnerin. Dann kommt König Salomo und sagt: Bringt ein Schwert, schneidet das Kind entzwei, und gebt jeder Mutter eine Hälfte. In diesem Moment tritt eine der Frauen vor und ruft: Gebt ihr das Kind, aber tötet es nicht! Die andere Frau sagt dagegen: Nein, schneidet es mitten entzwei, denn wenn ich es nicht bekomme, soll sie es auch nicht haben. In diesem Moment weiß der weise König, wer die richtige Mutter ist.

Während Martine durch die Dünen stapfte, hatte sie das Gefühl, daß ihr eine Gruppe von Richtern nachblickte, die Badetücher wie Togen um die nackten Schultern. Sie nickten schweigend, sie hatten ihr Urteil gefällt.

Der Arzt hatte die Wunde desinfiziert und verbunden; sie zu nähen war nicht notwendig. Sie hätten Glück gehabt, sagte er, es sei keine Sehne getroffen worden. Sie brauchten auch nicht wiederzukommen, es sei denn, die Kleine bekäme Fieber. Die Sprechstundenhilfe benötigte noch ein paar Informationen, den Namen, Nachnamen, Geburtsdatum, Adresse der kleinen Patientin und die Krankenversicherungsdaten.

Wegen Joost hätte sie nicht zu lügen brauchen. Vielleicht hatte er in einem der Bücher, die im Haus herumlagen, ihren

Nachnamen auf dem Vorsatzblatt gesehen, aber sie konnte ruhigen Gewissens Maartjes eigenen Namen angeben; schließlich hatte das Kind auch noch einen Vater. Doch Joost hörte nicht einmal zu; mit Maartje auf dem Arm stand er auf der anderen Seite des Wartezimmers vor einer Pinnwand mit Geburtsanzeigen und las die Namen der Inselbabys laut vor. Zwischen ihr und Joost bildete das Stimmengewirr der anderen Patienten, die sich angeregt über die bevorstehende Sonnenfinsternis unterhielten, fast einen Vorhang. Reichte eine Sonnenbrille, oder war es erforderlich, so eine Spezialbrille für die Sonnenfinsternis zu kaufen?

»Wie ist der Familienname?« fragte die Sprechstundenhilfe zum zweiten Mal und sah sie freundlich an, während sie den Kugelschreiber bereits ansetzte.

Ohne zu zögern, nannte Martine ihren eigenen Nachnamen. Es klang vollkommen natürlich, schließlich hieß Maartje auch Martine, der Nachname kam ihr wie von selbst über die Lippen, wie die Nachgeburt nach dem Kind. Doch als sie sah, wie die Sprechstundenhilfe den falschen Namen aufschrieb, wurde ihr heiß und kalt. Sie nahm der Kleinen ihren Namen, nahm Sjoerd und Sanne ihr Kind. Es war schon lange kein unschuldiges Spiel mehr, aber jetzt, da sie den Schwindel schwarz auf weiß sah, wußte sie es: Dies war Betrug oder Geiselnahme oder wie auch immer man das nennen mochte.

Sie klammerte sich an die Theke.

»Möchten Sie sich einen Moment setzen?«

Sie schüttelte den Kopf. »Ich habe mich nur so erschrokken.«

»Ja, an manchen Tagen erinnert der Strand an einen Glascontainer, dann müssen wir hier eine Schnittwunde nach der anderen behandeln. Aber Ihre Tochter ist glücklicherweise nicht wehleidig.«

Sie hörte ihr nicht mehr zu. Was wäre, wenn Maartje ins Krankenhaus gemußt hätte, wenn ihr etwas wirklich Schlimmes zugestoßen wäre? Du bist noch imstande, deinen eigenen Namen auf ihren Grabstein meißeln zu lassen, nur gut, daß du keine Kinder hast. Erzähl es ihm jetzt sofort! Sie sah sich um. Jetzt, mit all den fremden Leuten um sie herum? Das kann ich nicht ... das ist zuviel verlangt. Gut, dann eben gleich, draußen auf der Straße. Aber Maartje will nach Hause, sie braucht jetzt Ruhe, sie sieht so blaß aus. Wie lange willst du ihn noch in dem Irrglauben lassen? Bis es im August zu schneien beginnt?

Aber als sie wieder auf der Straße standen, mußte plötzlich alles mögliche geregelt werden, Dinge, die keinen Aufschub duldeten. Jetzt war nicht der richtige Moment für ein klärendes Gespräch. Sie mußte Geld abheben und zur Drogerie, um Verbandszeug zu kaufen; Joost hatte seiner Tante versprochen, noch ein paar Besorgungen bei ihr am Bremweg vorbeizubringen. Sie verteilten die Aufgaben, als wären sie schon Jahre zusammen.

»Was möchtest du heute abend essen? Gibt es etwas, das Maartje besonders gerne mag?« fragte er, als sie an der Bushaltestelle warteten. Ihr fiel nichts ein; sie fragte sich nur, wie sie sich von dem Strick befreien konnte, der ihr mit jeder Bewegung tiefer in die Haut schnitt. Es schien fast, als hätte Joost durch den Unfall seine wahre Bestimmung gefunden und wäre nun ganz und gar Vater geworden. Die Rolle stand ihm gut, er fällte Entscheidungen, als wäre er es nicht anders gewohnt.

»Gut, ich werde mir selbst was überlegen.«

Kurz bevor sie in den Bus stiegen, drehte sie sich zu ihm um und sagte: »Stell die Einkäufe nachher einfach nur hin. Es wäre mir lieber, wenn du nicht zum Essen bleibst. Ich bin auf einmal völlig geschafft.«

Sie sah, wie er erschrak.

»Verstehe. Seh ich dich dann morgen?«

Sie wich seinem Blick aus. »Morgen?«

»Ja, morgen, Dienstag.«

Sie gab keine Antwort. Nachdem sie ihn tagelang betrogen hatte, war es ihr nun auf einmal unmöglich, auch nur eine Sekunde länger zu lügen.

Er durfte sie nicht sehen, und deshalb versteckte sie sich in dem kleinen blauen Zimmer. Sie zog die Vorhänge vor, dann würde er denken, sie hätte sich hingelegt. Maartje lag lieb in ihrem Bettchen unten – den Fuß auf einem Stapel Kissen – und blätterte in einem Bilderbuch über ein Äffchen namens Monkie.

Martine beugte sich über das Blatt Papier auf dem Tisch. Da sie jetzt wußte, was sie zu tun hatte, war die schlimmste Panik abgeebbt. Sie hatte nicht die geringste Ahnung, wie sie es ihm sagen wollte, mit welchen Worten; sie wußte nur, daß sie sich kurz fassen würde, sie wollte die Sache nicht schönreden. Aber das Schreiben an sich war schon ungewohnt. Während der ersten Urlaubstage hatte sie jeden Morgen etwas in ihr Tagebuch geschrieben, aber seit Joost in der »Dünenrose« aufgetaucht war, war das Heft geschlossen geblieben. Jetzt verstand sie auch, warum: Während des Schreibens dachte sie über sich selbst nach und versuchte herauszubekommen, was in ihr vor sich ging, und da hätte sie den Betrug niemals so lange durchgehalten. Es war eine Frage von Schreiben oder Lügen. Aus dem gleichen Grund hatte sie auch nicht mehr gebetet, denn während des Betens versuchte sie zuzuhören, zu verstehen, was von ihr verlangt wurde; aber ein Gewissen hatte sie in dieser Woche nicht gebrauchen können.

Als der Brief endlich fertig war, stellte sie ihn aufrecht gegen ein Glas Erdnußbutter auf der Anrichte. »Zu Hause lesen« hatte sie mit großen Buchstaben auf den Umschlag geschrieben. Danach ging sie rasch wieder nach oben; sie wagte es nicht, ihm unter die Augen zu kommen. Eine Dreiviertelstunde später hörte sie, wie er pfeifend hereinkam, die Einkäufe wegräumte, die Kühlschranktür öffnete und wieder schloß. Plötzlich brach das Pfeifen ab. Erst als sie kurz darauf die Haustür zufallen, seine Schritte auf dem Muschelweg knirschen, das Gartentor quietschen hörte, erst als sie ganz sicher wußte, daß er fort war, ging sie nach unten.

Sie stellte die Erdnußbutter wieder in den Küchenschrank und sah aus dem Fenster. Der Strandhafer in den Dünen hing schlaff herab; es hatte schon eine Weile nicht mehr geregnet. Die Blüten an den Sträuchern um das Haus herum konnte man an einer Hand abzählen. Bisher war sie immer nur im Frühling hier gewesen, dann kamen jeden Tag neue Farben dazu, und es duftete alle paar Meter wieder anders, aber im August wirkte die Insel irgendwie erschöpft.

Meistens fiel nach dem Schreiben eines schwierigen Briefes eine große Last von ihr, doch nicht dieses Mal. In einer Viertelstunde wußte er es, oder vielleicht auch schon früher. Wahrscheinlich saß er jetzt irgendwo in einer Dünensenke und las ihren Brief. Hoffentlich war es bald vorbei.

Auf dem Brotkasten lag eine große Tüte Popcorn mit einer roten Schleife, daneben ihre Scheckkarte, ein Kassenbon, mehrere Rollen Verbandszeug, Jod, etwas Wechselgeld. Sie ließ alles liegen, genau wie er es hingelegt hatte. Maartje würde ihn auch vermissen, nach ihm fragen: Warum ging er nicht mehr mit zum Strand, warum kam er nicht mehr vorbei, um das Haus »schönzumachen«, warum nicht? Ihr Wortschatz reichte nicht aus, um zu sagen, daß er versprochen hatte, das kleine Muschelboot für sie fertig zu basteln, aber es würde ihr irgendwie gelingen, dies zum Ausdruck zu bringen.

Sie drehte den Kaltwasserhahn auf, ließ das Wasser über ihre Handgelenke fließen, in der Hoffnung, daß es sie beruhigen würde. Was habe ich getan, was tue ich den anderen an …? Warum bin ich wieder in die »Dünenrose« zurückgekehrt? Ich hätte es wissen müssen. Vor zwei Jahren hab ich dieses Haus für Bas und mich gemietet, unser erster gemeinsamer Urlaub, aber Bas sagte schon vorher ab, darum fuhr Sanne mit. Hans ist hergekommen, um mich abzuservieren, und dieses Mal vermassle ich es selbst. Wenn mir jemand vor ein paar Monaten gesagt hätte, daß ich zwei Wochen auf Maartje aufpassen dürfte und auch noch einen gewissen Joost kennenlernen würde, hätte ich nur ungläubig gelächelt. Sie ist schon nach mir benannt, reicht das denn nicht? Warum will ich immer mehr oder anderes als das, was ich bekomme?

Ihr Kind ruft ... Das einzige, was ich hätte sagen müssen, war: Nein, das ist ein Irrtum, Maartje ist mein Patenkind. Ich selbst habe keine Kinder. Kann ich das noch immer nicht akzeptieren? Monatelang gehe ich glücklich und kinderlos und allein durchs Leben und dann plötzlich nicht mehr ... Ein Spiel, dachte ich, ein harmloses Spielchen, das kann doch keinen Schaden anrichten?

»Barmherziger, Ewiger, wo bist Du jetzt? Letztes Jahr warst Du so gütig, Dich meiner zu erbarmen, bevor ich selbst begriff, daß ich darum bat. Wo bist Du jetzt, jetzt, da ich nach Dir rufe?«

Sie erschrak vor ihrer eigenen Stimme, so dünn, und was sie sagte, klang auch nicht sehr überzeugend. Eine Zeitlang war jedesmal, wenn sie in eine Kirche ging, um eine Kerze anzuzünden, aber auch, wenn sie zu Hause betete, eine große Ruhe über sie gekommen. Nach dem Beten fühlte sie sich immer gestärkt. Jetzt fühlte sie sich beobachtet, von allen Seiten, von skeptischen Augen: Was redest du denn da? Du glaubst doch nicht ernsthaft, daß es irgendwen interessiert, was du sagst?

War das Beten denn nur ein Gefühl, eine Empfindung, derer man überdrüssig werden konnte?

Zögernd fuhr sie fort: »Wie tief muß ich sinken, daß du mich anhörst? Wenn die Einmischerin am Strand die Glasscherbe nicht aufgehoben hätte, hätte ich sie mitgenommen und mir damit die Pulsadern aufgeschnitten. Ja, hier an der Spüle, bei weit aufgedrehtem Wasserhahn ... Ich sehe es ständig vor mir, das Blut im Spülbecken, so wirklich, als wäre es bereits passiert. Die Bilder erscheinen von selbst, sie drängen sich auf, ich kann sie nicht abwehren. Nein, ich will nicht sterben, aber ich schäme mich, ich schäme mich so schrecklich, daß ich am liebsten in diesem Abfluß verschwinden würde, zusammen mit dem Wasser, ins Meer ... hinunterspülen, wegspülen ... Vergib mir.«

Sie wartete auf eine Hand, die ihr über die Schläfe strich, eine Brise, die den Schmerz linderte. Sie wartete auf ein Zeichen oder ein Wort, das sie befreien würde.

»Vergib mir, daß ich das Kind, das ich hätte haben können, getötet habe. Im Keim erstickt. Ich muß es wenigstens ein einziges Mal laut sagen. In all den zweiundzwanzig Jahren habe ich es nie zu denken gewagt, aber ich bitte dich nun um Vergebung. Ich war bei vollem Verstand, aber ich wußte nicht, was ich tat.«

Als sie ihr Gewicht von einem Fuß auf den anderen verlagerte, knackte der Boden, und im Wohnzimmer flog eine Hummel gegen die Scheibe. Hoch über dem Haus zerteilte ein Flugzeug den strahlend blauen Himmel. Im übrigen war es ruhig, schon viel zu ruhig, minutenlang – bis eine kleine Stimme aus dem Zimmer am Ende des Flurs drang.

»Trinken, Wasser ...«

Maartje hatte Durst, und sie wollte ein Butterbrot mit Zuckerstreuseln. Sie wollte eine Geschichte erzählt bekommen, weil ihr Fuß so weh tat.

Martine hielt ein Glas unter den Wasserhahn und nahm selbst einen Schluck, mehrere Schluck kühles Wasser. Es schmeckte fast süß, so lecker wie Tau. Sie schloß die Augen und leerte das Glas in einem Zug.

»Ich komme schon«, rief sie.

Sie füllte das Glas erneut, drehte den Wasserhahn zu und drückte sich von der Spüle ab. Ich kann hier nicht ewig so stehenbleiben, dachte sie, jemand wartet auf mich. Jemand braucht mich. Sie weiß ganz genau, daß ich nicht ihre Mutter bin, und doch ruft sie nach mir. Nach mir. Maartje ruft nicht »Mami, Mami«, Maartje ruft mich bei meinem Namen.

6

Er setzte sich auf eine Bank am Rand der halbrunden Rasenfläche. Er hatte sich schon manchmal gefragt, warum die Bank dort stand, so nah am Weg; noch nie hatte er jemanden darauf sitzen sehen. Aber jetzt schien es, als sei die Bank eigens für ihn dort hingestellt worden, damit er den Brief ungestört lesen konnte. Er hatte ihn noch nicht ganz geöffnet, als eine Gruppe Jungen auf Fahrrädern angefahren kam, von denen einer einen Fußball auf dem Gepäckträger hatte. Er wollte sie zwar nicht fortschicken, hatte aber auch keine Lust, sich woanders hinzusetzen.

»Zu Hause lesen« stand auf dem Umschlag. Was stellte sie sich nur vor? Daß er ruhig nach Hause fahren und den Brief bei einer Tasse Tee lesen würde? Er glaubte den Inhalt bereits zu kennen: Es ging ihr zu schnell, sie war alleinerziehende Mutter, gewohnt, ihre Angelegenheiten selbst zu regeln. Aber warum sagte sie ihm das denn nicht direkt ins Gesicht? Mit klammen Fingern riß er den Umschlag auf und begann zu lesen.

Vlieland, 9. August 1999

Lieber Joost,
was ich Dir zu sagen habe, ist mir so unangenehm, daß ich es Dir lieber schreibe. Zwischen uns beiden hat es von Anfang an ein Mißverständnis geben, das ich – obwohl ich immer kurz davorstand – nicht richtiggestellt habe. Ich weiß gar nicht, wo ich anfangen soll. Glaub mir, wenn dieses Stück Papier meine Haut wäre, würde es bei den nächsten Sätzen immer stärker erröten. Merkst du, wie ich einen Anlauf nehme, hörst du, wie ich mich bei jedem Wort räuspern muß? Ich bin nicht Maart-

jes Mutter – ich bin überhaupt keine Mutter. Maartjes Mutter heißt Sanne und ist eine jüngere Freundin von mir. Im Augenblick sitzt sie zu Hause in Utrecht und studiert fleißig, und ihr Freund schreibt an seiner Examensarbeit, weshalb ich angeboten habe, Maartje mit nach Vlieland zu nehmen. Hin und wieder passe ich auch schon mal am Wochenende auf sie auf, und manchmal nehme ich sie mit in einen Streichelzoo, um die Kaninchen zu füttern, aber das ist auch schon alles. Ich bin ihre Patentante. Neulich hat jemand mir zu schmeicheln versucht, indem er sagte, ich sei doch eigentlich eine »zweite Mutter« für Maartje, also auch »eine Art Mutter«. Es ärgert mich, wenn die Leute so sentimental daherreden. Ich selbst mache mir nichts vor, und deshalb wundert es mich auch, daß ich diese Maskerade so lange durchgehalten habe. Wenn ich Dich nur eine Weile im unklaren gelassen hätte, hätten wir vielleicht noch darüber lachen können, aber ich habe daran festgehalten – wider besseres Wissen. Warum? Ich glaube, daß Du diese Frage selbst beantworten kannst.

Ich kann zwar eine Reihe tiefgründiger Erklärungen dafür anbringen, aber ich habe Dich schlichtweg betrogen. Indem ich die Mutter spielte. Indem ich mich mit fremden Federn schmückte. Und das, obwohl Du nun gerade so viel von Dir selbst erzählt hast, nie etwas versteckt hast – das hast Du nicht verdient. Ich wünschte, es wäre anders zwischen uns verlaufen, dies alles wäre nie passiert und wir könnten noch mal von vorn anfangen. Aber was nutzt Dir das jetzt noch? Nichts.

Lebe wohl, ich hoffe, daß das Haus bald, im Herbst, genauso schön wird wie in unserer Phantasie. Und daß der Aufenthalt auf der Insel Dir die Muße schenkt, in Ruhe darüber nachzudenken, was Du danach machen möchtest. Vielleicht kannst Du Dich hier ja als Schreiner niederlassen? Der Stuhl aus Treibholz, den Du für mich gemacht hast, ist einfach toll. Grüß Deine Tante Ina. Ich meine, ich habe sie, als sie noch mit dem Fahrrad umherfuhr, hier mal vorbeikommen gesehen.

PS: Wenn Du die Zimmer streichst, dann laß dem kleinen Raum oben doch bitte seine blaue Farbe, denn so sommerlich kriegt man es nie wieder hin.

Sein Blick wanderte über den ersten Teil des Briefs, mehrere Male; er konnte es einfach nicht glauben. Er sah und hörte nichts, saß einfach nur da, reglos, den Brief auf seinem Schoß. Ein Schlag gegen sein Kinn ließ ihn zusammenzucken. Aus der Tatsache, daß die Jungen ihren Ball so schüchtern zurückholten, schloß er, daß der Ball ihn hart getroffen haben mußte. Aber er spürte nichts, saß wie unter einer Glasglocke da, allein mit dem Brief ... Das konnte einfach nicht wahr sein, mußte aber wohl stimmen, denn warum hätte sie sonst den Brief geschrieben, mit seinen zahlreichen Streichungen und Verbesserungen und Kritzeleien bis an den Rand? Das Schreiben war ihr sichtlich schwergefallen.

Er hatte keine Ahnung, wie lange er schon dort saß. Als er aufblickte, waren die Jungen verschwunden, und es wurde bereits kühler. Eine Brise ließ die Blätter über ihm rascheln, und auch der Brief knickte an den Rändern, doch die Sätze blieben stehen, unverändert, unerbittlich.

Er führte seine Hand zum Kinn. »Au«, sagte er, »au ...« Allmählich kehrte das Gefühl in seinen Körper zurück – nicht nur sein Kinn, sondern auch jeder andere Körperteil schmerzte, und sein ganzer Körper fühlte sich geschunden an, als wäre er von allen Seiten getreten worden.

Auf dem Bremweg ging er sofort nach oben und ließ sich auf das schmale Gästebett fallen. Unten in der Küche hörte er seine Tante hantieren – der Dunstabzug summte, ein Deckel knallte auf die Spüle, Butter zischte in der Pfanne. Er wollte noch einen Moment allein sein, bevor er sich an den Tisch setzte.

Mit fremden Federn schmücken ... also glaubte sie, daß sie mit Kind schöner war, begehrenswerter, liebenswerter?

Er schüttelte den Kopf, er verstand es wirklich nicht. Schon an der Türschwelle hatte er die Vermutung gehabt, daß das Haus von einer Frau mit Kind bewohnt wurde: An der Garderobe hing eine kurze türkisblaue Jacke, neben einem weißen Kinderjäckchen. Am Treppenknauf hingen ein tief ausgeschnittener Badeanzug und eine winzige Badehose mit Enten. Von allem zwei, und nirgends eine Spur von einem Mann. Er kannte sie ausschließlich als Maartjes Mutter. Wie hätte er sie betrachtet, wenn sie nicht ...? Wenn sie eine alleinstehende Frau gewesen wäre.

Bei allen Bildern, die er von seiner neuen Liebe hatte, war immer auch die Tochter dabei. Er sah sich selbst, wie er auf die letzte Fähre wartete, an einem Freitag im Herbst. Schon von weitem entdeckte er sie auf dem Oberdeck, wie sie ihm zuwinkten. Er ging neben Martine durch die Dünen, die Kleine auf den Schultern, und erklärte ihr, daß die orangefarbenen Beeren Sanddorn hießen und daß man sich vor den Stacheln in acht nehmen mußte. Er war mit seinem Boot nach Amsterdam gefahren, klingelte an einer Haustür, hörte durch die geschlossene Tür, wie die Mutter jauchzend zur Tochter rief: »Da ist er ja, endlich!«

Bei allen Plänen, die er machte, hatte er immer mit einkalkuliert, daß Martine nicht bei ihm sein konnte, wann sie wollte. Neben ihrer Arbeit an der Universität hatte sie schließlich noch ein Kind zu versorgen. Sie konnten nicht einfach nach England fahren, nicht spontan ins Kino gehen, keine Wanderungen von drei Stunden Länge unternehmen. Die Freiheit, die er seit seiner Kündigung besaß, hatte er bereits wieder aufgegeben, und zwar ohne eine Träne zu vergießen. Nur wenn er darüber phantasierte, wie er die Bluse von ihren Schultern gleiten ließ, ihren BH öffnete, ihre Brustwarzen küßte, nur dann waren sie zusammen. Dann schlief das Kind brav die ganze Nacht durch.

Jetzt mußte er sich Maartje wieder wegdenken. Sie kam zwar zum Übernachten zu Martine, gelegentlich, aber dabei blieb es dann auch. Seltsam, leer. Vor ein paar Monaten hatte seine jüngere Schwester nach einer Fehlgeburt versucht, ihm klarzumachen, warum sie solche Trauer empfand – wie es sich anfühlte, etwas zu verlieren, an das man sein Herz gehängt hatte, ohne es zu kennen. Eine Woche lang hatte er sich vorgestellt, wie es wohl wäre, Maartjes Stiefvater zu werden. Er hatte sich darauf gefreut, und jetzt war das alles mit einem Schlag vorbei.

Er schlug mit der flachen Hand gegen die Wand. »Gut, wenn du es unbedingt so willst. Dann ist es eben vorbei. Aber dann auch für immer!« Er stand auf und zog seinen Koffer unter dem Bett hervor. Unten am Fuß der Treppe rief seine Tante, ob er zum Essen komme. Er hatte zwar keinen Hunger, wollte sie aber auch nicht enttäuschen. Wenn er nichts aß, brachte sie selbst auch kaum etwas herunter; und für sich allein zu kochen war ihr inzwischen viel zu anstrengend geworden. Bevor er ging, mußte er Linda, oder sonst die Nachbarn, mit denen sie sich gut verstand, unbedingt darauf aufmerksam machen: Irgend jemand mußte darauf achten, daß sie jeden Tag eine warme Mahlzeit bekam.

Er blickte in den Spiegel über dem Waschbecken. Er hatte sich vorgenommen, so lange wie nötig in der Nähe zu bleiben. Als Kind hatte er bei Tante Ina übernachten dürfen, wann immer er wollte. Hier hatte er Radfahren gelernt und Krabben fangen; hier hatte er entdeckt, an welchen Stellen die meisten Muscheln lagen. Ungehalten wandte er sich von seinem Spiegelbild ab. Er brauchte sich gar nicht erst einzubilden, daß er hier unentbehrlich wäre. Sie hat hier zwei Töchter und was weiß ich wie viele Enkelkinder auf der Insel. Solange Martine hier war, würde er nicht bleiben.

Er war fest entschlossen, nicht über sie zu sprechen, hielt diesen Vorsatz aber nicht lange durch.

»Ich soll dich von Martine grüßen.«

»Diese Freundin von dir?« fragte seine Tante.

Er wollte es dabei bewenden lassen, doch sie legte ihr Besteck hin und sah ihn fragend an.

»Sie kommt jetzt schon das dritte Jahr hierher. Du hast bestimmt schon mal mit ihr gesprochen. Aber damals hatte sie noch rote Haare.«

»Schon das dritte Jahr? Dann habe ich sie tatsächlich nicht erkannt. Nun ja, wenn ich am Haus vorbeifahre, sehe ich die Gäste ja nur kurz und auch nur von weitem. Es geht mich natürlich nichts an, aber hast du nicht heute morgen gesagt, daß du bei ihr essen würdest? Und jetzt auf einmal nicht mehr?«

Als er erst einmal begonnen hatte, konnte er nicht mehr aufhören. Er erzählte ihr alles: was im Brief stand, was am Strand vorgefallen war. Zu seinem Erstaunen begann sie zu weinen, noch bevor er überhaupt gesagt hatte, daß er am nächsten Tag abreisen würde.

»So schlimm ist es nun auch nicht«, reagierte er erschrocken.

»Aber das Ganze ist meine Schuld.«

»Wieso deine Schuld?«

»Ich hab dich doch zur ›Dünenrose‹ geschickt.«

»Um ein paar Sachen zu reparieren. Weil du gedacht hast, daß das Haus leer ist.«

»Das hab ich überhaupt nicht gedacht.«

»Nicht?!«

»Ich hatte diese Frau, diese ... Martine schon ein paarmal gesehen. Und wie sie mit der Kleinen umging. Eines Tages hat sie versucht, ihr ein Lied beizubringen. Ein Wagen über'n Sandweg fuhr ... Wie geht das Lied noch mal weiter? Kleine Buckel, große Buckel?«

»Bitte nicht das ganze Lied, Tante Ina!«

»Und ich dachte so bei mir: Was für eine nette Frau, tüchtig, aber trotzdem lieb. Und sie liest viel, genau wie du. Ständig liegen Zeitungen auf dem Gartentisch oder fliegt ein Stück Zeitung durch die Sträucher. Meistens kommt ja nach ein paar Tagen ein Mann dazu, noch ganz blaß von der vielen Arbeit. Aber als kein Mann kam, dachte ich: Wäre das nicht was für unseren lieben Joost? Aber was misch ich mich ein ...? Früher hab ich mich nicht mal blicken lassen, solange Gäste im Haus waren. Bin an den Wechseltagen nur mal kurz reingehuscht, um nachzusehen, ob sie auch alles sauber und ordentlich hinterlassen hatten.«

Sie zog ein Taschentuch aus ihrem Kittel, schneuzte sich die Nase und sah ihn betreten an. Es hatte keinen Zweck, sie davon überzeugen zu wollen, daß es nicht ihre Schuld war – obwohl das im Grunde stimmte. Um sich zu verteidigen, hätte sie nur noch weitere Beispiele gebracht, warum sie glaubte, daß Martine und er so gut zueinander paßten.

Er starrte auf seinen Teller und versuchte mit aller Macht, nicht daran zu denken – trotzdem erinnerte er sich bis ins Detail, wie sie an diesem ersten Nachmittag in der Küche umeinander herumscharwenzelt waren. Es war ihm nicht entgangen, daß Martine ständig schwankte, ob sie ihre hauchdünne Bluse nun zuknöpfen sollte oder nicht. Sie verhielt sich so nonchalant wie möglich, gab sich sogar ein wenig spröde, abweisend. Nichtsdestotrotz empfand er etwas, das er sehr lange nicht mehr gefühlt hatte: Sein Zwerchfell begann zu zittern, wie Wasser, das plötzlich von einem kräftigen Windstoß aufgewühlt wird. Er war Wasseroberfläche, Schiff und Schiffer zugleich; ihm wurde ganz schwindlig vor Glück, und dieses Gefühl hatte ihn – bis heute nachmittag – nicht mehr verlassen.

Er sah, daß Tante Ina ihn noch immer besorgt betrachtete. Hoffentlich fragte sie ihn jetzt nicht, wie er sich fühlte! Schnell wechselte er das Thema.

»Wie hast du Onkel Jelte eigentlich kennengelernt? War das hier oder auf dem Festland?«

»Willst du das wirklich wissen? Jetzt?«

Er nickte, nickte erneut, aber sie starrte ihn weiterhin verwundert, wenn nicht sogar ein bißchen mißtrauisch an.

»Also gut. Aber ich werde die Geschichte nicht schlechter machen, nur weil du Liebeskummer hast.«

»Das hab ich auch gar nicht verlangt.«

Sie fingerte am Tischtuchsaum herum und holte tief Luft, als müßte sie vor einer großen Menge sprechen.

»Es war Ende Januar, bitterkalt, seit Tagen hatte es gefroren, und an diesem Tag hatte es auch zum ersten Mal geschneit. Ich arbeitete als Zimmermädchen im »Hotel Bruin«, war erst seit einer Woche auf der Insel. Ich kannte hier so gut wie niemanden und erst recht keine Männer.

Ich hatte meinen freien Nachmittag, und weil ich noch nicht viel von der Insel gesehen hatte, machte ich einen Spaziergang. Viel mehr konnte man im Winter auch nicht machen, ein bißchen Fahrrad fahren, ein Stückchen spazieren – was das anbelangt, hat sich hier nicht viel verändert. Auf dem Badweg bog ich beim ›Doniahuis‹ in den Wald ab. Ich weiß nicht, wie lange ich da schon herumlief, als ich plötzlich Musik hörte. Ich dachte: Scheint fast, als ob ich träume. Wo kommt die Musik her? Ich gehe also weiter und entdecke zwischen den zugeschneiten Zweigen eine bunte Lichterkette, gelbe, orange, grüne Lämpchen ... Zuerst sah ich nur die Lichter, dann die Schlittschuhbahn, dann den Baum, der »der Knotenbaum« genannt wurde. Und danach erst den Mann, der dort ganz allein, mit einem Besen in der Hand, Schlittschuh lief. Nicht mühselig über das Eis stolperte – nein, er schwebte förmlich über das Eis, in großen Schleifen und Bögen. Ich blieb am Waldrand stehen und sah ihm von dort aus zu. Ich wagte es nicht, näher heranzugehen, weil er ja dachte, daß er allein wäre.«

»Hast du lange dort in der Eiseskälte gestanden und ihm zugesehen?«

»Irgendwann hat er mich entdeckt.«

»Und dann?«

»Und dann fragte er: ›Hast du deine Schlittschuhe dabei?‹ Das war das erste, was er fragte, und erst danach: ›Wie heißt du?‹ Er wartete einen Moment, es schneite leicht, und die Eisfläche war im Nu mit einer dünnen Schneeschicht bedeckt. Und dann schrieb er meinen Namen in das Eis. Ina, mit diesen eleganten Schnörkelbuchstaben. Gekonnt, oder? Am nächsten Tag bin ich nach der Arbeit wieder hingegangen, diesmal mit meinen Schlittschuhen um den Hals. An dem Tag herrschte viel Betrieb, aber das machte nichts, denn es war so, als wenn wir beide allein gewesen wären.«

Er lächelte, mit fest zusammengepreßten Lippen.

»Die Kinder sagen manchmal: Wie schade, daß du davon kein Foto oder Video hast, aber wenn ich will, sehe ich es wieder vor mir, so wirklich, als stünde ich wieder dort, am Rand der Eisfläche. Und dann denke ich: Wenn ich tot bin, sagt Jelte nicht: ›Ah, da bist du ja!‹, sondern: ›Hast du deine Schlittschuhe dabei, Ina?‹«

»Und dann könnt ihr beide wieder zusammen Schlittschuh laufen.«

»Ja, und deshalb gehe ich auch ohne Angst. Zuerst wird mir kalt, bitterkalt, und es wird immer dunkler, aber dann ist da plötzlich eine Lichtung im Wald, mit Lichtern und Musik und ...«

Sie unterbrach sich und starrte aus dem Fenster.

Er folgte ihrem Blick, konnte aber nichts sehen oder hören, das ihre Aufmerksamkeit erregt haben mochte. »Was ist?«

»Höre ich da nicht die Fähre?«

Er sah sie mit Befremden an. Sie lebte hier nun schon fast fünfzig Jahre. Wie konnte sie nur glauben, daß sie die Fähre gehört hatte, jetzt, um diese Uhrzeit?

»Nein, Tante Ina, das kann unmöglich die Fähre sein. Es ist kurz nach sechs.«

»Das weiß ich auch.«

»Die Fähre ist schon seit gut einer Stunde weg und kommt erst gegen neun wieder.«

»Ich dachte nur, ich hätte was gehört, einen langen Signalton.«

»Einen langen Signalton?«

»Du weißt doch, was ich meine?! So, als ob jemand für immer die Insel verläßt.«

Er sah sie fragend an. Vermutete sie, daß er morgen abreiste?

Abrupt stand sie auf und begann den Tisch abzuräumen. Er hätte gerne noch mehr über Onkel Jelte gehört, der ursprünglich von Terschelling kam. Wann hatte er um ihre Hand angehalten? Aber mit der Ruhe war es vorbei. Sie verschwand in der Küche, ließ den Gasboiler dröhnen, begann mit dem Wasser zu hantieren. Als er anbot, ihr beim Abwasch zu helfen, schickte sie ihn aus der Küche.

Später am Abend – sein Koffer war gepackt, und er wollte ihr seinen Entschluß mitteilen – bat sie ihn, sich noch einen Moment zu ihr zu setzen. Sie hatte sich in ihrem runden Lehnsessel am Fenster niedergelassen. Er war erleichtert, daß sie noch eine Weile ruhig zusammensitzen konnten. Fast drei Wochen hatte er bei ihr gewohnt, er konnte sich unmöglich einfach so aus dem Haus schleichen, ohne einen Ton zu sagen.

»Ich dachte gerade darüber nach ...«, sagte sie und sah ihn abwartend an, »aber ich weiß nicht, ob du das jetzt wirklich hören möchtest?«

Er bedeutete ihr fortzufahren.

»Also, ich habe mich gerade gefragt, was an Jozef nun eigentlich so besonders ist. Was meinst du?« Sie tippte auf die große Familienbibel, die auf dem Tischchen neben ihr lag.

Er seufzte und antwortete widerwillig: »Was so besonders an ihm ist? Na ja, zuerst will er das Kind nicht, es ist das Kind eines anderen, und er beschließt, sich in aller Stille von Maria zu trennen. Aber im Traum erscheint ihm ein Engel, der ihm erklärt, wie sich die Sache wirklich verhält. Und dann nimmt er es auf sich, wie ein Vater für Jesus zu sorgen. So etwas in der Art? Aber das hast du mir neulich schließlich selbst erzählt, Tante Ida. Bei mir sieht die Situation ganz anders aus. Vollkommen anders.«

Sie schüttelte den Kopf.

»Etwa nicht?«

»Das macht ihn zwar auch zu etwas Besonderem, alles gut und schön, aber wenn Maria ihm nun gesagt hätte: ›Mir ist ein Engel erschienen, und der hat mir gesagt, daß ich nicht länger zu hoffen brauche. Ich werde kein Kind bekommen. Von dir nicht, und von niemand anderem.‹ Was wäre dann? Was wäre dann wohl passiert?«

»Wenn Josef sie wirklich liebt, bleibt er bei ihr«, sagte er kurz angebunden.

»Ja, er liebt sie so, wie sie ist. Er nimmt sie so, wie sie ist. Mit oder ohne Kind. Denn darum geht es eigentlich. Auch wenn man die Geschichte umdreht. Über die Geburt der Liebe. Meiner Meinung nach, aber, nun ja, ich hab das Buch nicht geschrieben.«

Er stand auf. »Ich sage es dir besser gleich: Ich werde morgen früh abreisen. Nicht für immer, vielleicht komme ich nach dem Wochenende wieder, wenn sie fort ist. Aber jetzt muß ich wirklich weg. Versuch nicht, mich aufzuhalten, denn mein Koffer ist schon gepackt.«

»Das dachte ich mir schon, als ich dich oben in deinem Zimmer rumoren hörte ... Wie du willst, Junge. Es ist dein Leben. Wenn du glaubst, daß es so am besten ist.«

Er wich ihrem Blick aus. »Ja, das glaube ich.«

»Danke für deine Hilfe. Du hast mehr Zeit in der ›Dünenrose‹ verbracht als auf deinem Schiff. Du bist ein tüchtiger Handwerker, hätte Onkel Jelte gesagt.«

Er nahm ihre Hände, küßte sie auf die Wange.

»Kalte Hände«, sagte er und schauderte. Ohne ein weiteres Wort ließ er sie los und ging nach oben.

Er hatte die ganze Nacht gegrübelt: Wie hätte er es ahnen sollen, woran hätte er es merken können? Zwar war ihm nicht entgangen, daß Martine manchmal allzusehr die Mutter betonte, als würde sie ständig vom Auge einer Kamera verfolgt. Aber noch bevor er sie irgendwie kritisieren konnte, dachte er, daß es bestimmt an ihm lag. An seiner ständigen Anwesenheit. Sie war nicht gewohnt, daß jemand sie bei ihren täglichen Verrichtungen beobachtete. Dadurch wurde sie nervös, und dadurch spielte sie manchmal etwas zu ausgelassen mit Maartje, las sie mit vier verschiedenen Stimmen ein Märchen vor, erklärte sie übertrieben vernünftig, warum sie etwas nicht erlaubte.

Gestern am Strand hatte er nicht verstanden, warum sie so aufgelöst war. Kinder fielen doch häufiger die Treppe hinunter oder von einem Baum? Das bißchen Blut – deswegen brauchte sie sich doch nicht so zu erschrecken? Vor kurzem war er beim Blättern im Gästebuch auf ein paar Zeilen gestoßen, die sie voriges Jahr im Mai hineingeschrieben hatte. Seltsam, daß Maartje dort überhaupt nicht erwähnt wurde; Martine war damals erst seit wenigen Monaten Mutter. Unvorstellbar, daß sie damals ohne ihr Kind nach Vlieland gekommen war.

Nicht Mutter, nicht Vater ... Abwechselnd war er wütend auf sie und dann wieder auf sich selbst, weil er es nicht gemerkt hatte, damals oder bei dem Mal, als ..., nein, noch früher. Er hätte es wissen können, er hätte es wissen müssen, wenn er sie wirklich liebte. Als es allmählich hell wurde, auf der Grenze zwischen Wachen und Schlafen, drängten andere Erinnerungen nach oben: Mehr als nur einmal hatte er sie wegen ihrer Phantasie bewundert, mit der sie mit Maartje spielte, für die Geschichten, die sie der Kleinen erzählte, und die verrückten, selbst ausgedachten Lieder, die sie ihr vorsang. Als ihm nun allmählich dämmerte, daß sie das alles für ein Kind tat, das sie nach dem Urlaub wieder zurückgeben mußte, rührte ihn dies um so mehr. Sie tat es einfach, sie setzte sich – so vermutete er – über einen Verlust hinweg. Aber was, was war ihr trauriges

Geheimnis? Hatte sie ein Kind gehabt, das aber gestorben war? Konnte sie selbst keine Kinder bekommen, und hatte sie deshalb beschlossen, eine liebevolle Tante zu sein?

Um halb sechs war er aufgestanden. Nicht, um sein Schiff klarzumachen, sondern um einen langen Spaziergang zu unternehmen. Als er ein paar Stunden später wieder zu Hause ankam, konnte er den Brief so herunterschreiben.

Liebe Frau Martine!
(Ich schwanke zwischen Siezen und Duzen, denn wenn Sie es gerne möchten – und ich hoffe von ganzem Herzen, daß Sie es genauso gerne wollen wie ich –, dann werden wir einander erneut kennenlernen müssen.)

Am Mittwoch, dem 11. August 1999, also morgen, wird sich die Sonne einige Zeit verfinstern. Ich habe vor, mir das hier auf einer hohen Düne in der Nähe der »Dünenrose« anzusehen. Es muß ein unglaubliches Schauspiel sein – ein Kampf zwischen Titanen, zwischen Sonne und Mond, zwischen Licht und Dunkelheit. Jetzt meine Frage: Möchten Sie und Maartje mir dabei Gesellschaft leisten? Ich würde mich um spezielle Sonnenfinsternisbrillen und einen Picknickkorb mit Sonnenfinsternisleckereien kümmern.

Es gibt sogar Leute, die eine Flugreise gebucht haben, um dieses Phänomen morgen mit einem Glas Champagner in der Hand aus der Luft zu betrachten. Manche Menschen fürchten, daß die Sonnenfinsternis das Ende aller Zeiten einläutet. Freunde von mir reisen heute nach Frankreich, weil man die Verdunklung der Sonne von dort aus anscheinend noch besser sehen kann. Die nächste Sonnenfinsternis (in diesem Teil der Erde) findet erst wieder im Jahre 2135 statt, also können wir kaum sagen: »Ach, diese überspring ich einfach, ich werde schon noch eine andere zu sehen bekommen.« Ich hoffe daher inständig, daß Sie meine Einladung annehmen. Ohne Nachricht Ihrerseits stehe ich morgen um halb zwölf bei Ihnen vor der Tür.

Joost

Als er am nächsten Tag den Weg zur »Dünenrose« hinaufging, war die Haustür offen. Er sah es sofort: Im Flur stand ihre Reisetasche und darauf ein neonfarbener Nylonrucksack und Maartjes Bär. Er umklammerte den Henkel des Picknickkorbs fester, der auf einmal viel schwerer schien. Er hätte einfach hineingehen können, drückte aber auf die Klingel; er fühlte sich fast wie ein Schuljunge, der bei einem Mädchen läutet, von dem er genau weiß, daß sie nein sagen wird. Was tat er hier? Woher nahm er die Unverschämtheit?

Er blickte auf die Uhr. Das Taxi konnte jeden Moment hier sein, die Fähre ging in einer Viertelstunde. Sie hatte es bestimmt eilig, sie war schon spät dran. Er stellte den Korb ab und suchte in seinen Taschen nach einem Stift, fand aber nur einen Bleistiftstummel. Früher, als er noch in der Anwaltskanzlei arbeitete, fanden sich immer ein paar Visitenkarten in den Taschen seines grauen Anzugs. Jetzt mußte er die Adresse seiner Tante und die Nummer seines UKW-Schiffsfunks rasch auf ein Stückchen Papier kritzeln, das sie wahrscheinlich schon wieder verloren hatte, bevor sie zu Hause angekommen war.

Er stand noch im Eingang, als Maartje, in der Hand das Muschelboot, in den Flur kam. Sie trug nur einen Schuh, der andere Fuß steckte in einer dicken Socke. Er ging auf sie zu und hockte sich vor sie. Ohne zu überlegen, drückte sie ihm einen feuchten Kuß auf die Nase, den er erleichtert mit einem Küßchen auf ihre Wange erwiderte.

Sie drückte ihm das Boot in die Hand. »Fertigbasteln?«

»Ja, Maartje, ich werde das Boot für dich fertigbasteln. Und dann schicke ich es dir mit der Post. Oder ich schicke es zu Martine, dann brauch ich aber ihre Adresse.«

»Wenn du willst, kannst du es auch vorbeibringen.«

Er hockte immer noch vor Maartje auf dem Fußboden, als sie in der Wohnzimmertür erschien. Sie trug einen weißen Pullover mit weitem Ausschnitt und einen gestreiften Rock. Dank der weißen Turnschuhe wirkten ihre Beine tiefbraun. Er richtete sich auf, und sie begrüßten einander noch schüchterner als bei ihrer ersten Begegnung.

»Ich sehe, du bist schon so gut wie weg«, sagte er und deutete mit dem Kopf in Richtung Gepäck.

Sie schüttelte den Kopf.

»Nicht?«

»Wir wollten eigentlich mit der Fähre um Viertel vor zwölf fahren, aber jetzt nehmen wir eine Fähre später.«

Er starrte sie mit leicht geöffnetem Mund an. »Oh«, sagte er und dann noch ein paarmal: »Oh, prima, prima ...«

»Maartje ist ein bißchen neben der Spur. Sie darf nicht ins Wasser und kann nicht richtig laufen. Deshalb hab ich beschlossen, daß wir schon heute nach Hause fahren.«

Sie schob sich die Haare hinter die Ohren und verschränkte die Arme. »Leider. Es geht nicht anders. Sie fragt ständig nach ihrem Vater und ihrer Mutter.«

Prüfend sah sie ihn an.

Er nickte, nickte noch einmal, betont eindringlich. »Das verstehe ich. Sie ist ja auch noch ziemlich klein. Holt Sanne euch in Harlingen ab?«

»Ja, aber ich habe sie schon angerufen. Sie weiß, daß wir später kommen, weil wir uns noch von dir verabschieden wollten.« Verlegen blickte sie zur Seite. »Ein Sonnenfinsternispicknick, was für eine tolle Idee!«

»Ja, wann hat man schon mal die Gelegenheit?«

»Stimmt, nie. Wann war noch mal die nächste? 2135? Dann bin ich aber schon ... Moment, kurz rechnen ... schon hunderteinundachtzig.«

»Erst hunderteinundachtzig? Ich hundertachtundachtzig. Meinst du, das geht – ein Mann von hundertachtundachtzig mit einem jungen Ding von hunderteinundachtzig auf der Spitze einer Düne?«

»Warum nicht? In dem Alter sollte man allmählich doch wissen, worauf man sich einläßt.«

Grinsend senkte er den Kopf – jetzt nur nichts überstürzen. »Leider ist es heute ziemlich grau; es ist sehr fraglich, ob es noch etwas wird«, murmelte er.

»Ob es noch etwas wird?«

»Ob wir noch was zu sehen bekommen, von der Sonnenfinsternis, meine ich.«

»Ach so.«

Mit Maartje im Bollerwagen marschierten sie auf die höchste Düne in der Umgebung, von wo sie die beste Sicht haben würden. Am Fuß der Düne setzte er die Kleine mit Schwung auf seine Schultern. Ehe er sich versah, war er ein Pferd, das schnaubend einen Schritt nach links ging, wenn sie an seinem linken Ohrläppchen zog. Im Zickzack arbeiteten sie sich die Düne hinauf.

Martine überholte sie mit dem Plaid und dem Picknickkorb. In einer Mulde an der windgeschützten Seite der Düne breitete sie eine Decke im Sand aus und packte den Korb aus: ein Baguette, Wein, eine Thermoskanne mit Limonade und zwei verschiedene Salate. Er hatte sich alle Mühe gegeben und wurde auch dafür belohnt: Martine lobte ihn überschwenglich. Er hatte sie noch nie so entspannt, so fröhlich gesehen. Sie strahlte förmlich, wirkte ruhig und selbstsicher. Er konnte ihr alle Fragen stellen, die er für sich behalten hatte, und würde eine Antwort darauf bekommen. Aber nicht jetzt; sie hatten Zeit genug. Plötzlich erzählte sie ihm von den Butterbroten, die ihre Mutter früher geschmiert hatte, wenn einem ihrer Kinder ein langer Tag mit Klassenarbeiten bevorstand. »Weißbrot mit Tomaten- oder Gurkenscheiben dazwischen; manchmal waren sie so dick, daß sie ein Cocktailstäbchen hineinsteckte, um die beiden Hälften zusammenzuhalten. Und weil sie Angst hatte, daß ich eines Tages noch mal an so einem Stäbchen ersticken würde, steckte sie einen kleinen Zettel darauf: ›Vergiß das Cocktailstäbchen nicht!‹«

Mit Maartje in der Mitte streckten sie sich auf der Decke aus und blickten erwartungsvoll zum Himmel hinauf. Er holte drei Spezialbrillen hervor, die sie sofort – als wären es Partyhüte – aufsetzten, um nachzusehen, wie weit die Finsternis vorangeschritten war. Aber der gelbe Fleck, der hin und wieder durch die Wolken schimmerte, war mit Brille kaum zu sehen.

»Und, wie seh ich aus?« fragte Martine mit einem breiten Lächeln.

»Wie irgend so ein unheimliches Wesen von einem anderen Stern. Setz sie besser wieder ab. Wir werden sie wahrscheinlich gar nicht brauchen.«

Sie warf einen Blick auf ihre Uhr. »Aber es ist noch lange nicht soweit. Nicht so ungeduldig.«

Er sah zu, wie sie ein paar Baguettescheiben abschnitt, begierig folgte er jeder ihrer Bewegungen: wie sie auf jeden Tellerrand ein Stück Brot legte, ein paar Krümel von der Decke mit einem Finger in den Mund steckte. Sie war wieder da, und auch noch so nah. Er sah die Poren in der gebräunten Haut ihrer zarten Hände, die Falten an den Fingergliedern, die weißen Halbmonde auf ihren langen Fingernägeln. Am liebsten hätte er ihre Finger sofort geküßt, einen nach dem anderen.

Sie tranken Wein und Limonade, aßen Brot und Salat und schmiedeten Pläne, als wären sie vollkommen ausgehungert. Wo würden sie sich wiedersehen? Hier auf der Insel oder in Amsterdam? Würde er bei ihr übernachten, oder schliefen sie in seinem Wohnraum im Vorschiff? Hatte sie überhaupt schon mal auf dem Wasser geschlafen, war sie schon mal vom Wind geweckt worden, der in den Wanten sang? Oder vom Geräusch der Wellen, die an der Haut des Schiffs nuckelten?

»Wie klingt das? Mach mal vor ...«, sagte Martine. Aber in dem Moment, als sie den Arm ausstreckte, mit der weichen weißen Innenseite nach oben, hatte Maartje das Warten auf das große Ereignis allmählich satt und quengelte, daß sie nach Hause wolle. Um sie abzulenken, versteckten sie einen Stein im Sand und ließen sie danach suchen. Gegen ein Uhr nickte sie endlich auf Martines Schoß ein. Sie dämpften ihre Stimmen. Langsam wurde es kühler, der Himmel verdunkelte sich zusehends, und plötzlich war es still. Unheimlich still.

»Die Möwen, hörst du das, die Möwen kreischen nicht mehr. Die denken, daß es Nacht ist«, flüsterte Martine.

Sie erschauderte, und er hörte, wie sogar ihre Zähne klapperten.

»Hast du Angst?«

»Angst wovor?«

»Angst, daß die Welt untergeht, während wir noch anfangen müssen.«

»Es ist so kühl ... viel kälter als an einem normalen bewölkten Tag. Es scheint fast, als könnte es jeden Moment zu schneien anfangen.«

Er zog seinen Pullover aus, legte ihn ihr um die Schultern und wickelte den Rand des Plaids um ihre Füße. Dann legte er einen Arm um sie und machte mit der anderen Hand eine theatralische Geste in Richtung Himmel.

»Nicht gerade das Schauspiel, das ich dir versprochen hatte und bei dem einem die Tränen in die Augen steigen, oder?«

Einen Moment lang blieb alles still, und dann sagte sie: »O doch.«

Er blickte sie an und sah, daß sie weinte.

Rasch beugte er sich über sie und wischte ihr mit seiner Nase eine Träne von der Wange.

»Was hast du, warum weinst du?«

»Ich muß dir etwas sagen. Wenn du das lächerlich findest, gut ... dann ist das eben so.«

»Ich finde nicht schnell etwas lächerlich, also schieß los.«

»Im Frühling war ich in einer Kirche, die an einer Stelle errichtet ist, an der es einst, vor Jahrhunderten, an einem Morgen im August geschneit hat.«

»Geschneit, im August?«

»Ich habe dort zwei- oder dreimal eine Kerze angezündet und gebetet, daß ich jemanden kennenlernen würde.«

»Jemanden?«

»Jemanden wie dich. Eigentlich dich, aber dich kannte ich ja noch nicht. Jemanden, neben dem ich so sitzen kann, wie ich jetzt neben dir sitze. Jemanden, der mich kennt.«

»Kenn ich dich denn?«

Sie beugte sich über Maartje und strich ihr behutsam über den Kopf. »Ich habe mich unmöglich verhalten. So etwas Schwachsinniges habe ich noch nie getan. Wenn es nicht um mich selbst ginge, würde ich sagen: Was für ein trauriger Fall! Und trotzdem bist du jetzt hier. Du hast nicht die Flucht ergriffen. Ich meine, wenn das ...«

»Du meinst: Wenn das mal kein Wunder ist?«

Sie nickte, ohne den Blick zu senken, und sagte dann ganz ruhig: »Ja.«

Sie blieben noch eine Weile sitzen und sahen zu, wie es allmählich wieder heller wurde; ein Vogel nach dem anderen meldete sich zurück. Doch nicht nur durch das Licht und das Kreischen der Möwen schien es, als erwachten sie aus einem tiefen Schlaf.

Putzen hat keinen Zweck, denn Joost fängt nächste Woche mit dem Abschleifen an. Das macht eine Menge Staub, der überall reinkriecht, in alle Ritzen und Fugen. Fast wie Sand, nein, schlimmer noch, feiner, man sieht ihn kaum. Er meint, daß ich ihm alles überlassen soll, aber überlassen ist nicht gerade meine Stärke. Er sagt: Ich mache das Haus in diesem Jahr winterfest. Alles schön und gut, aber weißt du denn auch, was alles dazu gehört? Bringst du dann auch die Muscheln, die die Gäste hier zurückgelassen haben, zurück an den Strand?

Er hat mir feierlich versprochen, daß er sie nicht wegwerfen wird. Er hat etwas damit vor. Weil die Kinder jeden Tag mit ihren Fahrrädern über den Muschelweg rasen und am Ende hart abbremsen, sind tiefe Furchen im Weg. Noch ein starker Regenguß, und mein schöner Weg schwimmt davon. Er will die Muscheln aus dem Haus dazu verwenden, den Weg wieder aufzufüllen – was ihm fehlt, holt er sich vom Strand. Ja, wenn es jemanden gibt, dem ich das Haus anvertrauen kann, dann ist er es.

Ich bin zu klapprig, um mich noch mit Staubsauger und Putzeimer abzurackern. Ich darf keine Treppen mehr gehen, das hat Joost mir verboten. Nachher brichst du dir noch die Hüfte, und dann kommen wir vom Regen in die Traufe, hat er gesagt. Er hat recht. Aber heute geht es nicht anders. Das Fenster in dem PRIVAT-Zimmer steht offen. Wie das passieren konnte, ist mir ein Rätsel, niemand hat einen Schlüssel von diesem Zimmer, selbst ich nicht. Vielleicht kann ich vom Fenster des blauen Zimmers aus sehen, was los ist. Vielleicht ist ja eine der Angeln gebrochen? Durchgerostet? In diesem Fall muß Joost sich darum kümmern, dann muß er die Tür eben aufbrechen. Not kennt kein Gebot. Wenn der Wind zunimmt, schlägt es mir noch das Fenster in Stücke.

Die Treppe komme ich noch hinauf, o ja, alle paar Stufen verschnaufe ich einfach ein wenig. Ich ziehe mich selbst nach oben, meine Arme haben noch genügend Kraft – es sind die Beine, die nicht mehr wollen. Die fünfte Stufe, die sechste … schon über die Hälfte, jetzt muß ich auch weiter … Ich schaff es nicht, ach herrje, was hab ich da nur angefangen.

Ich kann mich unmöglich hier auf halber Treppe hinhocken, es fehlt gerade noch, daß Brammetje mich so hier findet. Außerdem kriegt der Junge mich auch nicht hoch. Komm schon, noch drei Stufen. Stell dir einfach vor, daß du nichts wiegst, Ina, du bist eine Schaumflocke, ein Möwendreck. Los, weiter, es ist gar nicht so schwer, noch ein paar Stufen, und du bist da. Beinahe da …

Lärche, Lerche, warum muß ich jetzt auf einmal daran denken? Wie lange wird es her sein, doch mindestens siebzig Jahre? Klaske sagte: »Die Lerche im Wald schreibt man mit e«, und ich sagte: »Nein, die schreibt man mit ä.« Dann haben wir den Lehrer gefragt, und der Lehrer sagte: »Mit ä.« Und Klaske meint: »Siehst du, das hab ich dir doch gleich gesagt.« Da kann ich mich jetzt noch wahnsinnig drüber aufregen.

Was ist das denn? Was ist denn hier los? Die Tür … die Tür mit dem Schild PRIVAT steht einen Spalt auf. Ist da vielleicht jemand drin, ein Einbrecher? Vielleicht ist das Zimmer bis obenhin voll mit wertvollen Sachen, antiken Kronleuchtern, Silberschalen und Silberbesteck, kostbaren Gemälden. Vielleicht ist das eine Art Schatzkammer, und die ganze Insel weiß davon, nur ich nicht.

»Hallo? Hallo, ist da jemand?«

Ich bleib hier stehen, hier, hinter der Tür. Dann kann er ungesehen an mir vorbeihuschen. Was ist das für ein merkwürdiges Geräusch, als ob da drinnen ein Hund japst. Setzen, ich muß mich setzen … ich krieg kaum noch Luft. Das Geräusch, das kommt nicht aus dem Zimmer, das bin ich selbst. Nicht hier auf dem Treppenabsatz, ich muß in das Zimmer.

»Hallo? Wer ist denn da?«

Ich riskier's, einer alten Frau werden sie wohl nicht gleich den Schädel einschlagen. Nun mach schon, sei nicht so ängstlich. Halt dich mit beiden Händen am Türpfosten fest, dann kann dir nichts passieren.

Unfaßbar … jetzt sieh sich einer das an. Daß durch ein einziges Fenster so viel Licht fallen kann, als ob das ganze Dach verglast wäre. Aber ich komme nicht dran, das Fenster ist zu hoch, ich müßte auf einen Stuhl klettern, um es zu schließen, aber ich sehe nirgendwo einen Stuhl, nicht mal einen Hocker oder eine Kiste, um mich draufzustellen, ein leeres Zimmer, und trotzdem immer abgeschlossen, die ganzen Jahre … Warum, wozu war das nötig? Ich weiß es nicht, und es kann mir inzwischen auch egal sein, ich bin so müde. Ich bin so furchtbar müde. Kurz ausruhen, hier, mit dem Rücken an der Wand und dem Gesicht zur Sonne. So ist es gut. Wenn es nicht so kalt wäre, würde ich hier noch Stunden sitzen bleiben.

Was ist das? Ein Stück Papier oder was?

Einen Moment dachte ich, daß es ein Kohlweißling wäre, aber es ist ein Blatt von der Dünenrose, dabei sind kaum noch Blüten an den Sträuchern. Und da … ein rosa Blatt, und wieder ein weißes … Wehen einfach durch das Fenster direkt in meinen Schoß, in mein Gesicht, Blatt für Blatt für Blatt … Ich fühle mich fast wie so ein Tanzmädchen in einer Revue, mit roten Lippen und Rouge.

»Hast du noch ein Paar Schlittschuhe für mich, Jelte?«

Wenn ich eines dieser Rosenblätter aufbewahre und auf

ein Stück Pappe klebe, kann ich es ins Gästebuch legen, als Lesezeichen, für die nächste Saison.

Mach dir doch nichts vor, es gibt keinen nächsten Sommer. Die Haustür, das muß Brammetje sein, aber er darf mich hier nicht finden. Er ist noch zu klein. Ich will allein sein, keine Rettungsaktion, kein Gezerre an meinem Körper, kein Krankenwagen, kein Hubschrauber. Ich muß ihm Bescheid sagen. Noch einmal tief Luft holen.

»Bram, hörst du mich? Ich bin hier oben. Alles in Ordnung. Ich ruh mich nur ein bißchen von der Arbeit aus. Hol bitte Jelte, Joost, meine ich. Er ist in der Lagerhalle vom Dijkstra, Holz aussuchen.«

Was sagt er? Ich versteh ihn nicht, da ist irgendein Ton in meinem Ohr, genau wie eine Nebelboje, aber das kann nicht sein, es ist ein schöner, klarer Tag, kein bißchen Nebel.

»Nicht nach oben kommen! Jetzt geh schnell, Junge, und nimm das Päckchen mit, das auf dem Tisch liegt. Ja, es sind genügend Briefmarken drauf.«

Die Tür, seine Schritte auf dem Muschelweg. Seine Fahrradklingel ist locker und klingelt jedesmal, wenn er aufs Rad springt. Es scheint, als würde ich alles viel deutlicher hören in den letzten Tagen. Bimmel, bimmel, und weg ist er. Wenn er sich beeilt, ist er mit dem Gästebuch noch rechtzeitig bei der Post. Ende der Saison, dann muß es zurück zu Herrn Dünenrose, das muß sein, das hab ich versprochen. Versprochen ist versprochen.

Jetzt höre ich es ganz deutlich: Das ist keine Nebelboje, das ist die Viertel-vor-zwölf-Fähre. Aber warum klingt es dann wie ein einziger langer Signalton? Wer reist denn ab? Wenn jemand wegzieht, weiß ich das doch immer als erste?

Zu müde.

Zu müde, um darüber nachzudenken, wer die Insel heute für immer verläßt und warum mir mal wieder keiner was gesagt hat. Ist auch egal, ich sitz hier gut, noch ein Weilchen. Ich fühle es, das ist gleich vorbei.

Die Geschichten der Personen in diesem Buch sind eigenständig, obwohl der eine oder andere bereits in den Romanen *Inselgäste* (2001) und *Die letzte Fähre* (2002) vorkam. Wer mehr wissen möchte, kann die folgenden Passagen nachlesen: Was Hans ein Jahr zuvor in die »Dünenrose« brachte, steht in *Die letzte Fähre*, Kapitel III. Herman und Betty Slaghek kommen schon jahrelang nach Vlieland und schreiben jedes Jahr treu ins Gästebuch: über die Insel, über den Verlust ihres Sohnes und über Bettys Wunsch, Everts Grab in Melbourne zu besuchen (*Inselgäste*, Kapitel IV).

Das Kind, das Martine in diesem Sommer nach Vlieland mitgenommen hat, war im ersten Buch noch im Bauch seiner Mutter. Martine selbst kennen wir bereits aus *Inselgäste*, Kapitel II, und aus *Die letzte Fähre*, Kapitel II und III.

Die von Joost zitierten Verse auf Seite 154 stammen aus Rainer Maria Rilkes Gedicht »Herbsttag«.